猫の木のある庭

猫の木のある庭

　当時私は、都心から郊外に向かう電車に乗って四十分ほどの駅から、更に徒歩で十五分ぐらいかかる古い住宅地のはずれに住んでいた。はずれと言うのは、家の前の道をしばらく行くと行き止まりになり、突き当たりの柵の下が崖になっていて、その雑草の生えた斜面の向こうに線路が見えたからだ。崖下を通る電車の音は、昼間は殆ど響かず、なぜか夕方や夜更けになって、窓の向こうから遠く微かに聞こえてきた。

　そこには、木造平屋建ての建物がふたつ、コンクリートの塀に囲まれてあった。白とも灰色ともつかない湿っぽいしみのある塀で、その途切れた所に、少し傾きかけたえび茶色の木の門がある。建物の背が低いので、敷地の外からは三角形の屋根組みと屋根瓦だけが見える。

　長方形の母屋の隣に、より小型でなお細長いはなれが建っている。母屋とはなれは互いに背を向け、反対側を向いて背中合わせに眠っている相似形の兄弟のような恰好で、相手側を見渡せる位置には窓がなかった。その代わり、母屋は東側、はなれは西側に各々建物の側面に沿って、玄関から奥まで細長く廊下が延びていた。廊下の内に、それぞれの部屋に面して半分ガラスの嵌め込まれた障子戸。外には、ガラス戸と立て付けの悪い雨戸。廊下に沿った縁側と、その丁度真中辺りから庭に下りる沓《くつ》脱ぎ石。子供の時に住んでいた昔の家を思い起こさせるような造りだったから、昭和二十年代か三十年代にかけて建てられたものだろう。いまどき都内にこんな映画のセットのような古い家屋がまだ残っていたのか。と、初めて住居を見に来た時、その外観に不思議な感銘を覚えたものだ。

　私は、その母屋に住む老夫婦から、はなれを借りる為に訪れたのだった。

　老夫婦はどちらもかなりの老齢らしく、揃って小柄で、互いに似通った小さな丸顔をしていた。二人並んで座っていると、節句の前に箱から出し忘れてそのままになった雛人形のごとき趣があった。家ごと年老いて時代から取り残されてしまったかのように見えながら、誰の助けも借りず日常生活の用を全て足しているという。戦争を生き抜いてきた人たちというのは、極めて頑丈なものなのかも知れない。

　ただ、敷地内のはなれに誰も住んでいないというのは、なんとも不経済だし不用心だから、と老人が言った。老夫人は単衣の着物の袖をさばいて、急須からトポトポとお茶を注いだ。息子たちが転勤で越して行ってしまってからは借り手がなくて、とそう言って、茶たくに載った茶碗をこちらへ滑らせる。その脇の七宝の皿の上に、落花生の殻にも似て二つの玉が繋がった形をした石衣が、三つ並んで載っていた。

どうぞ、めしあがれ。

障子戸の下部のガラス越しに、よく磨かれて光った廊下の木目と外の縁側と、更にその向こうに庭が見えた。アジサイがこんもりとした頭をもたげ、今を盛りと花を咲かせていた。都内とは思えない静けさだった。

なんかそのう、あちらの方で教えておられるそうな……。

老人は庭の隅の方を指差した。恐らく都心のある方角を指しているのだろう。

はい。

私は緑茶を一口すすり、茶碗を茶たくに戻す。

微かに線香の香りがしている。

まあ、建物が古いのはおいといて、家主さんがちょっとね。不動産屋が言っていた。誰に貸してもいいってわけじゃなくて、子供のいない夫婦もんか、一人身で身持ちの堅い女の人か。ともかく、あんまし若くなくって静かな人ってのが条件なんだ。この間も、一人良さそうな人が来たんだけどさ、あいにく。ピアノの先生で独身だったんだけどね。楽器が毎日じゃあ、やっぱりうるさかろうって、駄目だったね。ちょうどいいと思ったんだけどねえ。

五年程前から、板橋の方のカルチャー・スクールで教えております。

そのう、カルチャー・スクールというのでは、なにかハイカラな学問をなさってお
いでなんですか。
いいえ、実は書道の方を少し……。
ほうほう。
あまりそちらに経験のない方々に、お習字の手ほどきをほんの少しばかり、といっ
たようなことなんですが。
ほう、それはまた。老人が微笑んだ。
老夫人は、膝の上に握りあわせた両手で布巾か何かを絞るような仕種をして頷いて
いる。
それはそれは。
なるほどねえ、お習字……。
老人は腕組みをして、独り言のように続ける。
いやあ、何かの先生をしておられるというのは聞いておったですが、カルチャー・
スクールというんで、まあ横文字のもんばっかりだろうと勝手に思い込んでおりまし
てなあ。それが、お習字とは……なるほど、なるほど。
私はつめていた息を少し吐いた。
「身持ちの堅さ」といい「ハイカラ」や「横文字」といい、老人の用語の古さには、

どこか郷愁を誘うようなところがあった。

二人の後に付いて、私ははなれに入った。

玄関を上がるとすぐ、左手に奥へと延びた廊下。それに沿って一番手前が六畳の間で、右側に床の間がきってある。その奥の襖を開けると、四畳半の和室。更にその奥が板敷きの間になっていて、突き当たりに台所の流しと、その上の窓が見えた。流しの右に曇りガラスの嵌め込まれた扉があり、老人がガラガラとそれを横に滑らすと、そこは風呂場だった。四畳半の間から廊下に出て、右手の行き止まりに引き戸があり、その向こうが手洗い。

はなれの中は、長いこと閉め切られていた建物特有の臭いが微かにした。それは、使い込まれた畳の臭いと、雨から水分を吸い取った雨戸の臭い。それに以前の夏の蚊取り線香の臭いが混ざり、家屋そのものの記憶のごとくに残っていた。

真中の四畳半の間に戻ると、老人が言った。

ここをこう取り払って、広くお使いになってもよろしかろう。

老人は間の襖を取り外しこそしなかったが、精いっぱい両側に押し開いて見せた。

老夫人は畳に膝をつき、開いた襖のこちら側から、六畳の和室を覗き込むようにしている。

ずいぶんと広々としますね。私は言った。

ここを開ければ、日差しもよく入りますでなあ。

老人は廊下に面した障子戸を開け、更にその外のガラス戸も大きく開け放った。

まあ、庭は大した事はありませんがな。

母屋から見えるのと反対側の庭には、アジサイがなかった。その代わり、コンクリートの塀際に茶畑のように刈り込まれた灌木の茂みと、その手前に細くあまり葉のない木が一本、塀よりも高く枝を伸ばして立っている。そして、その梢の向こうに雨空が見えた。

きょうはあいにくのお天気じゃが、ふだんはすぐそこから庭に下りられますんで。

老人の指差す方へと廊下に立って出ると、縁側の下、霜降り模様の沓脱ぎ石が表面の窪みに薄く雨水をたたえていた。

そこからは、お見えになれないかも知れませんけど。背後から老夫人の声がする。そっちの右手に、南天の木がございますよ。冬になりますとね、毎年こんなちっちゃな赤い実がね。

振り返ると、老夫人は両手の人差し指と親指の間に豆粒のような小さな円を作って見せている。

白い花が咲いていたのは、もう散ってしまいましたかのう。

それは、もうとっくに……この長雨の前でございますよ。老人の方を振り仰ぐようにして、老夫人が答える。

私は膝を揃えて畳に正座し、老夫婦と向かい合った。

あのう、実は、ひとつお願いごとがございます。

どうぞ、なんなりと。

私は老夫婦の顔を見比べる。二人とも、相変わらず内裏雛のごとき穏やかな相貌を崩さない。

そのう……こちらでペットを飼わせていただくわけにはまいりませんでしょうか。

ペットとおっしゃると……。

小鳥とか金魚かなにかで……。

いいえ、実を言いますと猫でございます。

一瞬の間があって、それから老人が片手で膝をたたいた。

猫ですか。猫。ほほう。

まあ、お猫さんでしたら。

わたしどもも、ずっと長いこと何匹か飼っとりましたが……もう生き物は、この歳になりますとな。

果たして、お世話しきれるものかどうかと。

いつお迎えが来てもおかしくない歳ですからなあ。そういえば、どこかにまだ太郎と花子のベッドが残っておったはずじゃが。

いいえ、あれはもう茨城のマチダさんとこにあげてしまいましたが。

そうじゃったかのう。

でも、たしか食器はそのままとってあったはずでございますよ。よろしかったらお宅のお猫さんにお使いなさいまし。

私は礼を言って、額の汗を拭った。

老夫人は畳に目をおとして、その表面を撫ぜている。

私がそれまで住んでいたアパートには畳がなかったので、猫がどのような反応を示すものか、皆目見当がつかなかった。そもそもアパートでは、猫など飼ったりしてはいけなかったのだ。

爪研ぎ用の板は持っておりますので、多分畳に悪さはしないと思うのですが。

私が言うと、老夫人は首を振った。

いえいえ、そんなことは。畳に手をやったまま、老人の方を顧みる。

このような古畳では、お若い方にお気の毒ですわね。書道をなさるのに、はっと引き締まるお心持ちも、これではあんまり……

うむ、老人は両手で腿をはたくようにして言った。それでは思い切って取り替えて進ぜよう。そうだ、お引越しのほうは、お急ぎかな。少しお待ちいただければ、知り合いの畳屋に頼んで、至急新しいのを入れてもらえるがのう。

帰り際に老夫人は奥に引っ込み、小さな紙包みを手に戻ってきた。

おうちでどうぞおめしあがりあそばせ。年寄り二人だけでは、なんでも余ってしまいますのよ。

うちの囲いは古いものですが。玄関のドアを開けながら老人が言った。

こう見えても頑丈で、どこにも壊れたところがないんですな。猫さんが外に出てしまうような穴ひとつあいとりませんから、放し飼いになさってもよろしいなあ。

そうですわ。老夫人も同調した。どうぞお庭に放しておあげなさいまし。お猫さんの健康の為にもよろしゅうございますよ。

まだ、降っとりますなあ。

どうぞお気をつけてお帰りあそばせ。

老夫人は私に、昔風の木の握りの付いた黒い蝙蝠傘を持たせてくれた。

私は何度も何度も頭を下げて礼を述べ、老夫婦の家をあとにした。うちに帰り着いて紙包みを開けてみると、手をつけなかった三つの石衣が入っていた。

いやあ、あんた、ずいぶん気に入られたもんだねえ。後日賃貸の手続きに立ち寄ると、不動産屋が感心して言った。

あんたのこと、実の娘みたいに思ってんだろね。

いや、まだそんな歳では……ありません、という否定のことばを呑み込んで、私は口をつぐんだ。あの老夫婦の子供なら、四十代から五十代まで、どんなに歳がいっていても六十代の前半までだろうから、娘としてちょうど相応《ふさわ》しいはずなのに、四十七という自分の歳を忘れていたのだった。結婚だの出産だの子供の入学だのといった節目のない、のっぺらぼうな生活を送っているうちに、いつしか季節の変化のない熱帯の樹木のようにメリハリなく、年輪さえも刻まなくなってしまったのかも知れない。

ご老人はけっこういろいろ注文があるから、なかなか難しいんだよね。不動産屋は煙草に火を点けながら続ける。それがこっちから頼んだわけでもないのに、畳全部入れ替えてくれるってさ。あんた、お習字するんだって。すぐ汚れちまわないもんかねえ、新しい畳でね。でもまあ、とにかくうまくいって良かった、良かった。畳となんとかは新しい方がって、よく言うわなあ。古いうちだってそりゃ、畳が新しけりゃ、やっぱり気分いいやね。

こうして私は、梅雨明けのある日、猫とともに青畳の匂いのするはなれに越してきたのだった。

前の年の十一月、霧雨が降るひどく肌寒い日に、私は公園で子猫を拾った。

隅の木立の一本の木の根方に置かれた紙袋の中に、アリのたかったカツオブシのかけらと、白地に黒いぶちのある子猫が入っていた。寒さと怯えとで小刻みに震えている身体を抱き上げて懐に入れると、脆い、けれどぬくもりのある孵《かえ》りかけの卵を、どこかから託されたような心地になった。

暖かく安全な場所に連れて来られると、子猫は震えを止め、与えられた餌を食べ、孵卵器の中の卵のように白く丸くなって眠った。そして卵から孵った雛が初めて目にする生物を親と認識し、どこにでも付いて歩くのと同様に、たちまち無条件に懐いてきた。

その日までずっと、私は一人だった。果たしていつの頃からだったのかを忘れてしまうほど長い間、一人暮らしを続けていた。それを思えば驚くべき速やかさで、不意に始まった共同生活に難なく順応していった。同じ室内を自分と違う生き物が歩き回り、すぐ隣で常に息づいている。その気配はすぐさま日常生活の一部となり、ほどなくして空気のごとく透明で自然で必要不可欠なものとなった。

近くの動物病院で生後約三ヶ月の雌と判定された子猫を、私はタマと名付けて飼った。タマは病気ひとつせず、一間きりのアパートで秘密裡にすくすくと成長した。やがてその寝姿が敷布団代わりの猫用座布団からはみ出すまでに大きくなり、私は公に猫が飼える新たな住まいを探し求めて、不動産屋巡りを始めることになったのだ。

畳の上に、そっと檻を下ろした。

上部の留め金を外し、蓋を開けてしばらく待つ。

やがて梅の花模様の座布団の下から、耳が片方出てきた。右の、黒ぶちのある方の耳だった。それから、足の裏の肉球と同じく少し桃色がかった肌色をした鼻先。

タマは檻の中から顔だけを出し、鼻先を蠢《うごめ》かして初めて見る部屋を眺めた。目を見開いて正面を見据えていたかと思うと、体をたわめ一跳びで外に跳び出してきた。一気に跳び出したものの、また振り返って檻の臭いを嗅いでいる。それからそろそろと、部屋の探索に歩き出した。畳の臭いを嗅ぎ、襖の表面を検索しながら部屋の隅の柱に向かう。その途中で立ち止まって、大きく伸びをした。うしろに引っ張った片足を、そのまま引き摺る恰好で一、二歩進み、物憂げに耳の後ろを柱に押し付ける。

新しいおうちですよ。今までよりずっと広いし、庭もあるし。

私がそう言うと、タマはこちらを振り向いて立てた尻尾をくねらせた。

いい子にしてなさい。

廊下から振り返ると、タマは座布団の山に寄って襖の辺りを嗅いでいるところだった。私は四畳半の間を閉め切って、はなれの外に出た。

タマが来るまで、うちには話し相手というものがいなかったから、カルチャー・スクールに授業に行く日以外は、丸一日誰とも話さずに終わることが多かった。そうした日常をなんら不自然とも苦痛とも思わず、ごく当たり前に過ごしながら、私は時折、一度もことばを発することのなかった妹のことを考えた。

四つ違いの妹は、いくつになっても話さなかった。ことばにならない声を上げることさえ殆どなかった。それでも家の中の生活にさしたる不都合もなかったのは、妹に感応した母と私が、いつも言いたいことを瞬時に察して決して間違うことがなかったからだろう。幼稚園に通うべき年齢になると、何か器質的な欠陥があるのか、それとも精神的な障害によるものなのか、と様々に原因が推測され、治療法もいろいろと模索されたけれども、結局決定的なことは何も分からず、試した治療にも効果はなく、妹はついに一言も口を利くことがなかった。

中指の関節で、ひどく古びた母屋の玄関の扉板を軽く叩いてみる。

扉の向こうは静まり返り、中で人の動く気配も無い。ふと、ここにはもう長いこと誰一人住んでいないのではないかという空想に囚われそうになる。

午前中、引越し業者が荷物をはなれに運び入れた時は、老人も老夫人も住まいから出てきて、しばらく遠巻きに作業を見守っていた。私が軽く会釈をすると、老夫人はお辞儀をし、老人は片手を挙げて応えてくれた。

なぜか声を上げて呼びかけるのがためらわれた。ごめんください、すいません、そう頭の中で繰り返しながら、もう一度今度は少し強めに叩いてみる。コツコツコツ。音が止むと、辺りの静寂が更に増した。

母屋の前庭を、縁側と平行して奥へと進むと、先日雨の中で淡い水色だったアジサイが、花弁のへりの方から紅紫色に染まり始めていた。その茂みの陰から、円筒形の石の囲いが立ち上がる。それは子供の脚の付け根に達するほどの高さで、縁には深緑色の苔が生《む》し、白っ茶けた木の板で蓋がしてある。古井戸だった。

庭の隅で塀は直角に折れ曲がり、勝手口の方へと続いていく。そこを更に行き、母屋とはなれの二つの棟を隔てている、暗く細長い隙間を左手に見て、風呂場と台所と手洗いの窓の下を次々と通り抜けると、はなれの前の庭に出た。

塀際の灌木の茂みと、その手前の細長い木のある所は花壇になっているらしい。花は植わっていないが、少しずつ形と大きさの異なる丸石が、隙間なく一列に並べられている。その手前と向こう側とでは、地面の色が少し違う。土そのものが違うのだろう。花壇の石囲いの向こうは、ひどく柔らかく質の良さそうな黒土だった。

丸石を跨いで花壇に入る。スコップをあてたらずぶずぶとのめり込んでいきそうだ、などと考えているうちに、ずぶずぶと片足が呑み込まれる感触がして、視界が大きく傾いて空だけになった。ふと体が浮いて、それから落ちていく瞬間、葉のない木の枝が、人体模型の骸骨のような枯れた腕を長く細く突き出しているのが、影絵になって見えた。

気が付くと、私は黒土の地面に尻餅をついて空を仰いでいた。サンダルが片方脱げ飛んで、木の根方の反対側に落ち、もう一方は半分土に埋もれるような恰好で地面に突き刺さっている。立ち上がって土を払い、サンダルを拾って履いた。かがみ込んで足元の地面を探ったが、そこにはただ驚くばかりに柔らかく黒々とした土がふんだんにあるばかりで、深く穿たれた穴のようなものはどこにも見つからず、黒土のきめ細かな粒子が、指先と爪の間の隙間に入り込んでくる。

頭上でシャンと何かが鳴った。訳もなく恐ろしかった。

子供の頃住んでいた家の裏手は空き地になっていて、奥の草むらの陰にかなり大きな石が埋まっており、その後ろに穴が開いていた。子供がやっと一人通れるくらいの入り口をくぐり、急斜面を飛び降りるようにして下ると、中は立って歩けるほどに深く広い。当時既に戦後二十年以上が経過していたから、ありそうもない話ではあったけれど、防空壕の跡だと噂されていた。大人たちからは、決して入ってはいけないと言われていたが、私はよく妹と一緒にその穴に潜って遊んだものだ。

だめ、出ちゃだめ。私は妹の両肩に手を置いて言った。

何の前触れもなく、あっけなく死んでしまったペットのカナリアを埋葬する為に、私たちは穴の中にいた。私が小学校四年生、妹は確か翌年小学校に上がるはずの歳だったと思う。

私が底の地面をスコップで掘り、ハンカチに包んだ死骸を横たえ、丁寧に土を盛り固めて土饅頭《どまんじゆう》を作り、木切れで作った十字架を立てるのを、妹は例によって無言で見ていた。そして葬式の真似事が終わると、家に帰りたいと身振りで示した。外では日が傾き、入り口の石の落とす影が穴の底に届いて広がり始めていた。

だめよ、今晩はお通夜なんだから。ずっとついててあげなきゃ、かわいそうでしょ。

こちらを見上げた妹の口がくわっと歪んで開き、声にならない吐息が漏れ出てきたかと思うと、その身体が出口の方に向かって翻った。とっさに襟首を摑んで引き戻すと、妹はあらゆる方向へと乱暴に糸を引っ張られた操り人形のように、手足を振り回して滅茶苦茶に暴れ出した。

その両手首を捉えて背中に回し、激しい動きもろともに抱きすくめる。小柄だった私よりも妹は更に小さくか細く、全身が顎の下にすっぽりと収まってしまう。声を出さずに泣きながら、必死に逃れようともがき続けている。その身体の振動が、密着した腹部から胸へと伝わってきた。

だめ、行かせない。何があっても絶対に出してやらない。ほの暗い穴の底で、私は両手に力を込め、折れそうに細い両腕をやんわりとけれど容赦なく押さえ込んだ。やがて妹が抵抗する力を失うまで、泣くのにも疲れ果てるまで、そしてぐったりと力を抜いてもなお、その小さな身体をじっと押さえつけていた。

夕暮れ時になって、老夫人がやってきた。はなれの玄関からでなく、庭を回って来たのである。私は食器類を片づけに台所に立っていた。開け放った廊下のガラス戸の向こうを、丸くなった背中と白髪の頭が横切るのが見えた。

よく、お精がでますこと。

老夫人は庭に立って、こちらを見上げている。私は慌てて縁側に膝をついた。

お忙しくしてらっしゃるから、食べるものもあまりお口に入りませんでしたでしょう。

白い布巾をかけた皿が、こちらに差し出される。皺に覆われた小さな片手が布巾を取り除くと、皿には焼きおにぎりが三つ載っていた。脇に沢庵《たくわん》が三切れ添えられている。焼けた醤油の匂いが、忘れていた空腹を一どきに思い出させた。

私は礼を言って、皿を受け取る。上がってお茶でもいかがですかと誘うと、老夫人は、それではちょっとここへかけさせていただきましょう、と沓脱ぎ石の上に上がった。私は四畳半の間に入り、タマが寝ていた猫用座布団の下から客用座布団を二枚引き抜き、廊下に取って返した。

まあまあ、すいませんねえ。どうぞ、お構いなく。

茶器を載せた盆を持って戻ると、老夫人は廊下に敷いた座布団の上に、折り畳まれたように小さくなって座っていた。沓脱ぎ石の上に、子供靴と見まがうような大きさのサンダルが、きちんと踵《かかと》を揃え向こう向きに置かれている。いれられたお茶を前に深く頭を下げ、いただきますと茶碗を手に取り、老夫人は一口お茶をすすった。

まあ、おいしいお茶ですこと。

あのう。私は前かがみになって言う。老夫人と対座していると、まるで巨人になったかのような気持ちにさせられる。

こちらからご挨拶にうかがわないで、大変失礼いたしました。

いえいえ、老夫人はうっすらと微笑を浮かべ、片手を顔の前で振って見せる。先ほどうかがったんですが、お留守だったようでしたので……。

でかけておりましたんですよ、ちょっと……。区役所の方までまいりまして。わたくしどもは、老人パスとかいうものを、都の方からいただいておりますでしょう。それで、他へも回りまして……。

私は背をかがめたまま相槌を打つ。

老夫人の慎ましやかだった微笑は、見る見るうちに嬉々とした笑顔に変わっていった。

そのように珍しく長く留守をいたしました。お年寄りばかりの集まりでしてね、早めに失礼させていただいたんでございます。それが、おじいさんはまだ抜けられないんでございましょう。

なにがそんなに嬉しいのか、老夫人は空いている方の手を口の前にやって、恐ろしくあでやかに笑った。


お猫さんは、どうしておいででしょうかしら。

二杯目のお茶を飲み終えた頃、老夫人が訊いてきた。

お姿をお見かけしないものですから、どうしていらっしゃるのかと思いまして。

あの、きょうはまだ片づけが残っておりますし、ここにはまだ慣れないかと思いまして、実は真中の部屋の方に、出られないように……。

まあ、閉じ込められて、おかわいそうに。

そう言いながら、老夫人の表情は更に喜悦に満ちてきた。

ちょっと、拝見させていただけませんかしら。

ええ、どうぞ、どうぞ。

ここに至ってようやく、私は老夫人の訪問の真の目的に思い至った。

ああ、タマ。いました、いました。やっぱり、こんなところに。

タマは、重ねた座布団と押し入れの襖との隙間に入り込み、前足の上に顎を載せた姿勢で横たわっていた。すねている時によくする恰好である。名前を呼ぶと、顔だけを上げ、自閉の色濃い視線をこちらへ向けた。猫にとっては、恐ろしくストレスだらけの一日だったに違いない。

まあ、お可愛いこと。

老夫人は、押し入れの襖に身を寄せ掛けるようにして立ち、上からタマを覗き込んでいる。その前に積み上げられた座布団は、背の曲がった体の半分までも届きそうだった。

タマちゃんとおっしゃいますか。

猫の背中に呼びかけたかと思うと、つと畳に膝をつき、その場に座り込んでまた話しかける。

タマちゃんは、女の子さんでございましょう。

私は思わず、タマの尻尾の付け根の辺りに目をやったが、腹ばいになったその姿勢では局部は見えない。

すぐ、おわかりになりましたか。

だって、お優しいお顔をなさっておいでですもの。本当にきれいな女の子さんで器量良しですわね。

タマは、相変わらずこちらにお尻を向け、狭い隙間に伏せったまま顔も上げない。座布団の陰から尻尾だけを出し、時折鞭のようにしなわせては、畳のへりをぱたっ、ぱたっと叩いている。やがてあくびをしたのかタマは大きく息を吐き、それが、あたかも憂いのこもった深い溜め息をついたかのように聞こえてきた。

きっとお疲れですものね。おかわいそうに。お引越しは本当に大変。その上慣れないおうちでは、なかなか落ち着いてお休みになれませんでしょう。早くお慣れになって、うちへもお遊びにいらっしゃいまし。

老夫人は猫に礼をするように、一人頷いている。

それでは、そろそろ失礼させていただきます。お忙しいところをおじゃまいたしまして、お茶までいただきまして、おいしゅうございました。お猫さんにもお目にかからせていただきましたし。そう言うと、晴れ晴れとした顔で立ち上がった。

どうぞ、お疲れがでませんように、ゆっくりお休みなさいまし。

今度は猫にではなく飼い主に向けて同様に丁寧な挨拶を述べると、すり足で畳の間を出て行く。

老夫人はサンダルを履いて沓脱ぎ石を下りた。その小さな姿がゆるゆると庭を回って母屋の方に消えるのを、私は縁側に立って見送った。台所に戻って、もらった焼きおにぎりを頬張りながら電気炊飯器を捜した。柔らか目のご飯を炊き、久しぶりに夕マに好物のカツオブシをまぶしたのをやろうと思った。

老夫婦はどちらが先に猫を見るかで先を争い、賭けでもしていたのだろう。そう思えば、引越しの作業を見物に出てきたのも、猫を一目見たい一心からだったのだろうか。ひょっとすると、二人で一緒に見に行こうと約束したのを、老人が帰れない時間を利用して、老夫人が一人で抜け駆けしたのかも知れない。

翌日、老人が一人で訪ねてきた。猫のものらしい琺瑯引きの器を二つ携えて。

いやあ、昨日は、どうしても抜けられませんでして……。猫さんにも会えず、実に残念じゃった。おばあさんは、それはもう、すっかり喜んでおりましたな。可愛い猫さんじゃと言うて。

老人は言って、こちらに器を差し出した。

これは、昔飼っていたうちの猫のものじゃが、よろしかったら、お使いなされ。餌用と水飲み用に使っとりましたな。

琺瑯引きの容器はどちらも白地で、外側と底の部分にそれぞれピンクと水色で猫の足跡が描いてあった。何代もの猫に遺産として引き継げそうな、丈夫で良質の器だった。実際、そのようにして長い間使われてきたものなのかも知れない。

四畳半の障子戸を開けると、タマは部屋の真中で毛繕《けづくろ》いをしているところだった。床に座り、後ろ足を片方頭上高く持ち上げた姿勢のまま、舐めるのを中断してこちらを見る。それから足を下ろし、胸の辺りを舐め始める。前日より遥かに平常に戻って、落ち着いているように見えた。

ほうほう、これはこれは。

老人は静かに近付き、かがんで片手を差し出した。タマは怖がらなかった。臭いを嗅いで、その手を一舐め二舐めした。

老人は片手を舐めさせておいて、もう一方の手を猫の後ろに回し、頭から首筋と背中まで撫で下ろした。何度か愛撫を繰り返した後、今度は指先で耳の後ろを掻く。タマは、目を細めた恍惚の表情を浮かべ、されるがままになっている。

いやあ、久しぶりに猫さんを見せてもらえましたが。やはり、生き物はなんとも、いるといいもので、心がなごみますなあ。お宅の猫さんは、とくに良い毛並みをしておられる。まあ、きのうは、おばあさんも撫でさせてもらえなかったそうですな。

老人は満足げに笑い、母屋へと帰って行った。

その翌日、私ははなれの襖や障子戸やガラス戸を全て開け放ち、タマは一人で新たな世界へと出て行った。

背をかがめ、くぐり戸を通って中に入ると、塀のこちら側は暗かった。

暗がりの中で微風に吹かれ、庭の木々が枝先の葉をそよがせているのが聞こえる。出かける前に灯しておいた外灯だけが、黄色っぽい光ではなれの玄関前の敷石を、円く小さく照らし出している。

心臓がぎゅっと収縮した。おとなしくそこに座って待っているはずのタマが、今日はいないのだ。

タマ。はなれの前の庭に足を向けて、呼んでみる。タマ、タマ。踵《きびす》を返して反対側の庭に向かい、小声で呼ぶ。雨戸を閉ざした母屋からは一筋の光も漏れず、その輪郭が四角く重たく、薄闇の中に沈んでいる。

どこかで鈴が鳴ったような気がする。外灯の明かりは、はなれの玄関を照らし、敷石の端から零れ落ちて、土の地面でふいに途切れる。そこから先は、闇に溶け込んでよく見えない。

チリチリチリ。今度は確かに聞こえた。右手の暗がりの方から聞こえてくる。古井戸のある辺りの藪に目を凝らすと、チリチリチリ、音が規則的に大きくなって近付いてきた。と同時に、何やら白い塊が一直線にこちらへと駆けて来るのが見えた。

タマは首輪に付けた鈴を鳴らし、勢い良く駆け寄ると、一気に玄関前の敷石に跳び乗って来た。そのまま着地した場所にうずくまり、尻尾を激しく左右に振った。声をかけても振り向かず、その場に身を丸めてかがみ込んでいる。接触の悪い電気コードか、或いは虫の羽音のような奇妙な音がした。ふと見ると、タマの口の間から何かがはみ出している。ずずずずずず。それが音をたてた。虫だった。どうやら庭で昆虫を生け捕りにし、捕ったのをそのまま口の中に入れて、殺さずにここまで運んできたらしい。

タマが庭に出るようになってから、時折縁側や廊下や板の間の床の上に、虫の羽の片方や脚や胴体の一部らしきものが落ちていることがあった。それらは、半透明だったり、表面が硬く滑らかに黒光りしたり、細かな鋭角の棘を具えていたりして、極めて精密な機械の一部、精巧に作られた微細で複雑な部品のようにも見えた。私はそうした遺体の切れ端を塵取りに掃き集めながら、タマがあまり優秀な狩人にならないことを願った。どうか、間違っても小鳥やネズミやモグラなどを捕って帰ることがないようにと、そうひたすらに念じていた。

ばらばらと餌の粒が溜まっていくのも待ちきれず、タマは容器に顔を突っ込み、大きく口を開け、ブルドーザーのように下顎で器の底をさらっていく。その動きにつれて、チリチリと小刻みに鈴が鳴る。

このはなれに越して来た次の次の日、私はタマを初めて庭に放し、その翌日、カルチャー・スクールの近くにあるペット・ショップで真紅の革の首輪を買った。私が鈴を付けたいと言うと、店員は器用な手付きで、銀色の小さな鈴を、首輪に付いた金属の環にとおしてくれた。

ああら、タマちゃん、おしゃれですこと。首輪をしたタマを初めて見て、老夫人は言った。綺麗な赤ですわねえ。なんとまあお似合いなんでしょう。


夜中に、汽笛の音で目覚めた。

ああ、こんな時刻に夜行列車が通るのだな、と半分覚醒した頭の中で妙に納得した心地になったものだが、実はそれは現実の音ではなく、夢の中の列車が鳴らした警笛であったのかも知れない。

目を開けると頭上に、暗くて良く見えない天井があった。部屋の中は、縁側で焚いた蚊取り線香の臭いがしている。右の脇腹の少し下辺りが、そこはかとなく暖かく重い。そっと片手で探ると、腰骨のところで丸くなって眠っている猫の毛に触れた。更にその手を伸ばしていくと、湿り気のある微かな寝息が指先にかかる。タマの身体を、それが乗っているタオルケットごと敷布団の上を引っ張ってずらし、そっと脇に押しやって起き上がった。タマは一度低い唸り声を発したが、またそのままの姿勢で眠り続けているようだった。

廊下に出て、突き当たりの引き戸を開け手洗いに行く。出てきて、端の雨戸を一枚、できる限り音を立てないように開けた。外は、雨戸を閉めたてたはなれの中よりも数段明るい。月夜だった。満月間近い月が、遺骨のような顔面を晒して、地上に青白い光を落としている。耳を澄ましても、列車が通る音は聞こえない。ただ、庭のどこかで、虫が途切れ途切れに鳴いていた。遠くで何度か犬が吠えたが、すぐにまた静かになった。

いつの間にかタマも起きだして、トイレに行ったのだろう。風呂場に置いた猫用トイレの砂を掻く音がして、時折そこに鈴の音が混ざって聞こえる。

シャリシャリ、チリン、シャリシャリシャリ。

前の庭の、一番背が高く細長い木の枝先が、月の光に煌々と冴え渡って見えた。

翌日、私は老人にその木の名前を尋ねてみた。

庭仕事の途中で、老人はその細い木の一枝に手をやって梢を振り仰いだ。その手に押され、枝先が微かにしなって揺れた。足元では、タマが前足を木の幹に凭せかけ、熱心に頭上の枝先を見上げている。

これは、ネコの木ですて。

猫の木……。

いやあ、学術的な名称は知りませんがな。わたしどもはいつもそう呼んどりまして。なあ、おばあさん。

老人は、いつの間にか脇にやって来ていた老夫人へ向き直って言った。老夫人は大きな塵取りを地面に置いて、何度も首を縦に振る。

太郎も花子もその前の猫もみいんな、死ぬとこの下にいけとりましたでな。

老人は、首に掛けた手ぬぐいの端で額を拭って語る。

縦に深く深く、穴を掘りましてな。ちょうど猫さんがすっぽりと収まるような、筒の形に。この木はそれを肥やしにして、どんどんとこんなに伸びたとですわ。

私は縁側から、猫の木と老夫婦とタマとを交互に見比べ、そして訊いた。その木の下に、ですか……。

はいはい、そうでございますとも、歴代のお猫さんたちはみなここに。太郎も花子も、龍之介も竜之慎《たつのしん》も、峰子もお初《はつ》も。それに、あの、峰子が産んですぐ亡くなってしまった子猫さんがございましたでしょう。峰子に似て器量良しでしたのに。まだ目も開かないうちに……。本当に可哀想なことをいたしました。そう言うと、老夫人は両手を合わせて瞑目《めいもく》した。タマちゃんにも、お仲間がご覧になれるんでございましょう。ほら、ご覧なさいまし。

老夫人の「ご覧なさいまし」が、こちらに向かって使われた敬語なのか、それともタマを対象に呼びかけたものなのか、私にはどちらとも判断がつきかねたが、いずれにせよタマは、じっと猫の木を凝視していた。長いこと木の根方に留まり、梢の方へと顔を向けたまま身じろぎもせず、まるで先代の猫たちの魂に魅せられたかのように、いつまでもその枝先を見つめ続けていた。


その晩、夢を見た。

夢の中では、死んだはずの猫たちが、猫の木の周りに穿たれた竪穴の中で今も暮らし続けているのだった。穴はひとつずつ巨大な繭になっていて、それにくるまれた猫たちは、飢えた顔だけを外に出し、目を吊り上げて餌を待っていた。

そうなのか、これは落とし穴なのだ。こうやって、ネズミやモグラや小鳥などの小動物が罠に掛かるのを待ち構えているのだな。そんなふうに納得しながら夢を見続け、私は猫たちが飢えを満たすことを願った。それと同時に、他の小さな動物達が殺されて犠牲にならないようにと祈ってもいた。

繭に包まれた猫の幽霊は、全部で二十匹ぐらいだった。ああ、これが老夫婦の言っていた太郎と花子、凜々しい顔付きのが竜之慎、この姿の良いのが峰子、そしてこれが小さいうちに死んでしまった子猫だろう。一匹一匹顔を確かめながら見ていくと、その中に、見間違えようもなくタマがいた。

どうぞこちらへいらっしゃいまし。

老夫人は蠟燭の皿を手に取ると、廊下を先に立って歩き出した。廊下は、奥へと進めば進むほど暗く、老夫人の手元の光がどんどんとその明るさを増していく。私は老人と老夫人の住む母屋に、蠟燭をもらいに訪れたのだった。

前を行く老夫人の着物の襟の輪郭が、明かりににじんでぼやけて見える。廊下の壁の上で、ひとつながりになった墨色の影が揺れ動いている。炎が揺らめくのにつれて、人影も大きく揺らいだ。二つの人型は一瞬崩れ折れ、頼りなくふらふらと立ち上がって襖の上を踊ったかと思うと、ふと左手の暗闇に呑み込まれて消えた。

さあ、こちらでございます。老夫人の声がする。どうぞ、お入りなさいまし。

これはこれは、よくいらっしゃいましたな。

四畳半ほどの小部屋はほの暗く、線香の煙が漂っている。蠟燭を立てた座卓を前に、下から炎に照り返された顔に奇妙な陰影を刻んで、老人が座っていた。

いやいや、まあ、こんな狭くるしいところですが、停電の時は、ここが一番重宝でして。

どうぞ、お楽になさって。今、お茶をおいれいたしますから。

老夫人が手に持った蠟燭の皿を座卓に下ろし、闇に溶けそうに濃い色の座布団をこちらに滑らして寄越す。

老人の背後の暗がりに重々しく控えているのは、どうやら仏壇らしかった。線香の匂いが一段と強くなる。子供の頃に時折訪れた田舎の祖父母の家の仏間の佇まいを、ふと思い出した。晴れた日の日中でも仏間はどことなく薄暗く、正面奥に黒々とした荘重な仏壇があった。背後の大人に促されて前に進み出ると、踏んだ畳が軋んで、足元から地中に沈み込んでいくような感覚を覚えた。あの時後ろにいたのは誰だったのだろう。こちらに手をかざし、線香に火を移して、手渡そうとしていた。あれは父だったのか、それとも母だったのか。その後間もなくして両親も妹も一緒に亡くなってしまったから、誰に尋ねてみることもできない。そう言えば、しばらく墓参りに行っていなかった。

目が暗闇に慣れるに従い、蠟燭の明かりの中に無数の四角い輪郭が、小さく浮き上がって見える。私の視線の行く先を察したのか、老人はつと仏壇に手を伸ばし、そこから何かを取って座卓の上に置いた。それはマッチ箱よりも縦に細長く、蒲鉾の板をずっと小型にして立たせ、上の二つの角を丸く削り取ったような形をしていた。よく見ると、下には足が生えている。

あのう、これはどういったものなのでしょうか。そう尋ねながら、果たして手に取って眺めても良いものか考えあぐねていると、暗がりから老夫人の声がした。

お位牌でございますよ。お猫さまの。

これはまだ、これから黒塗りをせねばなりませんがのう。作りかけらしき白木の位牌を手にして、いとおしそうに老人が言う。ずっとずっと作り続けてきたとです。こうやって形に彫ってから、黒塗りをいたしましてな。最後に戒名を彫って、その字に金粉を塗りこめますのじゃ。

座卓の上に二本並んだ蠟燭が、互いに共振し合ったように炎を揺らし、それに合わせて位牌の影が幾つもに分かれて揺れた。

どうぞ、これをお使い下され。これで三日三晩は確実にもつだろうて。

白い蠟燭が十本、座卓の上に並べられる。

ありがとうございます。私は言った。でも、二、三本で充分かと存じますが……。

なんの、なんの。念のためにも、どうぞお持ちなされ。

横の暗がりから老夫人の手が伸びてきて、座卓の上に包装紙を広げその上に蠟燭を重ねて置くと、かさかさと音をさせて、手際よく包み込んでしまった。

私は玄関のたたきで靴を履き、老夫婦の方に向き直る。

もうすぐ、嵐もやみそうですな。なにかあったら、またいつでもおいでなされ。老人が言った。

どうぞ、お気をつけあそばして。タマちゃんにも、どうぞよろしくお伝え下さいまし。老夫人が言って、深々とお辞儀をした。

母屋の外は静かだった。雨は止んで、低く垂れ込めた雲の間から、微かに薄日が差している。恐らくはちょうど今、台風の目の中にいるのだろう。

初めてその音を聞いたのは、野分け過ぎのことだった。

老夫婦とともに、台風が吹き荒れていった庭に出て、折れた木の枝や吹き寄せられた塵を拾い、敷地内の清掃を終えたあとの日曜日。私は朝風呂から上がり、四畳半の間の畳の上に座り込んで、足の爪を切っていた。

外は抜けるような青空で、はなれの庭に、建物に、暖かな日差しが降り注いでいた。

畳に膝をつき、床に敷いたティッシュペーパーの外にはじき出ていってしまった爪の切りかけを見つけようと畳の目地に目を凝らしている時、それが聞こえた。

シャン、と鈴の音がした。

とっさに音のした方へと顔を上げた。畳の先に廊下の床の木目、その向こうのガラス戸越しに、縁側と丁寧に掃き清められた地面が見える。庭がいつもより更にきれいになっている他に、普段と違ったものは何も見当たらない。庭もはなれの中も、今は何事もなく静まり返っている。私は爪切りに戻り、左足の指の先に爪切り鋏をあてた。

そう言えば、タマは一体どこに行ったのだろう。今朝早くに、こちらが寝ている布団の上に前足を乗せて催促をするので、乾いた餌と缶詰の餌とを両方やって、私は手洗いに立った。台所に戻った時は、まだ食器に顔を突っ込んで熱心に食べていた。風呂から上がってからは、姿を見ていない。物音も聞こえなかった。しばらく前から、猫は気配を消していた。

シャンシャン。再び鳴った。今度は紛れもなく庭の方から聞こえてきた。幾つもの鈴を束ねて、軽く打ち振るような音だった。

立ち上がり、縁側に面したガラス戸を開けようと一歩を踏み出した途端、ちくりと何かが足の裏を刺した。一瞬の微かな痛みに引き留められた恰好になって、廊下の手前で歩みを止めた。柱に手をついて身体を支え、片方の爪先を返して見る。指先で触れた湯上がりの足の裏は、傷一つなく柔らかで滑らかだったが、芯まで冷えて冷たくなっていた。

深紫の畳のへりに、何か小さく細く白いものが見える。かがみ込んでよく見ると、爪の切れ端らしかった。尖った切っ先が真っ直ぐ上を向くように植わっている。それを取ろうと畳の方に伸ばしかけた手が、途中で止まる。また、あの音が聞こえた。

右手の廊下の端に、タマがいた。

いつの間に忍び寄って来ていたのだろう。手洗いの引き戸の手前に、体を低くして、顎を少し上げた恰好で伏せている。庭で何度か目にしたことがある。獲物に襲いかかる直前の、急襲の好機を窺う狩猟者の姿勢だった。猫はそのまま、そこを動かない。ねらいを定めるように一点を見つめ、身じろぎもせず、コトリとも音を立てず。シャンシャン、シャンシャン。見えない鈴が移動して行く。タマは低い姿勢のまま、音のする方へと頭を巡らした。その恰好で突然走り出し、外に顔を向けたまま駆けて、廊下の真中で立ち止まった。床板の木材に当たる爪音があとを引いて、急にまた静かになった。

タマは、ガラスに鼻面をつけるようにして、じっと庭を凝視している。私はその視線を辿ってみたが、その先には、塀際の灌木の茂みとその手前の猫の木があるだけだ。タマ、タマ。猫は微動だにしない。見えない鈴の音を捉えようと、アンテナのように立てられた耳には、こちらの声が届かないのだ。強い緊張感をみなぎらせ完全に動きを止めたその身体の中で、尻尾だけが左右に激しく振れていた。

いつしか日が陰ってきた。鈴の音は止んでいた。誰もいない庭に、ただ猫の木が立っている。言うに言われぬ冷たいものが、背骨の階段を這い上っていった。私は裸足でタマのすぐ後ろに立って、その木の梢を見つめていた。

しばらくたってから、右手の掌に深く食い込むほど固く、爪切り鋏を握り締めているのに気付いた。

十一月、はなれの庭にある南天の木が実をつけた。師走、駅前の商店街の端にある万屋《よろずや》で、私はその実と同じ紅い鼻緒の草履を買い、はなれの縁側の前の沓脱ぎ石の上に揃えて置いた。

音源が何だかよくわからない鈴の音のようなものは、その後も時折聞こえてきた。ある時は、庭の花のない花壇の辺りで音がした。またある時は、猫の木の枝の方から、降るようにして鳴った。手洗いに入っている時に、その外側を回り込むように音が移動していったこともある。鈍くくぐもった音色が、縁の下を這うようにゆっくりと進む時もあれば、縁側を端から端まで素早く軽快に駆け抜けて行くこともあった。そしてそれが空耳でない証拠には、タマも耳をそばだて、音のする方へと何度も走って行っては、また戻って来た。

鈴、でございますか。

老夫人は六畳の間に敷かれた座布団の上に、ちんまりと正座して座っていた。

このあたりで、首に鈴をつけたお猫さんをお見かけしたことはついぞございませんし、どこか遠くからよそのお家のお猫さんが、こちらに迷い込んで来られるというようなことが、はたしてございますんでしょうか……。なんとも不思議なことでございますね。老夫人はそう結んで、お茶を一口すする。

私は老夫人に倣ってお茶を一口飲み、ガラス越しに庭の方を眺めやった。塀の向こうの空を背景に、葉の落ちた木が骨張った裸の枝を広げている。冬曇りの空の下で庭は色が無く、陰画のように灰色に沈んで見えた。

鈴と申せば、タマちゃんの鈴は、なんともいい音でございますこと。りんりんと澄んだ音色で。

さようですか。

むかしのお猫さんたちにも、いくども首に鈴をつけたことがございますけれども、いつもなにやら、しゃかしゃかと、透き通らないような音がしておりましたですよ。おじいさんもわたくしも、そろそろ耳がいささか遠くなっておりまして、そのしゃかしゃかはよく聞こえないことがございましたの。でも、タマちゃんのあの鈴でしたら、いつでもよく透ってりんりんと聞こえるんでございます。

私は老夫人に、タマの首輪を買った折り、ペット・ショップでその鈴をおまけにもらったことを話した。そして老夫婦がかつて飼っていた猫たちも全員、首輪をし鈴を付けていたのかどうか尋ねてみた。

太郎と花子はお揃いで、水色とピンクの色違いの首輪をしておりました。なかなかお気に入りの色を見つけるのが大変でございましてね。食器もそのときに揃えたのでございます。鈴も同じのをつけまして、まるで合唱するように一緒に鳴ったものでございますよ。お初は確か、赤紫の首輪に金色の鈴をしておりました。龍之介は黒い革のに銀の鈴。竜之慎は、これはもうきかんきで、どうしても首輪は嫌だと申すものですから、ずっと、何も身につけず。なんと申しますか野性味があって、それはそれで姿の良いお猫さんでございました。峰子は器量良しでございましたから、今のタマちゃんのような赤い首輪をさせまして、それに金の鈴を下げておりました。失礼ですけれども……。お亡くなりになったあと、その首輪は一体どうなされたんでしょうか。

そう訊くと、老夫人は茶碗を茶たくに下ろし顔を上げた。

お亡くなりになったお猫さんは、もうその時のお姿のまま、首輪も鈴もそのままでお祀り申し上げました。

私は思わず、庭の猫の木の下の地面へと目を向けた。

ええ、さようでございます。老夫人が厳かに頷く。今でも、ずうっとそのまま、あそこに埋まっているかと存じます。

私は、はたきを持った手を止めた。

廊下に出て縁側に面したガラス戸を開けると、外気とともに日が差し込んで、その光の中に埃の粒子が浮き上がって見えた。埃は、まるで粉雪のように切れ目なく鴨居から降ってくる。ここに越してきてから約半年。その間に、どうやってこれだけの埃が降り積もったものだろう。

縁側から見下ろす庭は、きれいに清掃が行き届いている。私がたった三間のはなれを掃除している間に、老夫婦は母屋の大掃除を済ませ、敷地内の庭も全て掃き終えてしまったのだ。今朝は老夫人が玄関に水を打ち、扉にしめ飾りを取り付け、老人がガラス戸のガラスを磨いていたが、午前中に既に作業を終えたらしかった。今は母屋の中でお茶でも飲みながら休んでいるのか、或いは年賀状書きやおせち料理作りに余念がないのかも知れない。午後からは外で姿を見かけていなかった。

私は六畳の間で掃除機をかけ始めた。夏に入れ替えた畳からは、今でも緑茶を連想させる爽快な藺草《いぐさ》の匂いが立ち上ってくる。畳の目地に沿って縦に掃除機の先端を滑らせていくと、へりの埃が吸い込まれ、深紫の色がより濃くなっていくように見える。

ガタン、と台所の方で音がした。顔を上げると、タマがものすごい勢いで、こちらへ駆けて来るところだった。タマは掃除機の騒音が嫌いで、普段は私が掃除を始めるや否や、どこか隅の方に潜り込んで隠れてしまうのを常としていた。掃除機をかけている間、近くに寄ってきたことなどこれまでに一度もない。

どうしたの、タマ。

タマは掃除機にぶつかりそうになりながら、巧みにそれを避け、こちらの足元をすり抜けて廊下に出た。私は掃除機のスイッチを切った。

左右に開け放されたガラス戸のちょうど中央に、猫の木が立っている。鈴が鳴っていた。はなれの前の花のない花壇で、無数の鈴が鳴り響いていた。老夫婦のかつての飼い猫たちが皆蘇り、首輪に付いた鈴を一斉にシャンシャンと打ち振っているかのようだった。

タマは廊下からするすると縁側に出、沓脱ぎ石づたいに音もなく地面に降り立つと、一目散に猫の木を目指して駆けて行った。私はそれを追って縁側に走り出た。沓脱ぎ石の手前で足が止まった。靴下を履いた足には履けないと承知していながら、それでもそこに置いた草履が一組、真紅の鼻緒を揃え整然と向こう向きに並んでいた。

再び顔を上げた時、タマは猫の木の後方の灌木の茂みの中に潜り込んで行くところだった。白い胴体がずぶずぶと藪にのめり込んで行く。見る見るうちに尻が呑み込まれ、最後に残った尻尾も茂みに吸い込まれて見えなくなる。

私は縁側に立っていた。その場に釘付けになったように、しばらくそこから猫の木とその後ろの灌木を見つめ続けていた。

タマ。

梢の方で微かに鈴の音が応えたような気もしたが、空耳だったのだろう。庭は静まり返り、何一つ動く気配はない。

夕方、日が落ちて暗くなりかけた頃、旧式の懐中電灯を持って庭に下りた。金属の柄《え》の部分はひどく持ち重りがして、堅いスイッチをようやく両手の指で滑らせると、同心円のけれどいびつな楕円形が二重ね、崩れかけた卵黄と卵白のように地面ににじんだ。タマ、タマと名前を呼びながら、あちこちの茂みを照らし出したりしてみたが、呼び声は、電池の切れかけた電灯の光にも似てあまりに弱々しく、降りてくる闇に刻々と呑み込まれていった。

すっかり夜になったので、掌分ほどの隙間を残して雨戸を閉めた。廊下に面したガラス戸と四畳半に面した障子戸も、同じぐらいの幅に開けておいた。はなれの中は、隙間風が通ってとても寒かった。

その晩、タマは帰って来なかった。


老人が履いた黒いゴム長靴が、霜柱を倒して進んで行く。その後を、老夫人の黄色いゴム長靴が追う。老人の手から下がった金梃子《かなてこ》が、歩調に合わせて揺れている。私は踏み均された黒土の地面を、二人の後に付いて歩いた。

なんと、あの井戸ですと。

老人が玄関の上がり口から訊き返した。

どうか、お願いでございます。私は深く頭を下げた。

いやあ、そうおっしゃられても……。ご心配なさるお気持ちはわかりますが、しかし、あの井戸は……。老人はそこで急に言いやめた。

目を上げると、すぐ脇に立った老夫人が老人の丹前の裾を片手に握り、皺が寄るほど強く下の方へと引っ張っているのが見えた。

わかりました。どうしても、とおっしゃるのなら。

老夫人は、丹前の裾から速やかに手を放す。

早速今からでもよろしいかのう。では、しょうしょうお待ち下され。すぐ支度をしますからの。

老夫婦は、揃ってせわしげに、廊下を奥へと引っ込んで行った。

昨夜、突然、母屋の前の庭にある古井戸に思い当たったのである。

井戸にはいつも木の蓋がしてあった。思い付いてすぐに確かめてみたが、蓋が動いた形跡は見当たらなかったから、タマが中に落ちたというのはありそうもないことだったけれども、この敷地から出ていないとしたら、一体どうして三週間も帰って来ないのだろう。タマが帰って来られないでいる理由を他に思い付くことができないでいるうち、地面の遥か下の水中で溺れている猫の妄想が、夜を徹して水死体のごとく膨らんでいった。

どのようにしてかはわからないが、どうにかして井戸に嵌ってしまったのだ。そしてそこで溺れ死んでしまったとしか考えられない。不眠の一夜が明け、私はそう確信した。

外はどんよりとした曇り日で、手が届きそうなほどに空が低かった。時折北風が吹きつけ、庭の木々の枝先が、寒々とした音を立てて揺れる。井戸に行き着くと、円筒形の囲いの周りで、霜柱がきしんで鳴った。

よろしいかのう。

老人は金属の先端を蓋と囲いの石との間にこじ入れると、柄の反対側の端に体重をかけて上から押した。めりめりと木が裂けるような音とともに、蓋の片隅が持ち上がった。老夫人が軍手をした手を素早くその隙間に差し入れる。それから三人総がかりで、木の蓋を井戸の囲いから取り除けた。

その下には、何もなかった。生き物の気配も、生きていた物が死んだ気配もなく、骨のかけらさえ落ちていない。ただ、所々苔の生した地面が冷ややかにそこにあった。遥か遠い地下の水面は、幾層もの土に塞がれていた。使われなくなった古井戸は、いつの日にか埋め立てられていたのだった。

お気が済まれましたかな。老人が言った。

どうか、お気をおとされずに。老夫人が言った。

タマちゃんも、いつかきっと戻っておいでになりますでしょう。

老夫婦のことばは、遥か昔の活動写真の科白《せりふ》のごとく時代がかって、遠い所からゆっくりと空の井戸の縁を回って耳に届く。もしかしたら、もう帰って来ないのかも知れない。私はその時初めて、二度とタマに会えない可能性に思い至った。


目覚めた場所は、暗く静かだった。

ただ、自分の心臓の鼓動だけが、速く大きく波を打って耳の内に聞こえる。ひどく寝汗をかいたらしく、首筋から背中から腰までがじっとりと湿っていた。

いつもの習慣で布団から右腕を出し、身体の脇に沿って伸ばしてみたが、もちろんそこには何もいない。腰骨に当たる暖かい重みもないし、ついさっきまで寝ていた窪みのぬくもりもない。掛け布団の上には、隙間風が通る部屋の冷たさがあるだけだ。

今しがたまで、夢を見ていた。ひどく恐ろしい夢だった。

夢の中で、私は橋の上にいた。高い橋の上に、正面から強い風を顔に受けて、一人で立っていた。空は晴れ、強い日差しの中を、鼠色に陰った一連の雲が高速度で後方へと飛んで行った。

足元はアスファルト舗装の路面で、その遥か下に水面が見える。川の水は茶色と苔色を混ぜた色に濁って底が見えず、所々で渦を巻き、練り羊羹のようにのったりと流れていた。その流れを追っていくと、視界の彼方で川幅が大きく左右に広がって、その向こうは茫洋とした大海原らしい。そして、その海は不可思議にとてつもなく碧かった。今までに見たどんな海面よりも碧かった。

この薄茶色に濁った水が、どうしてあんなに透き通った碧になるのだろう。一体、どこから水の色が変わるのだろう。私は足の下の水面と、遠くの水平線に至る海原とを見比べ、その間の川の流れを目で辿ってみたが、その変容を見届けることはできなかった。

橋の欄干の下に、檻が置いてある。中にはタマが入っている。

私は檻の蓋を開け、猫の胴体を両手で掴んだ。その身体は温かかった。毛皮は色艶よく、手触りは滑らかで快かった。風が更に強く吹きつけてきた。私は猫の重たい身体を、両手で持ち上げた。

タマは腕の中でもがいた。宙に浮いた脚を掻くように動かし、胴をのたうたせて、必死に逃れようとした。首の鈴が鳴った。バネのように烈しい顫動《せんどう》が、両腕に伝わってくる。その抵抗を両手で押さえつけ、自分の体から離すようにして持ち上げる。タマは身動きを続け、やがて哀れな声で泣いた。私はその身体を欄干の外に突き出し、そして手を放した。

猫の全身は丸くなって、真っ直ぐ下へと落ちていった。一瞬の後、水面に小さな水飛沫が上がった。それが静まると少しして、頭が水上に現われた。遠く上の橋からでも、黒ぶちのある耳と、桃色がかった肌色の鼻先が見分けられた。タマは、水の中でももがいていた。周りの水を白く泡立たせ、溺れまいと最後の抵抗をしていた。なんとか顔を水面の上に保とうとして暴れ、沈んではまた浮き上がった。

そうやって浮き沈みを繰り返しながら、タマは流されていった。濁った水の流れに、抗いようもなく流されていった。頭部が小さな白い点になってしばらく急流に浮いていたが、あまりに遠くなった為かそれとも水に呑み込まれたのか、やがてそれも消えて見えなくなった。

私は布団の上に跳ね起きた。

掌に、タマの体温と毛の感触がはっきりと残っている。死にたくないともがきのたうつ猫の身体の顫動を、両手が鮮明に記憶していた。自分より小さく弱い生き物を、必死に抗うそれを両側からがっしりと押さえつけた瞬間には、密やかだが否定しようのない歓喜があった。残酷な行為の最中に、どこか底知れぬ深みから湧き上がってきた、見知らぬしかし懐かしい紛れもない歓喜の記憶があった。

薄闇の中で、掛け布団の模様が目の前ににじんだ。畳のへりの直線が歪んで、闇の中に溶け出すかに見えた。寝汗に湿った寝間着の襟元をかすめて隙間風が通る。

私は寝床から起き上がり、障子戸を開けて廊下に出た。二枚の雨戸の隙間から夜の庭が見える。その真中に、月明かりに照らされ、葉の落ちた枝を冷気の中に広げ、細く青白く、猫の木が立っている。

私は雨戸を閉ざした。内側のガラス戸と障子戸も完全に閉めた。全ての戸を閉め切っても、部屋の中は暖かくならなかった。寝床に座り込み、肩から掛け布団を被ってうずくまった。

暗く狭く湿った黒土の臭いのする地底の通路を、猫が下って行く。はなれの前の灌木の茂みを通り藪をくぐって、猫の木の下に掘られた竪穴の中へ。更なる深みに向かって降りて行けばいつか、かつて防空壕の跡と言われた、あの裏の空き地の穴の底へと行き着くのだろうか。世界の裏側にひっそりと穿たれ、穴はいつも同じところにあった。そこは、私が永遠に締め出されてしまった場所なのだ。

失ってしまったという圧倒的な思いが、全身を浸して広がっていく。長い間忘れていた喪失感のあまりの馴染み深さに、安堵を覚えて目を閉じた。

明け方、崖下の空き地の向こうを、始発電車が通って行ったようだった。

ゴトンゴトン、ゴトンゴトン。

遠く線路を走る車輪の音を睡眠と覚醒の境に聞きながら、私は夢のない眠りに落ちた。

そうですか。やはり、行っておしまいになられますか。

老人が言った。腕組みをし、丹前の袂に両手を入れている。

その脇で老夫人が着物の袖を押さえ、急須からお茶を注いだ。

どうぞ、めしあがれ。

母屋の中は暖かく静かだった。

そこは、はなれを借りる為に初めて老夫婦を訪れた際に、通された部屋だった。石油ストーブの上の薬缶《やかん》が、しゅしゅうと微かな音を立てて湯気を吐いている。障子戸の下に嵌め込まれたガラスが、隅の方から白く曇り、その曇りに縁取られるようにして、廊下とガラス戸とその外の縁側と、更に向こうの庭が見えた。花も葉も落ちたアジサイが、乾いた薄茶色の茎を寒気《かんき》に晒して立ち枯れている。

もしかしたら、もしかしたらでございますけれど。ふいに老夫人が言った。

タマちゃんは、ひょっとして、どこかよそのお家におもらわれになって、今もそちらで無事に元気に、お暮らしなさっているやも知れませんわね。お猫さんには、時折そういうことがございますでしょう。

それは、私も耳にしたことがあった。いつの間にか行方をくらまして、他の家の猫になりすましていたり、普段から二軒の家を掛け持ちして両方の飼い猫役をつとめていたり、或いはときどき訪れる別宅を持っていたりする猫たちの話を。

でも、タマはここで……。思わず口を衝いて出た。タマがいなくなったのは、この敷地の中なのだ。そしてもうとっくに死んでしまっているのだ。そう言おうとした。

もちろんでございますとも。老夫人が遮った。

タマちゃんは、ここでお幸せに暮らしておいでになりました。心からお可愛がられていらっしゃったのは、よく存じております。本当にとても丁寧にお世話をしていらっしゃいました。でも、それでも、そういうことは、あるのでございましょう。いくらどんなにお可愛がられても、どれだけ真実を込めてお尽くし申し上げても、それでも、どこでどんな因果かは知らず。まあ、宿命とでも申しましょうか……。

でも、あの音が、鈴が、猫の木の下の猫たちが……。私は言いかけて、あとを続けることができなくなった。

タマがいなくなってからというもの、あの鈴の音に似た奇妙な音を一度も聞いていなかったことに、ふいに気付いたのだ。音は、始まった時と同様に突然、ぱったりと止んでいた。

どこかで、元気にしてくれているといいがのう。

老人が袂から片手を出し、一口お茶をすすると言った。

寂しくなりますな。なあ、おばあさん。

そうでございますね。

また近くまで来られたら、どうぞお寄りくだされ。いつでも結構ですぞ。年寄りだけのわび住まいですからの。

そうでございますよ。ぜひ、ぜひ、お遊びにいらしてくださいましね。

本当に短い間でございましたが、大変お世話になりました。

私は畳に手をついて頭を下げた。

そして、洗い立ての猫用の琺瑯引きの食器をふたつ、重ねて差し出した。

老夫婦は玄関まで送りに出てきて、二人並んで上がり口に立っていた。私は外に出て最後にもう一度頭を下げ、お辞儀をした恰好のまま、外からゆっくりと玄関の扉を閉めていった。老人は片手を挙げて応え、老夫人はこぢんまりと髷《まげ》に結った頭を丁寧に下げたまま、最後までお辞儀を続けていた。

七年ほど後になって、私はかつて住んでいたはなれのある界隈を再び訪れた。

そこから徒歩で二十分ぐらい離れた所にある総合病院に、事故で足を折った知り合いが入院していたのを見舞ったのである。

病院を出ると、私は昔住んでいた住宅街の方向へ歩き出した。低い塀と金属製の柵と深緑の垣根が歩道に沿って続き、背の高い木蓮の木の枝から、紫色の大きな花が降るように咲いていていた。

老夫婦はどうしているだろうか。

今も二人、そろいの内裏雛のように、玄関に隣り合って立つ姿が思い浮かんだが、実のところ、三、四年前からの消息を、私は知らなかった。引っ越し後しばらくは、丁寧な暑中見舞いの葉書と手刷りの年賀状のやり取りが続いていたが、いつの間にかどちらからともなく、それも途絶えてしまっていた。

四つ辻を曲がってその道に出ると、どこか間違ったところに足を踏み入れでもしたような奇妙な錯覚に襲われた。磁場が歪んでいるのか、位相がずれているのか、路面が一歩ごとにほんの僅かずつだが傾いていく。そんなふうな違和感だった。

どこまで行っても、あの塀はなかった。

私は通りをずっと先の方まで歩いて行って、坂の手前で引き返した。見知った建物や目印を捜しながら、今度は逆方向に道を辿ったが、所々にしみのあったコンクリートの塀もえび茶色の門も見つからず、それに囲われていたはずの建物の屋根も見当たらない。

私は住所を確かめる為に、ブロック塀の角や電信柱に打ち付けられたプレートをひとつひとつ見て歩いた。そこは確かに、間違いなく、昔母屋とはなれがあった場所だった。

四つ辻まで戻り、もう一度初めと同じ方向から同じ道を歩いてみた。塀もえび茶色の門も、母屋とはなれの三角形の屋根組みも、どこにもない。あの敷地は、跡形も無く、なくなっていた。古い建物とコンクリート塀が取り壊されて、新しい家屋が建てられたというだけではない。地所の区画までがすっかり変わってしまっていた。母屋の前の庭にあった古井戸の囲いは、とっくに取り払われたに違いない。アジサイと猫の木も、恐らくは切り倒されてしまったのだろう。もしそれらの木がまだ立っているとしても、一体どの辺りにあるのか、すっかり変わってしまった景観の中に位置づけることは、もはやできなかった。

今でも私は時折、猫の木の夢を見る。

それは、遥か幾世紀もの時を隔てた遠い未来の映像らしかった。というのは、猫の木が、神話や御伽噺の中に出てくる巨木へと成長を遂げていたからだ。ほっそりとしていた木の幹が、何十倍にも何百倍にも太くなり、そこから無数に分かれた枝が、ひたすら上に向かって伸び広がり、その先端は空の彼方に霞んで見えないほど高い。

猫の木の枝には、相変わらず殆ど葉がなかったが、その代わり一枝ごとに、丸くなった猫たちが鈴なりになっていた。ひとつひとつ枝から芽吹いて、固く乾いた植物の表面が柔らかな毛皮へとさり気なく移行していく様子は、ネコヤナギに似ていたが、丸く小さくたわわに実ったところは、まるで南天の実のようだった。数え切れないほど多数の猫の実である。

その一粒一粒に私は目を凝らす。いつか見た他の夢のように、猫の木の下に埋められた猫たちは皆あそこにいるのだろうか。太郎と花子、峰子、お初、龍之介に竜之慎。そして真紅の首輪を嵌めたタマも。

あの黒ぶちのある片耳と少し桃色がかった肌色の鼻先を一生懸命捜すのだが、実になった猫たちはあまりに小さく数多く、その顔や姿形や毛並みを見極めることはできない。もう少し近付いて見ようと、何もない空き地の地面をてくてくと歩いて行くのだけれども、私がどれだけ進んだつもりになっても、踏み出した足は宙を掻くだけで、地上の距離は少しも縮まらない。

決まって同じ夢だった。

猫の木はいつも、ただ茫と開けた野原のひときわ小高い所に、数知れぬ猫たちが実った枝を高く掲げ、遠く高くそびえ立っている。

フラオ・ローゼンバウムの靴

ローゼンバウム夫人が亡くなった。

最初に訪ねて来たのは、紺のベストとスラックスに濃い目の水色の半袖シャツという、衣替えしたばかりと見える夏物の制服姿の警官が二人だった。

最近、フラオ・ローゼンバウムを見ませんでしたか。

私が玄関のドアを薄目に開けて顔を出すと、青年から中年になりかけと思しき中肉中背の男性が、軽い会釈とほぼ同時に尋ねてきた。その脇の一歩下がったところでは、茶色味がかった金髪をきっちりと結わえた若く小柄な婦人警官が、ウォーキートーキーを片手に、どこかと連絡を取っていた。

さあ、たぶん一週間ぐらい前だったか、買物に出た時に……ごめんなさい、こんな恰好で、ちょっと風邪気味なものですから……。昼過ぎというのにまだ起きぬけで着替えもせず、呼び鈴の音に驚き、慌ててパジャマの上からバスローブを羽織って出たのである。

一週間前ですか。それから、姿を見ていないと。

ええ、見ていないと思います。いえ、十日前だったかもしれません、近くのスーパーに買物に。

十日前ですか。

あ、もう二週間前か、ひょっとするともう三週間たっているかも……

近くのスーパーに買物に出た折に、同じスーパーから帰って来たらしいローゼンバウム夫人と、四つ角のところで偶然出会ったのだった。

まあ、あなたは会うたびに綺麗になるのね。夫人はお世辞を言った。それにまあ、なんとほっそりとしているんでしょう。

当の夫人は、どう見ても百キロは超えていそうな巨大な体軀を、片手に持った杖でどうにかして支えていた。お礼を言って行き過ぎようとすると、いつもどおりに引き留められた。

実は知り合いが留守をしてね。

夫人の知り合いのところには飼い猫が四匹もいて、留守のたびに夫人が餌をやりに行かなければならない。四匹にはそれぞれの好みがあって、乾いた餌と缶詰、鶏肉と魚等々、四種類の違った餌を開けてやらなければならないのだそうだ。それから猫に関するやり取りが五分ぐらい続き、私はようやく解放され、夫人と別れてスーパーに向かった。

最後に交わしたやり取りは、夫人の少し甲高い声音と共に蘇って鮮明な像を結ぶのだけれど、それがいつのことだったのか、時間に関してはまるで手がかりがなかった。頻度や曜日を決めてスーパーに通っているわけではないし、買い物に行くたびに必ず夫人に出会うとも限らない。誰かに昨日のことだったと言われれば、そうかと首を傾げ、一ヶ月前のことだったと言われれば、そうだったかもしれないと納得してしまうほどに、月日の記憶は頼りなくおぼろげで曖昧だった。

すみません、なんだかあまりはっきりとしなくって……

いやいや。警官は大して失望した様子にも見えなかった。実は、上の階の住人から苦情があってね。そう言って、天井に人差し指を向けた。

ローゼンバウム夫人の真上に住んでいる人が、風呂場の通気口から異臭が上ってくる、その上、一階の入り口のところにある夫人の郵便受けが、もう手紙の一通も入らないほど一杯になって溢れているというので、通報してきたのだと言う。これから中に入って様子を見てみなければ、と。

まあ、とにかく、ありがとう。警官は言った。

ありがとう。ポニーテールの婦人警官も通話を終え、こちらに笑顔を見せて言った。

一時間後に隣でガチャガチャと鍵を回す音がして、続いて「糞！」という男の声がドア越しに響いた。臭いが酷くて、とても中には入れない。至急検死医を寄越してほしい。そんなようなことを言っているのが聞こえ、しばらくすると下の踊り場から慌しい動きが駆け上がってきて隣の住居になだれ込んでいく様が、壁を通して伝わってきた。

二階の私の部屋の左隣に、ローゼンバウム夫人は住んでいた。この建物は五階建てで、各階に二つずつ住居があり、右側が私の住んでいる1DKで、左側は中を見たことはないのだが、どうやらもっとずっと広く、二部屋か三部屋はあるらしい。大きい方の住居は中庭に面し、小さい方の住居は、外の通りに面して窓がある。

何も手につかないまま、よりどころなく部屋中を歩き回っていると、やがて前の通りに停められた車に、遺体袋らしい大きなビニール状の黒いものが数人の手で運び込まれるのが、部屋の窓から見下ろせた。

翌日の午後、外出の必要に迫られて恐る恐るドアを開けると、二階の踊り場は何事もなかったかのように恐ろしくしんと静まり返っていた。救急隊員か検死医が散布したのか、妙に甘い防臭剤の臭いがした。ローゼンバウム夫人の住居のドアは、鍵穴のところにテープが張られて封印され、その下に薔薇の花が一輪置かれている。花はまだ蕾で、淡いピンクの色が縁の方に向かって濃くなっていく。茎には深緑の葉が三枚と棘が二つ付いていた。

そういえば、ローゼンバウムと言うのは「薔薇の木」という意味だった。ドアの下の切花を見下ろして思い出した。

私がこの建物に越してきたのは約二年ほど前、復活祭の休みが終わり、春を省略して一気に夏になろうという頃のことだった。それまでは、他の学生四人と六部屋もある大きなアパートメントを共同で借りて住んでいた。四人の学生の出身は、地元ドイツ、旧ユーゴスラビア、アルゼンチン、インドネシアと民族も宗教も人種も性別さえまちまちで、ただ全員が私よりも若かった。共通語はドイツ語で、どんな話題でも討論が尽きなかったから、随分と実践的な会話の練習にはなったと思う。

共同のスペースになっていた居間兼食堂では、いつも他の同居人が連れてきた客人が、バー用の高い椅子に腰掛けて話し込んでいたり、端のところの布地が擦り切れた古いソファーのクッションに埋もれ、我が物顔にくつろいでいたりした。常に煙草の煙が漂い、アルコールと音楽は途切れることなく、希釈したウイスキーのように長く引き伸ばされたお祭り騒ぎの日々を一年過ごすと、急に一人になりたくなった。丁度、そろそろ論文に取りかからなければならない時期でもあった。

すぐに出て行かなかったのは、家賃が格段に安かったのと、風貌も雰囲気もやけにチェ・ゲバラに似たアルゼンチン人の左翼学生に、多少とも心を引かれていたせいである。その婚約者を名乗るスペイン人女性が休暇に訪れるに及んで、私は共同アパートを出る決心をした。

引越しは、元の同居人たちが無償で手伝ってくれた。誰かが以前の引越しで使ったダンボール箱が持ち込まれ、身の回りの物が詰められ、軽トラックが調達され、知り合いが譲ってくれた椅子と机と一緒に荷物が積み込まれ積み出され、あっという間に新しい部屋の中とその前の踊り場に積み上げられていった。

ありがとう。もう、あとは一人でできるから。

じゃあ、元気でな。チェ・ゲバラが髭面の顔の横で手を振り、それを合図に皆ばらばらと階段を駆け下りて行き、私は数箇のダンボール箱と共にまだ見慣れぬ建物の踊り場に一人残された。

この箱には、一体何が入っているのだろう。屈強なドイツ人が、重たい書物を詰められるだけ思いっきり詰めてしまったのかもしれない。一人では持ち上げられない箱の角を摑んで廊下を引きずっていると、ダンボール箱の垣根の向こうに、満月のごとき白い丸顔が浮き上がって言った。

ああ、新しいおとなりさんなのね。

私は中腰のまま、その顔を振り仰いだ。良く見ると色白の肌は微かに赤味がかり、押したら指が埋まってしまうほどに柔らかそうで、月と言うよりは白とピンクの粒の混ざった甘いマシュマロの大袋を連想させた。首から上半身にかけては淡い薔薇色とクリーム色の花柄に覆われ、大振りで柔らかなブラウスの生地の下で形も定まらず漂うように見えた。

ローゼンバウムっていうのよ。よろしくね。あなたはどちらからいらっしゃったのかしら。

次に建物の中で出会った時、夫人はそう言って挨拶し、私が答える間もなく付け加えた。

まあ、あなた、なんてほっそりとしているんでしょうね。

その後、夫人には何度も部屋の前や階段や建物近くの路上で出会ったが、その他の住人は殆ど目にすることがなく、住んでいる気配もあまり感じられなかった。恐らくは年金生活者の夫人と学生の私以外、他の人たちは皆朝早く起きて仕事に出かけ、昼間はずっと外で働いていたからだろう。

夫人は出会うたびに、まるで欠かすことのできないしきたりででもあるかのように、何か必ず褒め言葉を口にした。まあ、素敵な髪型ね。素敵な服ね、よくお似合いよ。なんてスタイルがいいんでしょう。いつも綺麗ね。ますます綺麗になったわね。なんてほっそりとしていることでしょう。

始めのうちは少し頰を赤らめもし、ほんの僅かでもくすぐったいような快さを内心覚えた言葉も、やがて片方の耳からもう片方の耳へと、途中の脳細胞に触れもせず迅速に通り抜けていくようになった。二十代の終わりがもうすぐそこに、秋の日のつるべ落としの夕陽の後に控える宵闇のごとくひたひたと迫り来て、その先に殊更明るい未来の展望が開けているわけでもない。恋人と呼べる人物の影さえ差さず、ただ論文の締め切りに追われ、髪振り乱して毎日が明け暮れる。そうした情況にあって、誰から見ても立派な肥満体の烙印を押されるだろう夫人から毎回痩身を褒められたところで、さしたる有り難味もないというのが、当時の偽らざる心境であった。

ローゼンバウム夫人はユダヤ人だった。

ローゼンバウムって、典型的なユダヤ人の名前だね。大学の図書館で時折顔を合わせるかつての同居人のドイツ人が言っていたが、そうした名前の知識が私にあるわけもなく、夫人の出自を知ったのは、本人が「過ぎ越しの祭り」の話を例によって立ち話でしてくれたからである。

あたしたちのところでは、こんなふうにお祝いするのよ。きっとあなたのお国にも、なにか似たようなお祭りがあるのでしょうね。

そうですねえ。日本の新年をこちらのクリスマスに喩えて話そうかと考えているうち、夫人の話題はいつしか全く別の、知り合いの誕生日の贈り物か何かに移っていった。

ローゼンバウム夫人の遺体が運び出されてから、約一ヶ月後に呼び鈴が鳴った時、私はなぜかしら前回訪ねて来た若い婦人警官のつるりと白い顔を思い浮かべていたので、かまちに覆い被さるように立っている灰色の影を目にして、少なからず驚いた。

こんにちは。突然おじゃまして大変申し訳ありません。

丁寧に挨拶した男性は、極端に瘦せて背が高く、影のように青色がかった濃い灰色のスーツを着用していた。髪と眉毛ときちんと手入れされた口髭が、洗い晒され色褪せた褐色に見えるのは、もともと茶色の毛に三分の一ぐらいの割合で白髪が交じり合っているためと見受けられた。どことなく影の薄い顔立ちに比べたら、影のごとき色をしたスーツの方が遥かに色濃い存在感を感じさせた。

私はフラオ・ローゼンバウムの○○ですが。

○○のところが聞き取れなかった。もし親族なら、お悔やみを言わなければと思ったけれども、相手の物腰には、何か個人的なことは極力避けさせるような、著しく職業的かつ高度に専門的な雰囲気があった。

私はフラオ・ローゼンバウムの財産に関し、その管理を全面的に委託されておる者です。

母語話者でない者にとってはかなり難解な単語がちりばめられた文章がすんなりと頭に入ってきたのには、目の前の人物がかもし出す空気と、身にまとった影色のスーツのお陰によるところが随分大きいと思う。

はあ。私は言った。

そういうわけでして、実はこれを。ここで管財人は言葉を切り、かがみ込んで、横腹が大きく膨れた焦げ茶色の古びた革鞄を開け、中から何かを取り出した。

これを、預かってまいりました。

差し出されたのは、何の変哲も無いところが特徴的な、真っ白の直方体の箱である。

フラオ・ローゼンバウムが、これをあなたにと。

管財人は片手に軽々と持った箱を、ほんの僅か、恐らく数ミリの単位で少しずつこちらに近づけてくる。

でも、あのう、これは一体……。思わず後退りしそうになった。

これは、中味は、一体何なのでしょうか。

管財人は箱を持った手を宙に止め、事も無げに答える。

靴です。

靴？

ええ。どう見ても間違いなく。他のものではありません。ご婦人物の靴です。フラオ・ローゼンバウムが所有しておられた。

私の戸惑いに対して、管財人は片方の眉を微かに上げて応えた。

でも、どうして……

フラオ・ローゼンバウムははっきりと遺言書に書いておいででした。夫人が亡くなったら、この靴を是非、この建物に住んでいる親切な東洋人の女性に譲って欲しいと。

この建物に住んでいる東洋人といえば、確かに私しかいない。親切であるかどうかはともかくとして、女性である点にも間違いはない。

なんでしたら、遺言書をお見せいたしましょうか。

私がただ呆然としたまま、ええともいいえとも答えあぐねているうちに、管財人は手早く箱を脇に抱え込み、そのままかがんで例の鞄の中から、ホッチキスで留められた数枚の紙片を取り出した。

これはオリジナルではなく、コピーしたものですが。そう前置きして紙を捲る。

ほら、ここのところに明記してあります。

指差された箇所に目を近づけて見ると、紙面に規則正しく並んでいたのは、装飾性を通り越して芸術的なまでに美しい手書きの花文字の列だった。このような文字を、私は昔の西欧を舞台とした映画のフィクションの中か、博物館の中でしか目にしたことがない。「住居」という単語だけは読み取れたが、それ以外の文字は識別できず、全文を判読するのは丸一日かかってもできそうになかった。

そういうわけでして、お納めいただきたく存じます。

管財人は遺書の複写を鞄に戻し、抱えていた箱を再び片手に持ち直して、先ほどと同じ姿勢を取った。

受け取っていただけますね。

わかりました。

私は両手を差し延べた。手に取った箱は誠にあっけないほど軽く、これは何かの冗談ではないのかという疑いが、一瞬頭の中を横切っていった。

それでは、受け取りを書いていただかねば。

管財人はまた鞄の中から他の紙を取り出し、間にカーボン紙を挟んでクリップボードに留め、ボールペンを載せて差し出した。何と用意のいいことだろう。この鞄は医者の診療鞄と同様に、様々に便利で必要充分な法律上の小道具がこれでもかというほど詰まっているのに違いない。

今度の書類は普通にパソコンで打ったものらしく、多少難解な法律用語を除けば、判読不可能なものではなかった。私はざっと目を通してボールペンを握った。

この、ここのところに、今日の日付とご署名をお願いいたします。

ええと、今日は……

二〇××年、×月×日。よどみなく管財人が答える。

どうも、大変ありがとうございました。お忙しいところ、おじゃまいたしました。

署名を済ませた受け取りは焦げ茶の革鞄に仕舞われ、私の手には白い箱が残された。

それでは、これにて失礼させていただきます。

管財人は丁寧にお辞儀をし、踵《きびす》を返して立ち去りかけたかと思うと、今までとは種類も濃度も全く異なる表情を浮かべて、こちらを振り返った。

あなたは、フラオ・ローゼンバウムの靴のサイズをご存じでしたか。

いいえ、いいえ。私は咄嗟に頭を二回振った。

管財人は私が初めて目にする満面の笑みを浮かべ、楽々と革の鞄を片手に提げて階段へと向かう。その笑顔は、アリスの国に住むチェシャー猫の微笑のように、すぐに消えることなく、踊り場の床上約百八十センチのところにしばらくの間浮かんでいた。


紙蓋の下には花嫁のベールを思わせる白い薄紙があり、それを退けると、黒い革の婦人靴が一足入っていた。余分な飾りも模様もなくデザインも標準的な、実にさり気ない靴だった。箱から取り出して床に置く時、ほんの微かに靴墨の臭いがした。鈍色の渋い光沢を放って、全体が均等に黒光りしている。

履き古されてはいなかったけれども、新品のまま下ろさずに箱の中に仕舞われていたわけではないらしい。足の甲にあたるところの革に、幾本かの皺が刻まれ、低目のヒールの底は、新しい金具に付け替えられている。ほどよく愛用され、入念に手入れがなされ、適切に保存されてきた様子が窺えた。今時の靴屋では売っていそうもなかったが、時代遅れに古びて見えるということもない。流行がそばを足早に通り過ぎて行っても、長い年月の後にまた廻って来ても、ずっと目もくれずに孤高を保ってきたとでもいうような、時間を超越した風情があった。

私は立ち上がって靴を見下ろした。何だか妙に小さい気がする。東洋人か或いはかなり小柄な人でなければ、とても履けなさそうに見える。驚くばかりの巨体の持ち主だった夫人は、果たしてこんなに小さな足をしていただろうか。この靴に合うような足に、小象のごとき体重を支えられるわけがない。半分訝しく、半分は気の毒な気持ちになった。

ひょっとすると、この靴を履いていた頃の夫人は、信じられないほど若く、想像もつかないくらい瘦せていたのかもしれない。若き日のローゼンバウム夫人の姿を思い浮かべようとしてみたが、白桃のごとく白く産毛の生えた肌と、淡い薔薇色のブラウスの胸元がふわふわと漂うだけで足元までは視界に入らず、いかなる靴を履いた足も見えないのだった。

靴の脇に、裸足の右足を置いてみた。靴は正しく、私の足にぴったりの大きさに見えた。それを見ると、どうしても履いてみたくて堪らなくなった。勉強机の上で携帯電話がぶるぶると震えながら鳴ったが、無視して右足を入れた。それからすぐに左足も。

足はすっぽりと嵌った。甲の部分の高い深めの靴に、ぴったりと心地よく収まった。良質の革に全体が包まれて、嬉しがっているのが分かった。すぐにでも歩き出しそうに、喜んでいた。ストッキングを履いていない裸足の足が、革靴の中に滑りよく収まるはずもないのに、その時は何ら不思議にも思わなかった。

木組みの床の上を、コツコツと音を立てて歩いてみた。狭い室内を、窓のところまで行って引き返す。思ったとおり、歩き心地も履き心地に遜色なくすばらしい。誰にともなく行ってきますと言い、そのまま部屋を出た。

ローゼンバウム夫人の靴を履いて最初に歩いて行った先は、市内でも名の通った一軒の高級洋菓子店だった。店は、町を東西に貫いて流れる河の南側の旧市街にあった。北から橋を渡ってすぐの広場の、中央の噴水に面していた。老舗《しにせ》に相応《ふさわ》しい年季の入った木製の看板を掲げ、ピカピカに磨き上げられたショーウインドーの棚に縁がレース状になった白い紙を敷いて、その上に数種のケーキを並べた様子が、時代を越えて優雅で誇らし気に見えた。

店内に足を踏み入れた途端、色と匂いに幻惑される。そこは、驚くべき多様な菓子がひとつひとつ繊細な形と柔らかな彩を具え、芳しく甘い香を放ち、所狭しと咲き誇っている人工の楽園だった。目の前で、クリーム色のカーディガンを着た、恐らくはローゼンバウム夫人と同年代の老婦人が、形良く整えられた白髪の頭を傾げ、皺の寄った細い指先でケースの中を指し示している。順番を待つ間、私は二つのトルテの間で散々に迷いぬいたが、自分の順番が回ってくるとその二つに更に「ドナウの漣《さざなみ》」を追加して注文した。

菓子の入った淡いベージュ色の艶やかな箱を手に、店員の笑顔に送られて外に出ると、石畳の広場に初夏の日差しが落ちていた。橋の上からは、川面がきらきらと陽を照り返すのが見え、暖かな追い風が背中を押した。部屋に帰り着いてお湯を沸かし、紅茶を淹れ、ケーキを三つ食べた。

その日から、私は毎日同じ靴を履いた。同じ橋を渡って同じ菓子店に行き、毎回異なるケーキを買った。日を置かず通って来る東洋人の顔を見覚えて、店員は極度に愛想良く親切になり、昨日の残りと言って四つ目のケーキを格安にしてくれたり、クッキーやチョコレートをおまけにくれて、出る時には必ずドアを開けて支えていてくれた。この地に暮らしていて、これほどの奉仕と笑顔を集中的に受けるのは全く初めてで、それは喩えようもなく快い体験だった。

週末には、毎週川沿いで開かれる蚤の市に行き、それまで着たこともなかったゆったりとしたスカートと花柄のブラウスを買った。その隣で昔風のマイセンを真似た紅茶茶碗とポットのセットを見つけ、ほんの少しだけ値切ると、パイプを咥えたカイザー髭の老人が無言で頷き、ひとつひとつをゆっくりと古新聞に包んで渡してくれた。

優雅に古めかしいポットでお茶を淹れ、毎日三、四箇の洋菓子を食べるのが習慣になると、他の食べ物にはまるで食指が動かなくなった。まずご飯を炊かなくなり、パンも買わなくなり、野菜と果物は皿から消え、ケーキやチョコレートその他の菓子類とジャンクフードが瞬く間に食卓を席捲した。

偏食のせいなのだろう。眠りに入る直前、ベッドに仰向けになり、両手でそれぞれ左右のわき腹の辺りを探ると、限りなく柔らかい脂肪の層に掌が沈んでいくように感じられた。鏡に映るのも、以前は痩せて顎が尖った狐顔だったのが、その吊目がちの一重瞼はそのままに、頬の辺りの輪郭が僅かに丸みを帯びた気がした。回転台の上に載せられ、彫刻家の器用な指先で少しずつ粘土を付け加えられていく塑像《そぞう》のように、陰になっていた窪みが埋まり、表面が滑らかに均されていく。鏡の中の顔は日ごとに険が取れて和み、白くふくふくとほころびていくかに見えた。

恐らくは、体重も幾分増えていたはずなのだけれど、体には新たに付いた脂肪の重みが、一向に感じられなかった。むしろ固く凝り固まっていた組織がほぐれ、密度が下がって柔らかくなり、全身がより軽くなっていくようにさえ思われた。地面を踏みしめるのではなく、その数センチ上のところに浮いて、宙を滑っていくかのような感覚。ローゼンバウム夫人の靴を履いた足には、不思議な浮遊感が付き纏い、初めの日に菓子店に入った時の幸福感は少しも薄れることなく続いていた。

最後に訪ねて来たのはMだった。

呼び鈴に応じてドアを開けると、額が広く秀でて眉毛の濃い馴染みの顔が目に入り、ああと挨拶をしかけた途端、しゃがれた怒鳴り声が耳に飛び込んできた。

あんた、一体どうしたのよっ！

日本語を聞くのも、罵声に近い声を耳にするのも、随分久し振りだと思った。どうしたって言っても……。私がそう口籠もると、Mはその利き手にレーザー銃だか何だかの先鋭的な武器を構えているかのような正確さと敵意を持って、決然とこちらの足元を指差した。

靴よ、その靴！

屋外を歩いた外出用の靴を部屋の中でも履いているのを、不衛生と咎めているにしては、あまりに物凄い剣幕ではある。

脱ぎなさい、早く！　中に入ると同時に、Mは命じた。まだこちらの足に人差し指を銃口のように突きつけ、しっかりと狙いを定めたままでいる。

さあ、脱ぐのよ！　すぐにも足元に膝を突き、無理矢理靴を剝ぎ取りかねない勢いでMが繰り返す。

そんなに言うのならと、なまった体を二つに折り曲げ、右手の指を踵《かかと》に当てて脱ごうとした瞬間、どこかとても深いところで微かな痛みを覚えた。体の一部が引き剝がされるのを、とてつもなく古い記憶として脳裏に蘇らせてでもいるかのような、感じているのが身体なのか心なのか区別のつかない、そんな不思議な痛みだった。

ローゼンバウム夫人の靴は私の足を離れ、黒い口を天井に向けて開け、左右隣り合って床に並んだ。

入れるもの！　Mが再び叫ぶ。

私は入り口脇の小さな納戸からあの白く何の変哲も無い靴箱を出してきて、横に置いた。Mは箱を開け、中の薄紙を左右に分けて靴を入れ、手早く蓋をして押さえた。

いやあ、もう驚いたのなんのって。勉強机の前の椅子に腰掛け、中国茶の入ったマグカップを両手に挟んで、Mが大きく息を吐く。

大学には出てこないし、SMS送っても返事はないし、どうしたのかと思って来てみたらこうでしょ。一瞬、別人かと思ったわよ。引越しして、誰か他の日本人が入ったのかなって。

やっぱり、そんなに太った？

そうねえ、太ったとか痩せたとか、そういうんじゃなくって、まるで別の人に見えた。

私は自分のベッドに座り、膝の上に両手を重ねて置いた。ブラウスの裾の辺りに、乾いた血のような色が見える。目を凝らすと、同じ色の斑点が幾つも、花柄の地の中から浮き上がってきた。コーヒーか紅茶か何かを、こぼしてしまったのらしい。飛沫は歪な楕円を無数に描き、ピンクの花びらを赤錆色に染めて広がっていた。

そういえば、この服を買って以来、殆ど毎日のように着続けてきたような気もする。それは、一体どれだけの期間に及ぶのだろう。振り返って見てもすぐ後ろは空白で、うまく思い出すことができない。私はただ、染みの付いた花模様の生地と、その脇に横たわっている妙に色の白い手とを、まるで他人のもののように見下ろしていた。

帰りがけにMはドアの前で、靴の入った箱をしっかりと締め付けるように脇に抱えた。

これは処分するからね。

処分……

先ほどの靴を脱いだ時の痛みが、ほんの僅かながらぶり返してくる感触があった。処分と言うのは、具体的にどういうことなのか。粗大ゴミに出すのか、赤十字のコンテナに放り込むのか、蚤の市で売るのか、はたまた土中に埋めるのか、と私は訊いた。まさか、こんな危ないものを。Mは、ぎしぎしと音を立てて頭を回すからくり人形のような不自然な動きで、大袈裟に首を振って見せる。

燃やすのよ、あとに何も残らないように。そう言い置いて、友人は帰って行った。

靴がなくなると、それを履いて外に出たいという思いも、ケーキを買って食べたいという欲求もたちまちにして失せ、私は翌日からさっぱりと菓子屋通いを止めた。食べ物の嗜好も旧に復し、菓子類とジャンクフードは食卓から姿を消して、その代わりに大量の野菜と果物が皿に戻ってきた。

ある日ふと鏡を見ると、以前のように顎の尖った狐顔が映り、浴室の明かりに頬の窪みを青白く晒して、じっとこちらを見返しているのだった。私は蚤の市で買った花柄のブラウスとスカートをスーパーのビニール袋に入れて赤十字のコンテナに投棄し、箪笥から昔のジーンズと無地のシャツを出してきて着た。

蚤の市で買った紅茶ポットと茶碗のセットは台所の隅に忘れ去られ、艶やかだった陶器の表面にうっすらと埃が積もり始めた。橋を渡って旧市街へ足を向けることもなく、時折近所のスーパーや大学の図書館へ赴くだけで、用のない外出もしなくなり、部屋を出るのも稀になった。こうして、ローゼンバウム夫人の靴を履いていた時期の痕跡は、日々の生活の全てから、驚くほど速やかに消えていった。

西に傾きかけた秋の陽に胴を紅鮭色に照らし出され、巨大な機体が舞い降りて来る。音もなく着地し、滑走路を急速度で滑って通り過ぎて行く。私は窓の外から目を転じて、目の前のテーブルを見た。数年暮らしたこの都市を離れてロンドンに移り住むというMを、空港に見送りに来たのだった。

どうしてロンドンなの。私は尋ねた。

まあ、これからの時代はやっぱり英語でしょう。答えを聞いて、返すべき言葉を見失った。

これまでにもMは幾度かこうして、極度に通俗的なあまり陳腐さを通り越して衝撃的に響く言辞を弄し、私を沈黙の淵に陥れてきたのだ。友人は、こちらの思惑を遥かに超えて常識的かつ現実的だった。引越しを決めてからというもの、恐ろしい勢いで全ての処理にかかり、次の入居者探しに部屋の解約、持ち物の仕分けから清掃、航空券の手配に至るまで、ありとあらゆる必要事項を短期間に片付けていった。発送される荷物は既に梱包されて引越し業者の倉庫に眠り、スーツケースはカウンターでチェックインがなされ、今は機内持ち込みの鞄ひとつを足元に置いて、ハンバーガーを食べている。

ねえ、あの時のことなんだけど。私は切り出した。

ナアニ。Mはフライドポテトを摘まんだ指先を紙ナプキンで拭く。その手は小さくふっくりとして、甲の指の付け根のところに笑窪ができた。

あの日、久し振りに部屋に来てくれた時なんだけど。

入り口で一体何を見たのか、どうしてすぐさま靴を脱ぐように言ったのか、あの靴が「危ないもの」と言ったのはどういう意味だったのか。私は尋ねた。

だってさあ……。ドアが開いた途端に恐ろしいものが見えたのだ、とMは言う。靴が、左右の足を摑んでいたのだ、と。

こんなふうにね。Mは両手の指を中途半端に曲げて左右対称の環を作り、どしんとテーブルの上に載せた。そのあおりを受け、トレーの脇にあった紙ナプキンの縁がめくれて舞い上がった。その手の中の環は私の足首が納まるには小さすぎて、月日に晒され白い骨だけが残った足が中に捕らわれているかに見えた。

それにね……

それに。私は背筋を伸ばして居住まいを正し、傾聴の態勢に入った。Mは口を閉じ、黙って両目も閉じた。再び目を開けた時には、どこかずっと遠くにある場所を見ているようだった。

話さないほうがいいと思う。

どんなことであろうと聞きたい、何がなんでも、どうしても知りたい。どんなに恐ろしい場面でも、顔の前に立てた指の隙間から覗いてみたい。そう逸《はや》る好奇心の肩口を、やんわりと何かが押さえて引き留めた。分別なのか、自己防衛の本能がどこかで警鐘を鳴らしたのか、そのようにして立ち止まってしまったことに、自分自身が驚いていた。

それは、夫人の過去や出自と何か関係があるのかと、私はただそれだけを尋ねた。ないと言えば、嘘になるわね。Mは、余った紙ナプキンをテーブルの上に広げて折り紙を始める。

Mのお陰で何かを免れたことは確かだったけれども、こちらから頼んだわけでもないのに何かしら不公正なやり方でお目こぼしに与ったかのような割り切れなさが、安堵感の底に淀んだ。後ろめたさやら心残りやら、うやむやな感情が入り混じった混沌の中から私は彼女に対する謝意だけを拾おうとしたが、あまりうまくはいかなかった。そろそろ行かなくちゃ。Mは、弄んでいた紙ナプキンを掌で丸めて玉にしてトレーの上に載せた。

私たちは並んで長い通路を歩いた。Mは鞄の持ち手に腕を通し、肘のところに提げている。足元を見ると、踵が低く先が丸くなった黒いエナメルのバレリーナシューズを履いている。掌を横にして指四本分私より背の低いMは、とても小さな足をしていた。

あの靴はどうしたの。

どうしたって。Mは前を向いたまま訊き返す。

燃やすって言ってたけど。

ああ。燃したわよ。もちろん。裏庭でね、夜中にガソリンかけて、マッチすって、ボッて。すごく良く燃えたわ。ほとんどなあーんにも残んなかったぐらい。

嘘だと思った。

通路の突き当たりに、乗客のみと書かれたディスクと、その前に立った制服姿の係官が見える。その奥に、セキュリティーチェックの硝子の囲いがあった。

あの靴は、持ち主の足に適応してその大きさや形状を微妙に変化させていく生き物なのだ。だからこそどんな足にも完璧に合い、誰に対してもこれ以上はない最高の履き心地を約束できるのだ。そんな妄想が湧いた。ハンバーガーとフライドポテトを精力的に平らげていたMの横顔と同時に、白いベールを被りあの白い箱に収まった靴が、彼女が提げた鞄の中に入っている様子が目に浮かんだ。

それじゃあ、ここで。見送りありがとう。何も言えずに突っ立っている私に不審そうな顔も見せずに、Mは言った。向こうに落ち着いたら、連絡するから。元気でね。軽く手を振り、係官に搭乗券を見せてセキュリティーチェックのブースに入っていく。

あの靴が行ってしまう。

今ここで警告しなければ、という差し迫った危機感をも凌ぎ、圧倒的な苦痛の高波が打ち寄せた。私の靴だったのに、公式の遺言でもらったのに。永遠に手の届かない遠くへと、持ち去られてしまう。自分の一部だったものを奪われ失う痛みの只中に、私は言葉を失い、身動きできぬまま呑み込まれた。

ベルトに載った鞄が、探査装置の黒い垂れ幕の向こうに吸い込まれていく。とんでもない危険を暗示するとてつもなく恐ろしいものがスクリーンに映り、警備員が装置を止め、赤い警告ランプが灯って、耳を聾する警報があたりに響き渡るのではないか。恐れ期待し身構えたが、何も起こらなかった。

Mはベルトの先で荷物を受け取り、最後に一度こちらを振り返った。遠目にははっきりとは分からなかったが、唇の端に微かな笑みを浮かべているようにも見えた。次の瞬間、前に向き直って鞄を抱え直し、仕切りの右の方へ足早に消えて行った。

蛍光灯に照らされ白く長く続く人気のない廊下を、私はひたすら引き返した。さきほどまでMといたカフェテラスに戻り、硝子窓の前に立った。長い間窓の外を眺めて、離陸する飛行機を何機も見送った。機体はどれも驚くべき速度で滑走路を走り抜け、機首を斜め上に向けて浮き上がり、暮れかけた茜色の空に灰色の点となって吸い込まれて行った。

あのどれかに、ローゼンバウム夫人の靴が乗っている。ああして勢い良く飛び発ってこの地を離れ、大陸を横断し海を越えて飛び続けて行くのだ。そう思いながら、いつまでも眺めていた。

私は今でもずっと、同じ国の同じ都市に暮らし、同じ部屋に一人住み続けている。隣には、肌の色と柔らかさだけが夫人に似て、体重はその三分の一もあるかないかのほっそりとしたスチュワーデスが入居してきた。仕事で不規則な生活をしているらしい彼女とは、時折部屋の前や一階の玄関付近で顔を合わせ、挨拶は交わすけれども、未だに話し込んだことはない。

ロンドンに渡ったはずのMから、その後音信はなかった。

あの靴は、実際にはどうなったのだろう、果たして本当に燃え尽きて灰燼に帰したものなのか、それともMと共に海を渡って彼の地に降り立ったのか。その行く末はもはや尋ねようもなく、確かめるすべもなかった。もしかしたら、今もどこかで黒々と口を開け、深く虚ろな内部の空洞を満たしてくれる新たな足を、ひっそりと待ち受けているのかもしれない。そんなふうに思うこともある。

当時を思い返すたびに浮かんでくるのは、ただ穏やかな初夏の日差しと橋の上を吹いていた川風の暖かさ、それに洋菓子店の店内に満ちていた焼けたバターの匂いばかり。初めてあの靴を履いて外に出た時の光景が蘇るだけで、それに続く日々を、私はただ夢の中で果てしなく同じことを繰り返して過ごしたような気がする。

見かけは大きく華々しく、その容積に見合った膨大な幸福感を約束しているかに見えて、口に入れた途端にはかなく溶けてなくなってしまう。そんな綿菓子に似て、ローゼンバウム夫人の靴と共にあった日々は、砂糖の甘い後味だけを舌に残して消えていった。その後しばらく、淡い薔薇色をした至福感の名残とも言えるものが、記憶の縁に留まっていた。

盂蘭盆会

帰ってきた。やっと、帰ってきた。

玄関の格子戸に片手をかけると、すと横に滑って音もなく開いた。僅かな隙間から中に滑り込んで、後ろ手に戸を閉《た》てた。

薄暗い玄関の上がり口に、うずくまった二羽の兎のように白っぽい室内履きが置かれている。外出用の靴を脱ぎ、爪先を入れてみた。足の甲に毛羽が擦り寄ってくる感触があって、底の凹凸に足の裏がすんなりと嵌る。少し外側に体重のかかる癖のある立ち方に、微塵のずれもなく馴染んでいる。間違いなく、長年履き慣らした自分用の室内履きだった。向き直ってかがみ込み、脱いだばかりの靴の踵《かかと》をこちら向きに、たたきの隅に揃えて置いた。

夕刻に家の前で焚かれた火は、小さいながら赤々と燃えていた。どこからでも、どんなに遠いところからでも一目で見える明るい火だった。それを目印にして、一目散に走ってきたのだ。随分と走った気がするけれども、息は切れていない。正に飛ぶようにして駆けてきた。「天翔《あまがけ》る」というのは、文字通りこういうことを言うのだな。そう思うと、おなかの底からおかしさが気泡になって沸き立つようで、思わずくくと笑いが漏れた。

廊下の先の板の間に、明かりが灯っているのが見える。台所か茶の間に叔母がいるのだろう。今すぐに、声をかけに行ったほうがいいのだろうか。いや、叔母の事だから、そうしなくとも後で必ず私の部屋まで様子を見に上がって来てくれるに違いない。

朝子は目の前の急な階段を、二階に向かって音もなく駆け上がった。

明日は盂蘭盆会《うらぼんえ》だ。

階下に佇んで見上げる階段は、午後の日差しが降り注ぎ、上から五、六段目辺りまでがくっきりと照らし出されている。そこから下は暗くひんやりと底深い水中のように、陰の中に沈んでいた。足元に視線を戻し、一段目に片足をかける。重たいものを持って上がるのが億劫になってきたのは、いつの頃からだろう。秋子はひとつ長い息を吐き、それから一段ずつゆっくりと上り始めた。

この家は、東側の玄関を入るとすぐ目の前に階段があって、建物の真中を貫くようにして斜め上へとまっすぐに延びている。玄関の真正面に堂々とあることと、勾配が急で上まで見通せないのとが相まって、思わず上がってみたくなるような造りなのだが、階段を上がり切った先にはもう部屋はない。右手に洗面所と手洗いと約三畳分の納戸、左手の廊下に沿って南西に八畳の洋室と、南東に細長い十畳の和室がある。

洋室のドアを開けると、いきなり真っ白の光が零れて、秋子は目をしばたたいた。室内は、物の形が全て溶け出して見えるほどに明るい。そうだった。ここは家中で最も日当たりの良い、一番明るい部屋なのだ。冬はいつも日が差し込んでぬくぬくと暖かく、夏はひどく暑かった。日没になると、壁も家具も床も朱色の西陽に染まり、開け放した窓から戸口へとぬるい夕風が吹き抜けていくのだった。

ただ明るいだけではなく、すこぶる眺めのよい部屋でもある。後から上げた二階の方が一階より面積が小さかったので、低めに作られた窓から、一階の屋根瓦の上に降り立つこともできる。周りに高い建物がまだ少なかった昔は、晴れた日に遠い川面が光って見えたりもして、屋根の上は、どこまでも茫洋と視界が開けていた。

この洋室は、かつて秋子と姉の夏子の部屋だった。壁に向かって隣り合わせに勉強机が置かれ、両側を挟むようにして二つの洋服箪笥があった。現在シングルのベッドが置かれているところに、昔は二段ベッドがあり、秋子は物心ついた頃からいつもその上の段で寝ていた。眠りにつく前に上から身を乗り出して覗き込むと、読書灯の丸い明かりの中に、本の上にかがみ込んだ姉のうなじと頭の後ろがいつも見えるのだ。

明るさに慣れた目で、部屋の中を見回してみる。壁際に、麻のカバーのかかったべッド。枕のある部分が少し膨らんで、そこから足の方に向かってパンダとラッコと羊とペンギンのぬいぐるみが、いつもと同じ順番で並んでいる。窓の手前には古い勉強机、その隣にぎっしりと本や雑誌の詰まった本棚。書物は棚から溢れ、床に積み重なり、一番奥にどっしりと構えている洋服簞笥の上までを占領していた。

筆記用具があるだけの、整然と片付けられた机の上をはたきで軽くはたき、それから掃除機をかけ始める。おびただしい量の書物と、古び色褪せところどころ綻びかけているぬいぐるみ。とっくの昔に使われなくなったタイプライターが、ケースに入って机の脚に立てかけてある。姪の個室は、一週間前、一ヶ月前、半年前と何ら変わったところはなかった。

秋子たち姉妹は生まれた時からこの方、一度として家移りというものをしたことがなく、引越しがどういうものかも知らなかった。比較的人の出入りの少ないこの界隈でも、今時そういう例は珍しいのではないか、と秋子は思う。

建てられた当初平屋建てだった家は、その後無理矢理のようにして二階を上げ、内部も何度か改装を重ねているのだけれど、一階部分の骨組みは最初に建てられた時のままである。台所と食堂を兼ねている板の間と、隣の茶の間との境に立つ柱には、今でも大人の臍から鳩尾《みぞおち》の辺りにかけて、姉妹が子供の頃に測った背丈の線が、幾本も鉛筆で刻まれている。両親はまだ若いうちに相次いで亡くなったが、残された書類の筆跡などを見ると、柱の線の脇に記された数字は父の手になるもののようだった。

南東の十畳の和室は、すり硝子の窓の外に格子が嵌っているせいか、どことなく薄暗くひんやりとしている。表面を覆っていた藍染の布をめくり上げると、古い鏡台の一面鏡に和風の家具が置かれた室内が映った。桐の和簞笥。座机と座椅子。脇に積み上げられた濃い紫の座布団。その上から息を吹きかけては、乾いた布で拭き取っていく。鏡の奥は、まるでかつての白黒映画かセピア色の写真のごとくに古めかしい。ここでは物の輪郭が柔らかく微かにずれ、遠い記憶のような曖昧さをたたえている。

両親が亡くなると、夏子は子供部屋を出て、それまで両親が居室にしていたこの部屋へと移った。そして結婚した後も、常にここを寝室兼仕事部屋として使い続けた。廊下に面した襖を背にして向かって右に屛風を立てて、その向こうに文机を置き、部屋の中の約三分の一を仕事場に、残りの三分の二を寝間に充てていた。

「お姫《ひい》さまー、お食事でございまっせ」階段の中途で伸び上がって秋子がそう声をかけると、薄く襖が開いて、羽織か丹前を羽織った姉が目を細めた顔をこちらに見せながら、手にはまだくすんだ表紙の古本を開いたまま持っていたりなどするのだった。

私立の女子高校に国語の教師として勤め、古文や漢文を教えていた夏子には、文机や座椅子といった古い道具立てが似つかわしい、どこか浮世離れしながら凜とした、姫君のような雰囲気があった。

廊下を引き返し洋室の前を通り抜けて、階段の上がり口の右手にある引き戸を開けた。戸の向こうは三畳ほどの小部屋になっていて、中の空気が古本屋の店内を思い起こさせる。本棚の棚板の書物の重みにたわんだ木材、四隅から紙魚《しみ》に食まれた古紙の束、紙面ににじみ染み込み乾いた万年筆のインク。それらの臭いがほんの僅かずつ混じり合い、窓のない狭い空間の中に淀んでいた。

焦げ茶色の大きな机が部屋の大部分を占め、その上にはたきをかけるたび、端に置かれた雑誌の表紙にいつも必ず目がいって、記事の表題を読むともなく読んでしまう。日本語で書かれているのだから、もちろん読むことはできるのだけれども、あまりに抽象的過ぎるのか、或いは全く特殊な分野の隠語でもあるのか、秋子にはその意味が皆目分からないのだった。

秋子が短大に入った年に、夏子はある製薬会社の研究所に勤めていた化学者と知り合って結婚した。やせてひょろんと背ばかりが高く、裸眼ではたわしと石鹼の区別も付かないほどの近眼のため、いつも鼈甲縁の丸眼鏡をかけていた。正にその研究者の外見そのままに、中味も著しく学究肌の人だった。地方の地主の三男だったが、「トシオさんとこは、なんかやたらとフクザツでねえ」と夏子が言っていた通り、上の兄二人とは母親が違い、その義母はもちろん自分の母親も父親もとうの昔に他界して、という境遇にあり、早くから単身で上京して来ていたらしい。夏子の方も早くに両親を亡くしていたし、母親が一人っ子だったこともあり伯父叔母の類も身近にいなかった。そうしたわけで親類縁者と言っても秋子一人で、祝言は三人だけで挙げたようなものである。

家財道具とて殆ど何もなく、本と衣類が半分ずつ詰められた行李を幾つか持っただけで越して来て、義兄はすんなりとこの家の住人になった。二泊三日で熱海に新婚旅行に行き、帰って来てから一週間ばかり経った日に、義兄とは似ても似つかない恰幅の良い中年の男性が上の兄と名乗って忽然と現れた。不肖の弟を今後とも何卒よろしくお願いつかまつります、と夏子に向かって驚くばかりの頭の低さで口上を述べ、お茶を出して脇に控えていた秋子までもが、ひどくねんごろに拝み倒されているような気分になり、さてこれからはこの細身の義兄を陰からも支え是非とも家長として盛り立てていかねばなどと、覚悟を新たにさせられたものだった。

不意打ちの客が帰ったその日の晩、義兄は、「あれはね、僕のことは大学を出るまでの面倒はみたんだから、今後実家のほうからの援助はいっさいないものと思ってくれって言っていたんだよ」と説いて苦笑した。なあんだそういうことだったのか、と夏子は手を叩いて笑い、何だか訳の分からない重荷を下ろして、緊張を解いた気持ちになったようだった。

この家に越して来ると間もなく、義兄は二階の三畳の納戸の改装を始めた。どこから板切れだの棒切れだの材料を持ってきて、造りつけの本棚と机を作り、狭いながらも自分用の書庫兼書斎を数日でこしらえてしまった。ああ見えて、結構手先が器用なものなのだな。姉妹はやたらと感心して目を瞠《みは》り、変身を遂げた三畳の部屋の中を眺め回した。まだペンキの臭いのする棚に、行李に入っていた本や科学雑誌が整然と並べられ、頑丈そうな焦げ茶色の机の表面がニスで輝き、古い電気スタンドがつややかに磨かれ、新品同然の光を放って辺りを照らしていた。

義兄はこの三畳の書斎をケンキュウシツと呼び習わして、帰宅後毎晩籠城するようになった。秋子はよく一階の台所で夫婦茶碗にお茶を注ぎ、二枚の小皿に菓子を盛って、姉夫婦に届けたものだ。どちらも自分の机に向かって何かを読んでおり、時には利き手にペンを握って、一瞬顔を上げて丁寧にありがとうと言うのだけれど、どこか上の空で茶碗を手に取る様子が、呆れるほどにそっくりだった。

姉夫婦には、生徒会の会長と副会長がそのまま大人になって机を並べているかのような風情があり、二人の間は淡々と知的でやたらと風通しが良く見えたのだが、それでも五年後には朝子が生まれ、秋子は二階の角部屋を姪に譲り、一人一階に降りていった。

階段を下って一階に降り立つと、右手の廊下に沿って一番手前に八畳の和室がある。あまり物も置かれず、いつでも客間として使えるようきちんと整えられているが、ここしばらくは客を通したことがない。閉め切っていると、たまった湿気が漆喰を侵食していくように思われ、毎日雨戸を開けて風を通しているが、それ以外には用のない、どことなくよそよそしい佇まいの部屋である。

床の間にはたきをかけ、畳に掃除機をかける。最後にこの部屋を使ったのは、おそらく葬式の時だったのではないだろうか。菩提寺から初対面のお坊様がやって来た。物静かで威厳のあるお坊様は窓を背にして座り、両手に持った客用の茶碗の上からふうっと息を吐いた。袈裟の表面の見事な光沢に目を奪われながら、猫舌のお坊様というのもいるのだろうか、と妙な疑問を抱いたのを秋子は今も覚えている。葬儀の折の慌しさの記憶もはっきりとあるのに、それが誰の葬式だったのかはなぜか思い出せないのだった。

廊下に出ると、突き当たりの板の間の窓に西陽が当たり、橙《だいだい》色の光が床に溢れていた。振り向けば、東側の玄関もまだ明るい。光の通路になった廊下を、板の間に向かって掃除機をかけていく。

眼下にさざ波立つ海面のごとく、うねり広がっている深緑色の座布団。おひつから湯気が立ち上って芳香と悪臭の境を行きつ戻りつし、軽飛行機から撮影した熱帯雨林のもやのように、低空をたゆたう。ちりちりと食器が触れ合う音がして、合間に名前が呼ばれた。アッ子、ほら、あーんして。落とさないでね。アッ子ちゃん、食べた。うん、食べたね。

切れ切れの断片として浮かび上がってくる幼時の記憶は、どうやら両親と姉と一緒に食卓を囲んでいる場面らしい。喚起された映像が全て俯瞰図なのは、母親の膝の上に抱え上げられていたからなのだろう。

二階を上げる前の平屋建ての家で、秋子たち家族は毎日茶の間に卓袱台を出し、座布団に座って食事をしていたのだ。もともと八畳か十畳はあった茶の間は、玄関と廊下と板の間に面して、三方から襖と障子で出入りができ、正しく家の中心に位置していた。

一体どのような経緯で、建物の真中に急な階段を通すことになったのかは、よく分からないのだが、いずれにせよ二階を建て増したお陰で、茶の間は天井を斜めに切り取られ、中途半端な小ささに削られた。廊下側と玄関側の襖と障子も塞がれて陽が差さなくなり、まるで板の間の隅に小さくくり抜かれた物置か布団部屋のようになって、階段の下に縮こまってしまった。

秋子が一階に降りて自分の居室としたのが、変形したこの茶の間である。「アッ子ちゃん、何もあんな天井が低くって狭苦しいとこにしなくたって、客間だって仏間だって空いてるんだから、いくらでも好きに使ってくれればいいのに……」夏子は、何度も眉根を寄せてそう言った。一人娘の朝子に、家の中で一番良い二階の角部屋をあてがうことに、やはりかなりの気兼ねを感じていたのだろう。その度に、秋子はふんふんと適当に相槌を打って聞き流していた。小さくなった茶の間は、一旦入ってみるとおそろしく居心地が良く、これほど安らかに落ち着ける場所は、家中どこを探してもなかったのだ。

一番奥の、天井が最も低くなっているところの壁に背をもたせて座れば、開け放した障子の向こうに板の間が見渡せる。突き当たりに曇り硝子の嵌った窓があり、その下がガス台と流し、左側の壁の前に背の高い冷蔵庫が立っている。台所の手前に、食卓用の木のテーブルと椅子が四脚置かれ、その隣で家の中に一台だけあるテレビが、ローラーの付いた台の上に載っていた。テレビを台ごと回転させ、リモコンを持って茶の間に引き籠もり、秋子はよく一人で深夜番組を見た。眠くなると押入れから布団を出して敷き、障子戸を閉めて眠った。

冬には、茶の間の真中にコタツを据えた。両親が使っていた古いもので、上の一枚板は微かに彎曲し、コタツ布団にはところどころしみがついて、ほどよくくたっとなっている。夕食後の後片付けを終え、背を丸めて煎餅やみかんを食べながら見るともなくテレビを見たりなどしていると、時折頭上の階段がきしむ音がして、家族の誰かが下りてコタツに入りに来た。手持ちの菓子や、板の間の冷蔵庫から出してきた飲み物などを勧めているうち、ふと不意に訪れた遠来の親しい客をもてなしているかのような心地になったものだ。

秋子と夏子は、外見を見る限りではこれでも姉妹かと思うほど似ていなかった。まるで、二人の体に地球の重力が全く異なる作用を及ぼしているかのごとく、極めて対照的な体格だった。背が低く小太りで、どこもかしこも丸みを帯びてちんまりしている秋子に対し、夏子は痩せて背が高くいかり肩で、いかにも骨張った印象を与える体型をしていた。義兄もやはり長身痩軀で、朝子は両親に似たから、家中で丸々と肥えていたのは秋子一人である。

思い出せる限り、一階はいつも、人が集まった後のぬくもりのようなものの中にしんとしていた。義兄も夏子も朝子も、時間さえあれば自室で仕事や勉強や読書をするのが常だったからだろう。茶の間に座って二階の気配に耳をすませていると、三人の頭脳が夫々《それぞれ》、精密機械の歯車のようにカタカタと音を立てて回っているのが聞こえるような気がした。

妙な形に切り取られて手狭になってもなお、茶の間はやはり家の中心にあった。真上に階段と二階を背負い、家屋全体を支えていた。二階を人体で脳に喩えるなら、茶の間は丁度腹部にあたる。そうか、ここは胃袋なのだな。と妙に納得のいく心地になり、秋子は低くなった天井の下に丸くなって、家中のあらゆる物音にじっと耳を傾けた。

台所の流しの前に立って、買ってきた供花《きょうか》の紙包みを解く。流しの上の窓の中は、夕陽の橙色を背景にところどころ茶色の丸い斑点が散っている。隣の敷地から塀越しに枝を伸ばした柿の木が、曇り硝子の上に形の定まらない影を落としているのだった。花切り鋏を手に、茎の水切りをする。隣に置いた大振りの素焼きの花瓶に、一本ずつ生けていく。すと風が通り、吹き寄せられた枝が、窓硝子の上に束の間鮮明な像を結んだ。葉先が小刻みに震えるのが見えたかと思うと、また遠くへと吹き戻され、元通りのぼんやりとした影絵に還っていく。

「アッ子おばちゃん」

背後の声に振り向くと、まだ幼すぎて皺の寄らない眉間の皮膚をそれなりに硬化させ、唇を一文字に引き結んだ朝子が立っていた。心持ち顎を引いて両手を握り締めている。何か深刻な事態が黒雲となって頭上に垂れ込め、どうにかしてそれをやり過ごそうと覚悟を決めたかのような、悲壮な眼差しだった。

秋子は手を拭いて流しから向き直った。小学校の高学年になった朝子は随分と背が伸びて、頭のてっぺんがすぐ目の下に迫ってきている。癖のない長い髪を左右に分けて耳の上で結わえ、まっすぐ背中に垂らしていた。せっかくこんなに整った顔立ちをしているのに、大人になればどうせ突き当たるに決まっているありとあらゆる心配事や憂鬱を、何も今から先取りして思い詰めることもなかろうに。そう思わせるような表情を、姪は子供の頃から時折見せた。

「どうしたの、朝子ちゃん」

義兄がいかにも研究者、夏子が国語教師以外の何者でもなかったように、朝子は優等生そのものだった。それまで全ての学科でおしなべて成績が良く、成績簿にはいつもたくさんの五と僅かな四だけが並んでいた。それが、実習のある家庭科で初めて三をもらったのだった。なあんだ、そんなことで。秋子は笑った。おばちゃんなんて、小学校のときは三ばかりだったんだよ。

「でも、アッ子おばちゃんは、ほんとに家庭科じょうずだから……」

その声はあからさまな羨望に溢れていただけでなく、一種の諦観にも彩られており、秋子は思わず目を瞠り、目の前にある色白で細面の清楚な顔を見下ろした。

朝子が生まれ、育児休暇の期間も終わりに近づいた頃、できることなら早く学校に戻りたい、と夏子がこぼした。秋子はそれまで中小企業の経理課でそろばんをはじいたりなどしていたのだが、それを機に会社を辞め、家のことに専念するようになった。

夏子は家事が極端に不得意で、秋子は外でする仕事に全く興味を抱けなかったから、どちらにとっても都合の良い役割分担に落ち着くのは、ごく自然な成り行きに思われた。

夏子と夫は学校と研究所に通い、秋子は家を取り仕切った。そのうち姪を幼稚園に送り迎えするようにもなり、各々の役割が定まって安定し、そうやって何年もが穏やかに過ぎていった。朝子は聞き分けよく手のかからない子供で、その面倒を見るのは楽しかったし、何より家事をしている時の、忙しく手足を動かしつつ頭の中はただぼうっと放心していられる状態が、この上なく快かったのだと思う。

「アッ子おばちゃん、これ」気づくと朝子が、食卓から食器を下げて流しまで運んでくる。「何かお手伝いしようか」洗濯機の前に立った秋子のところにやって来て、脇からそう尋ねる。忙しく掃除をしている最中に二階から下りて来ては、手を出しかね、ただ黙って後ろに立って見ている。

「朝子ちゃん、いいから。こんなこと、おばちゃんに任せて。ね、お部屋でお勉強してらっしゃい」毎回儀式のように同じせりふを吐いて秋子がしたのは、朝子をひたすら二階に追いやることだった。学業に秀でた姪には、家事よりもっとずっと意義のあることをさせてやらなければいけない。当時は本気でそう信じ込んでいたつもりだったのだが、今になって振り返ると、全く色合いの違う思いが鮮明に蘇ってくる。家の中の唯一の縄張りを、誰にも侵させるわけにはいかない。そもそも、姉に似て家事のできない朝子が手伝おうとしたところで、大して役になど立ちはしない。しなやかなはずの献身の身振りは、意固地で頑なで棘々しい感情にしっかりと裏打ちされていた。あの時もし一緒に家事をする習慣を作っていたとしたら、勉強以外の他愛のないことが他愛なくできる場所を一階に作ってやっていたら、朝子のその後は何か違ったものになっていたのだろうか。後になって何度も自問したものだけれど、秋子には答えが分からなかった。

花瓶を抱え、板の間から仏間に向かう。花を散らさぬよう、水をこぼさぬようにそろそろと足を運ぶ。こしらえたばかりの精霊棚に下ろして、遺影の斜め前に置いた。

朝子は、ひたすら素直に勉強した。小学校から中学高校までを通して成績は常に優秀で、都内の高校から推薦を受けて私立大学の文学部に進んだ。つつがなく四年で大学を卒業してから、周りが驚くほどの小さな出版社に勤め出した。二十四歳の時にそこを辞め、見合いで結婚した。ハワイに五日間の新婚旅行に行き、日本に帰って来て空港で夫と別れ、旅行用の真新しく頑丈なトランクひとつを持って、そのままこの家に戻って来たのである。折しも『成田離婚』という新語が作られ、世間に普及し始めた頃のことで、地味で堅実で流行を追うことのなかった朝子にしては珍しく、速やかに時流に乗ってしまったような按配だった。

「がまんしようと思ったんだけど……」後日、コタツ布団の下に立てた膝を両腕で抱えるようにしながら、朝子は淡々と話した。「できなかったの。どうしても、嫌だったの」

うん、秋子は頬杖をついて煎餅を頬張り頷いた。

「あたしが無理強いしたばっかりにねえ……。こっちは父親が亡くなってるんだから、それでももらってくれるんならって、そんな考えがそもそも間違ってたのよね」何度もそう繰り返す夏子の、額の生え際に白髪が目立ち、両目が以前より落ち窪んで、しばらく前まで気づかなかった皺が鼻の脇から斜めに刻まれているのが見えた。

そのようにして母親の方は、一人娘が出戻ってきた日を境にめっきり老け込んでしまったのだが、当の朝子はまた以前のように勤めに出て、かつてとあまり変わりのない生活を営み始めた。とりあえず一応の使命は果たしたといった感があったのか、自分の生まれた家で、ゆったりとくつろいでいるようにさえ見えた。こうして日常は無風の日の池の水面のように波風立たず、ひたすらに静かで滑らかに続いた。水面下のずっと深いところで朝子が何をどう思い感じ考えていたのか、今となっては知りようもない。

当時はまだ二十代の半ばだったから、いずれまた適当な人と知り合って再婚したりもするのだろう。はっきりとした根拠もなく、姉妹はそんなことを思っていた。漠然とした希望的観測を抱き、具体的には何をするでもなく、ただ漫然と日々を過ごしていた。朝子はそんな期待をよそに、一人変化のない日常を折り目正しく端正に繰り返して、いつしか三十代になり、四十代になっていった。

流しの手前にある木の食卓は長い間に使い古され、表面には刃物の跡のような細かな傷が幾つも付いている。一箇所ほんの僅かに欠けた角も木材の割れ目がいつしか均されて、触っても滑らかに丸くなった感触しか指先には残らない。いつから台所にあるのか、思い出せないほど古い食卓だった。かつてはここに四人もの人間が集い、毎日共に食事をしていたのかと思うと、秋子は何だか信じられないような、物悲しくも懐かしい、何とも覚束《おぼつか》ない心持ちになる。

冷蔵庫から茄子と胡瓜を二本ずつ出して食卓に置き、流しの脇からマッチ箱を持ってきた。椅子をひとつ引き出して座り、野菜を片手に精霊馬を作り始める。

義兄は酒が弱いのに、無類に好きであった。秋子はいくら飲んでも顔色も変わらず、殆ど酔うということがなかった。夏子は一切アルコールが飲めず、夫に対しては、酒を付き合わないことの、妹に対しては、家事を殆ど全て任せていることの埋め合わせを、常々したいと思っていたふしがある。よく二人を近くの呑み屋に連れて行った。

自分はサイダーかジュースを頼み、顔馴染みの店主に酒とつまみをいくつか注文すると、そのうち「ちょっと、あしたの授業の準備もあるんで」などと言い置いて、一人で先に帰ってしまうのだった。

二人だけになると、義兄は初めのうち言葉少なに煙草を吸ったり、上方の壁に据えつけられたテレビに映るプロ野球のナイター中継を眺めたりしていたが、杯を重ねるに従い、いつも必ず上機嫌にそして饒舌になっていった。

「いやあ、秋子さんには、いつもすまないなあ」眼鏡の下の頰を紅く染めて、義兄は猪口《ちょこ》を口に運んだ。「秋子さんは、ほんとうによくやってくれるんだもんなあ」

真っ赤になった頰と耳の先が子供のようなのに、こぼさないように首を伸ばし口を突き出した姿勢が妙に爺むさく見える。義兄は飲むたびにいつも、無邪気で無頓着な男の子と、世話好きの好々爺《こうこうや》のような雰囲気を同時に醸し出し、年齢不詳の酔いの霧の中をあてどなく漂うふうだった。

「もし、もしもだけどさ、僕より夏子のほうが先に逝くようなことがあったら、秋子さんには、朝子のお母さんになってもらいたいな」

「ほんと」

「うん」

「それって、あたしがにいさんのお嫁さんになるってこと」

「あっ、そうだな、そういうことになるなあ」

「ほんとにほんと」

「ほんとだよ」

「じゃあ、指切りしてくれる」

酔った義兄がどうしてか指切りをジャンケンと取り違えるのを幾度も正し、その男性にしてはやけに白く繊細な指先を、秋子はぷっくりとした自分の小指の関節に絡め取った。

「指切りげんまん、嘘ついたら針千本のーます、指切った」

あの時の約束とも言えない約束を、義兄は覚えていただろうか。一度ぐらいは問い質してみたかったものだとも思うけれど、酔っていたから覚えていないと言われれば、にわかには信じがたく、酒の上での冗談だったと言われたら、何の慰めにもならず、何にしても秋子にとって益のない問いではあった。その上、義兄は五十になる前に妻子を残してあっけなく死んでしまったから、もはや約束そのものが何の意味も成さなくなった。

朝子が大学に入った年だった。十一月の寒い日の晩、いくら呼んでも食事に下りて来ないので、夏子が書斎に様子を見に行くと、はずした眼鏡を右手に持ち、その片腕を長く伸ばした姿勢で、机の上に突っ伏していたのだ。続いて秋子も二階に上がったが、義兄はただ深く昏々と眠っているように見えた。脈を確かめるために触れた首筋は、生きている人間のものではない冷たさに冷え切っていて、熱もなく動きもなかった。とっくに命が出て行ってしまったことを確かに感じ取ってはいたのだが、何やら担がれているような思いはぬぐい切れず、質《たち》の悪い冗談を前に、ただ驚き呆れる心境でその場に佇んでいた。

結局、夏子も秋子もその後の葬儀を含む一連の儀式を通過していく間、現実感を取り戻すことはなく、唖然とした思いに蓋をされて一粒の涙も湧き上がっては来なかった。


ボーン、ボーン。柱時計が鳴っている。目を開けると、まばゆく橙色に染め上げられた床の上に、食卓の影が細く長く伸びて、板の間の隅の柱にちょうど届くところだった。裏の家の方から、ニュースを読み上げているらしいアナウンサーの声が、妙に近く、けれどくぐもって聞こえてくる。

畳に手をついて、秋子は上体を起こした。うつ伏せの体の下に敷き込まれていた片腕は、手首からひじの内側にかけて、細かな畳の目の跡が赤紫色になって付いている。お供えをしようと思いながら仏間に寝転んで、ついそのまま寝入ってしまったものらしい。

ゆっくりと起き上がり、板の間に入る。茄子と胡瓜の精霊馬が全部出来上がって、食卓の上に載っていた。なぜか胡瓜で作った一体だけが、マッチ棒の脚を四本天井に向け、仰向けになって寝転んでいる。手に取るとひんやりと瑞々しく、指先に細かなイボの感触が残った。お盆に載せて仏間に運び、精霊棚に置く。花瓶の隣に二体ずつ、茄子と胡瓜を交互に並べた。その後ろには、二枚の遺影が額に入って隣り合わせに置かれている。

職場を定年で退職してから五、六年が経つと、夏子はそれまで保っていた気概と気力を急速に失っていった。様々な箇所の体の痛みを訴え、動作が緩慢になり、殊に歩行が多少不自由になった。無理をして階段を上ろうとしている姿を見て、いっそのこと一階に降りてきて仏間を自分の部屋にすればいいと秋子が言うと、いつも「そうねえ」と頬に手を当てて考え込む様子を見せた。表立って反対はせず、三度に一度ぐらいは「やっぱりそうしてみようかしら」などと呟きながら、それでも決して一階で寝起きしようとはしなかった。

夏子は薬も呑まず、病院にも行かず、何の検査も受けずに、ただ時折近所の鍼灸院に通っていた。そして六十年来毎日してきた通りに階段を上がり下りしているうちに、途中で転んで大腿骨を折った。病院に行って調べてみると、骨粗鬆症がひどく進んでいた。

「コツリョウが、なくなっちゃってるね」

「えっ」

「いやあ、つまり、骨がスカスカなんです」

医者の言葉を聞いて、すらっとした立ち姿の骸骨が、横からの一突きでばらばらに壊れ一挙に崩れ落ちていく様を、秋子は思い浮かべた。最後に落ちてきた鎖骨かどこかの細長く華奢な骨が、積み重なった骨の山にぶつかり、カラカラと乾いた音を立てて転がった。

「どうりでね。なんだか重力にさからって立ってるだけで、もうしんどいって感じだったもの」病院を出たところで、夏子は諦めたような悟ったような様子と同時に、自分の体感が的を射ていたのに納得し自慢でもするかのような調子を声に滲ませ、そう囁いた。

家に戻ると、階段を上がるどころか立って歩くのもままならず、とりあえず一階の仏間に敷いた布団に横になった。中がスカスカと隙間だらけになってしまった骨は、本人の言葉通りもはや重力にも耐えられず、体を支えるという当たり前の役目すら果たせなくなっていたのかもしれない。歩けなくなり、立てなくなり、やがて起き上がれなくなり、夏子はこうして寝たきりになった。

仏間に掃除機を引き込み、日没に追われるようにして今日最後の部屋の掃除にかかる。板の間と仏間の間には仕切りの襖があるが、殆どいつも開け放されている。壁際に仏壇が置かれているので仏間になっているだけで、小さな庭に面した縁側が付いていて、家中で最も風通しが良く開放感のある部屋である。

頭を仏壇の方に、左脇を下にして夏子は横たわっていた。大抵いつもその姿勢で、庭の方を向いて寝ていた。横臥しているのだから、体の幅だけ布団が盛り上がっていてもよさそうなものなのに、頼りなげな僅かな膨らみは、まるで寝ていた人がいつの間にやら起き上がって出て行った後の抜け殻のように見えた。

お湯を入れその中にタオルを浸した洗面器を両手で掲げて、秋子は静々と仏間に入って行った。上から見下ろすと、しばらく洗っていない白髪だらけの髪の毛が、頭皮からずり落ちたカツラのごとく、べったりと首筋に張り付いている。

「あしたにでも、シャンプーしようね。そのうち床屋さんもしなくちゃね」

夏子がゆるゆるとこちらに振り返った。ねじったうなじの皮膚に深く皺が寄って、老婆の首になる。

「アッ子ちゃん、悪いわね、いつも」

それだけ言うとまた首のねじれを戻し、こちらに髪の薄い後頭部を見せて庭の方へと向き直ってしまう。

「いいって、いいって」

「夢、見てたのよ」甘やかな声で姉が言う。「夢の中で会ったの」

秋子は熱い湯に浸していたタオルを摘み上げ、両手できっちりと固く絞り上げる。じょろじょろと、お湯が洗面器に滴っていく。じょろじょろ、じょろ、としおがね。

「トシオがね」

「えっ」

「アッ子ちゃんはどうしてる、元気にしてるかって訊いてたわ」

「そう……」

「いつも心配してたのよ」

秋子はタオルを持った手を下ろした。

「昔から、アッ子ちゃんのことは気に入ってて、気遣ってたんだわね」

もう一度力を込めてタオルを絞り上げると、染み出た水分が雫になって腕を伝う。最後の一滴が、ぴたんと洗面器の縁に当たって跳ね返った。

「本当に、とても気にしてたの。アッ子ちゃんがもし、ずっとこのままうちに残ることがあっても、僕たちでずっと面倒を見ていこうねって、トシオがね」

「やめてよ、姉さん」昔から姉が義兄の名前を呼び捨てにするたびに、ひどく気に障ったものだった。

「本当に、朝子にはよくしてくれてる。だから、もしお嫁にいけなかったら、僕たちでって」

「やめてってば」

「そう、僕たちでずっと、面倒を見てかなきゃってね」

やめて。握っていた濡れタオルを畳にたたきつけた。びちゃっという湿った音を立てて、それはつぶれた。姉は向こう向きのまま、ようやく黙る。

仏間を飛び出し、廊下を駆け、サンダルを突っかけ、玄関の戸を背後にぴしりと閉めて、秋子は外に出た。

夕暮れの近い午後の町をずんずんと歩いて行って、いつしか川べりに出た。珍しく早足で歩いたので、額に汗が滲んでいた。長い間堤防に沿って進み、コンクリートに刻まれた石段を上がると、堤の上を川風が吹いていた。川上のずっと先の方に、鉄橋が見える。風は水面を渡り、岸辺を緩やかに旋回し、土手の雑草の葉先を揺らして吹き抜けていった。

河原の方へと少し下って、草の生えた斜面にしゃがんだ。しばらくそこに座り、夕空を映した川面とその向こうの敷地の草野球を眺めていた。近くから虫の声が聞こえる。電車が鉄橋を通過し、車輪の音が遠去かって静かになるたび、様々な虫の音が周りの草むらから一斉に湧きあがってくるのだ。

いつしか空は茜色に染まっていた。川風が向きを変え、赤い色を照り返していた水面もやがて翳り、鉄橋がその向こうに巨大な黒い影となってそびえ立った。川は流れを速め、どんどん暗い方へと流れて行く。立ち上がって草の斜面を登った。堤を降りる時、土手の下の車道に沿って街灯が一斉に黄色い光を灯すのが見えた。

「らっしゃあい。やあ、これはお珍しい」暖簾をくぐると、ねじり鉢巻をした馴染みの店主の声に、威勢よく迎えられた。

「ささ、ここどうぞ。カウンターでいいよね」

「まあ、お久し振り」奥からすぐさま女将が出て来て、冷たいお絞りを手渡してくれる。

実は財布を忘れてきたのだけれどと俯いて言うと、店主は大仰に首と手を振って見せた。

「そんな、気にしない、気にしない。いいんだよ、お勘定なんざいつだって」

「そうそう。たまにはゆっくりしていってね」

「とりあえず、ビールでいいかな。冷えてんの一本ね」

「今日はね、お煮つけあるのよ。たくさん上がってって」女将が瓶ビールの栓を抜き、コップに注いで置いた。冷えた瓶の表面に細かな水滴が集まり、指の痕の付いたところから、細い筋になって流れ落ちていく。

出された煮つけを割り箸でつついていると、背後のテーブルがどよめいた。次の一球勝負だな、と誰かが言うのが聞こえ、店主は壁に据えつけられたテレビの音量を上げた。五回の裏、ツーアウト満塁フルカウント、さあピッチャー振りかぶって投げたー、カキーン、打ったー打ったーやー大きい大きい入るかレフト諦めましたー入った入った入った満塁逆転ホームラン久々のホームランしかしここぞというチャンスに強い今期四本目みごとやりました今ゆっくりと三塁ベースを回る手を上げてホームインー！

大半の客のひいきの地元チームが逆転し、興奮の冷めやらぬ馴染みの居酒屋で、秋子はビールを三本飲んだ。ナイター中継を終わりまで見る間に、煮つけと唐揚げと揚げ出し豆腐と鶏雑炊を平らげた。

「悪いんだけど、煙草一本だけもらってもいいかな」

女将が箱を差し出して勧め、ライターで火をつけてくれる。

「お姉さんは、どんな様子だい」店主が訊いた。

まあ相変わらずですと答えると、そうかそうかと首を縦に振りながら柳刃を布巾で拭った。

「そう、ほんとうにエライわよ、あきこさんは」女将がその脇に立ってしきりと頷く。

「だれにでもできることじゃないわ」

「そうだ、そうだ。ほんとによくやってるよ」

「たまには息抜きしなくっちゃいけないわ」

「そうそう、また来てちょうだいよ」

「お煮つけ作って、まってるからね」

秋子は礼を言って店を出た。店頭の赤提灯がほんのりと灯り、火照った頬に外気が快かった。

家の中は真っ暗だった。今日は何かの会合で遅くなると言っていたから、朝子はまだ帰っていないのだろう。ただいまと小声で言って、廊下の明かりを点けた。板の間に入ってそこから仏間を覗き込むと、夏子は数時間前と全く同じ恰好で向こう向きに寝ていた。呼吸に合わせ微かに、布団が規則的な上下動をしているのが見えるが、目覚めているのか眠っているのか、背後からでは分からない。

畳に置かれた洗面器の脇に、白い濡れタオルが落ちている。屈んでタオルを拾い、洗面器の中に戻した。中の湯はぬるくなっただけだったが、半ば湿ったタオルの表面はひどく冷たくなっている。タオルを退けた後の、少し湿って色の変わった畳の部分を撫ぜてみた。

「おかえりなさーい」そう言う夏子の声に妙な華やぎが宿っているのを不審に思いながら、一言ただいまと声を返す。

「遅かったじゃないの」夏子は向こう向きの体をそのままに、首を回した。顔がぐるりとこちらに向いて、声と同様まぶしいほどにつやのある笑顔が現れた。あら、姉さん、何だか若返ったみたいな……。言いかけて喉がつかえる。何かがおかしい気がするのだが、それが何なのかが分からない。

「だめじゃないの、心配かけちゃ」そう言われて、ふと懐かしさが兆した。

「だめじゃないの、心配かけちゃ」夏子は繰り返し、秋子は突如思い当たった。自分たちがまだ子供だった頃、姉が中学に入ったばかりで自分が小学生だった頃の口調に、声の高さも抑揚もそっくり同じなのだ。妹の愚行や無謀さをたしなめようとする時、姉はいつもこの声音で両親を引き合いに出して諫《いさ》めたものだった。

「心配するでしょう、お父さんもお母さんも」

秋子の二の腕に鳥肌が立った。

「心配かけちゃいけないわ」

「うん……」

「お父さんとお母さんに、心配かけちゃいけないわ」若やいだ声が、歌うようにしゃべり続ける。満面に笑みをたたえさえずる姉の背後に、夜の庭が見える。

「そうだね。心配かけちゃいけないね」秋子は立ち上がった。「でも、どこにいるのかな、お父さんとお母さん」

「なに言ってるのよ、アッ子ちゃん」くつくつと姉が笑った。

「どこにいるの」

「どこにいるって、きまってるじゃない」

「わかんないよ、そう言われたって」

「ほんとうに、わからないの」朗らかな声の調子に、子供じみた優越感が滲んでいる。

うん、と秋子は頷いた。

「お願い、おしえてよ」

「茶の間よ」

「茶の間か」

「そうよ、きまってるじゃない。いつもどおり」

「いつもどおり」

「ええ、茶の間でお茶を飲んでるの」

「そう、じゃあ、行ってみようかな」

立って行って、板の間と茶の間の境の障子戸を開けようとした時、手が震えているのに気づいた。手だけでなく、全身が抑えようもなく震えているのだった。

朝子が帰って来たのは夜の十時を過ぎ、夏子は安らかな寝顔を見せて寝入っていた。後について一緒に二階の洋室に入り、秋子は姉の容態の変化を告げた。ちょっと外に出ていて、戻って来たら何だか様子がおかしくなっていた、なにやら少し呆けてしまったようなのだ。そう手短に説明するのを、朝子は何もことばを差し挟まず黙って聞いていた。

「なんで、いきなり痴呆症になんかなっちゃったんだろう」独り言のように小声で呟き、ため息をつき、おもむろに着替えを始めた。

どうして外出などしたのか。どのくらいの時間、姉から目を離していたのか。その間、一体どこで何をしていたのか。本当のところを語るわけにはいかない、どのように訊かれようとも、絶対に明かすまい。そう固く自分に言い聞かせ身構えていたのに、実際には何ひとつ問い質されることなく終わってしまう。気負った決意は肩透かしを食らった形になって行き場を失い、この日の事の次第は誰にも告げられないまま、やましさとともに秋子一人の記憶の中に取り残された。

台所に行って、冷蔵庫から昨日の残り物を出してくる。おかずを皿に盛り、冷えたご飯を電子レンジで温め、缶ビールを取り出して開けた。リモコンを持って食卓に座り、テレビを点け、見るともなく見ながら食事を始める。

「江戸っ子だってね、飲みねえ、食いねえ！」

「アッコおばちゃんたら、おかしい」折り詰めの蓋を取ろうとしていた朝子が、くくと笑った。

「そらそら、食いねえ、飲みねえ、精進落としだあ！」声を張り上げ、乾いた空のコップにビールを注ぐ。

その日は夏子の四十九日で、秋子は朝子と共に寺で法要と納骨を済ませ、余った会食の折り詰めを提げ、夕暮れ時に家に帰り着いたのだった。丁度一年と少し前の夏のことである。

「このお弁当、けっこうおいしいね」朝子は屈託なげにそう言って、しばらく無言で箸を進めていた。夏の日が暮れた後は油蟬の声も止んで、柱時計が秒を刻む音さえ聞こえるほどに静かだった。秋子は朝子が浅漬けの野菜を嚙む小気味の良い音を聞きながら、残りのビールを手酌で注いだ。

弁当だけの夕食を終え、空になった折り詰めに蓋をして再び細紐をかけ、使い終わった割り箸をその下に挟んだ。向き合ってお茶を飲んでいるうちに、たった一杯のビールでほの紅く染まっていた朝子の頰が見る見る色を失い、顔全体が青白く陰っていった。秋子がそ知らぬ顔で煙草に火を点けると、細長い手の指が思いがけず横から伸びてきて、箱から一本抜き取っていった。

「朝子ちゃん、あんたも煙草のみだったの」驚いて訊くと、朝子はうんときどきねと頷いて、白い煙を細く吐いた。

「会社の飲み会なんかで、たまに吸うことがあって……」

「なあんだ、そうだったの。だったら、ときどきいっしょに一服できたのに」

「うん。でもお母さんがね」

「そう、姉さんはきらいだったね、煙草」

「女が煙草なんか吸うもんじゃないって……」

「うん」

「体に悪い、肌にも悪い、第一みっともない、はしたないって」

朝子は夏子の口調をそっくりに真似、聞いていた秋子は一瞬、懐かしさに姉の死を忘れた。

カタンと椅子の脚が床に当たって音を立てる。朝子は上履きを脱ぐと、細長い脚を片方椅子の上に引き上げ、折った膝を片腕で抱え込んだ。湧き上がった涙が、すうと一筋その頰を滑り落ちていく。スラックスの裾から裸足が覗き、骨張ったくるぶしが見え、その細さと色の白さが、脆く壊れやすく繊細な磁器を思わせた。

「朝子ちゃん……」

膝を抱えた腕の囲みに顎を埋めて、朝子が泣いている。もう片方の手は相変わらず火の点いた煙草を持ったまま、食卓の上に投げ出されていた。泣き声の合間から、途切れ途切れに声が漏れた。椅子の上の足が、その下に全ての苦痛を丸めて押さえ込もうとするかのように、五本の指をぎゅっと固く内側に折り曲げ、足の甲に筋が青白く浮き上がって見えた。

「朝子ちゃん、悲しいのは分かるけど」そう言いかけると、朝子は激しく頭を振った。

「ちがう、ちがうの」

「ちがうって」

「ちがうのよ、ただ悲しんでるだけじゃないの。それならいいのに」朝子は顔を上げ、吸い差しを灰皿の底に押し付け、それまでに見たこともない乱暴な動作でもみ消しながら言った。

「ほっとしたのよ」

「え、ああ」

「ほっとしたの、安心したの。やっと終わった、終わってよかったたって」

母親の枕元で、また夜部屋に上がってベッドの中で毎晩のように思っていたのだ、と朝子は言う。自分たちが眠っている間に、まるで水が低いところに流れるようにすんなりと、逝ってくれればいい。朝起きたら、安らかに死んでいてくれたらいい。堅く目を瞑り、願をかけるかのように幾度もそう願ったのだ。そう言って朝子は泣いた。

まだ煙草の火が完全には消えていなかったのだろう。フィルターの部分が焦げる不快な臭いが、灰皿から立ち上っている。

「こんなひどいことって」朝子はもう片方の脚も椅子の上に引き上げ、両膝を腕に抱えて顔を埋め、肉の薄い両肩を小刻みに震わせて泣き伏した。こんなふうに身も世もなく泣くのは、まだ小学校に上がる前のずっと幼い時以来ではないのか。秋子はなぜかしらぼんやりと昔を想っていた。朝子はあまり泣かない子供だったけれども、それでも涙を流して悲しがった理由はどれも子供らしく、微笑ましく思える他愛のないものだった。

「朝子ちゃん、ねえ、朝子ちゃん。そりゃあ無理ないよ」

肉親の介護は、世話する側に大変な負担がかかる。身体の自由が利かない病人自身も、見ていて可哀想である。早く終わってどちらも楽になればと考えるのも、無理はない。昼間は仕事をし、夜帰ってきてから看病をし、最期まで看取ったのだから、立派なことではないか。秋子は言い、朝子の肩に軽く手を置いた。

朝子がおもむろに顔を上げる。

「じゃあ、アッ子おばちゃん、おばちゃんも思った」まっすぐに視線を向けて訊いてくる。

「こんなこと早く終わってほしい、お母さんが死んでくれたらいいって思ったの」

一瞬の間を置いて、秋子は頷いた。

「ほんとうに」

「うん」

「嘘だわ」朝子はにべもなく言い捨て、手の甲で涙を拭くと、燃え殻のくすぶる灰皿を持って立ち上がり、流しに持って行って水をかけた。じゅっと火の消える音がして、焦げ臭い臭いを残して静かになった。

食べ終わった後の食器を、流しに持って行って洗う。一人分の食事の後片付けは、いつもあっけないほど早く終わってしまう。すすぎに使った桶の湯を空けると、シンクの中で大きく渦を巻き、最後にずぶぶぶっと姿の見えない怪獣のあくびかげっぷのような音を響かせて、排水口に吸い込まれていった。

義兄が亡くなってからというもの、秋子は確かに一刻たりとも姉の死を願ったことはない。殊に寝たきりになってからの夏子は、どうとでもなる玩具のようで、いつまでもずっと自分の手の中にあるものと思い込んでいたから、死なれて一番驚いたのは秋子本人だった。

夏子が亡くなる一年ほど前のことである。秋子は二階の和室に入り、洋服箪笥の扉を開け、薄暗い箱の中にじっと目を凝らしていた。学校に通っていた頃の余所《よそ》行きのスーツや夏物のワンピース、着古されてひじの抜けた上着やカーディガンなど普段着の数々。夏子が一階で寝付いてから着せかけるのはガーゼの裏付きの寝巻きと半纏ばかりで、滅多に開ける機会も無くなった洋服箪笥には、着られなくなった衣服が抜け殻のように力なく並んでぶら下がっていた。繊維に染み込んだ香水と化粧の残り香を微かに嗅いだように思ったが、服にはクリーニング店のタッグとビニールの覆いが付いていたから、単なる気のせいだったのかもしれない。

背伸びをし、幾つもの服をハンガーごと下ろして腕に抱え、隣の和箪笥を開けて樟脳の臭いのする中を物色した。階段を駆けるようにして下り、勢い良く仏間に入って、両腕一杯に抱えていた衣装をぶちまけると、多彩な色と柄の数々が無秩序に畳の上に咲き広がった。再び二階の和室に取って返し、鏡台の引き出しを開け、手当たり次第に化粧道具を漁って白粉《おしろい》の匂いにむせ、コンパクトや眉墨や口紅や頬紅やらを抱え、それらを全部仏間に運び込んだ。

「お姫《ひい》さま、さあ、お着替えのお時間でございますよ」

布団を剝ぎ取り、痩せた夏子の上半身を抱え上げて無理矢理に起こし、寝巻の前を開いて脱がした。首から下、長めのズロースに覆われた臍の上まで皮膚には細かな皺が寄り、ところどころ老人斑が浮き出ているのに、もともと小ぶりで小さく尖った乳首の付いた乳房だけは、染みひとつなく昔のままやけに瑞々しく、ようやく胸が膨らみ始めたばかりの少女のものとも見えた。それを両腕で隠すでもなく、ぼんやりと裸の上体を晒している姉を見下ろして、秋子は声を上げた。

「さあさ、これからファッションショーでござんす」

黄色とオレンジの柄の化繊のブラウスを着せ、タータンチェックのスカートを履かせ、紫とピンクと緑の蝶が派手に舞っているスカーフを、首に巻きつけた。ブラウスの上から、綿入りのちゃんちゃんこを羽織らせる。その精力的で手早い動きに唖然とし、何が何だか分からないまま着替えさせられていたのだろう。夏子は、あらやだなどと力なく言いながら、それほど嫌そうでもなく、抵抗する素振りもまるで見せずにされるがままになっていた。

「さあ、今度はお化粧をいたしましょう」

布団に両膝をついて、その上に夏子の頭を抱え込んだ。かさついた顔の肌は化粧の乗りが悪く、あちこちに斑模様ができ、それを均そうとはたいた白粉は、粉雪が降るように深く刻まれた皺の谷間に潜り込んでいく。剝げかけた不揃いの白地の上に眉墨で眉を描き、頰紅をつけ、唇の輪郭を大きくはみ出すように濃く真紅の口紅を塗りつけた。

「ほら、見てごらん」化粧を終えた顔に手鏡をかざして見せても、夏子は反応を示さず、秋子は鏡をそのままにして上体をねじり、向こう側に回り込んで一緒に円い鏡面を覗き込んだ。大きく口紅のはみ出した口が奇妙な形に歪み、普段見慣れたはずの姉の顔が、左右逆さになっていびつに映っている。

「おかしいね」

「あは」夏子が首を振る。その反応はどこかのんびりと間延びしていて、本当におかしかった。

「ああ、おかしい」秋子は笑い声を上げた。「みにくいなあ。ひどいなあ。すごくみっともないよ、チンドン屋みたいだな」

真っ白な額の中央と頬紅で淡く染まった頬に幾つか、○と×印を口紅で書き入れる。

「うわあ、お猿だ、お猿のチンドン屋だ。おっかしい」

「うふふふ」つられて夏子も笑った。泣き笑いの表情に固まったまま、ただ口だけが笑った。

その両肩を突き放して立ち上がり、秋子は敷布団に投げ出された姉を見下ろした。からからに乾いた腕と脚を派手な衣装の下で中途半端に折り曲げ、身動きもしない体は、凍死してひからびた蟷螂《かまきり》の死骸のようにも見えた。

その日以降、秋子は夏子を着せ替え人形代わりにしてよく遊ぶようになった。朝子が帰って来るのが七時として、それまでに夕食の支度を整えるためには遅くとも五時半には台所に立たなければならない。午前中に掃除と洗濯を済ませてしまい、それから買物に出よう。姉の食事を準備し昼食を食べ、アイロンがけを終えれば、悠々二時間は遊ぶ時間が取れるはずだ。そんなふうに秋子は一人、朝食の食卓で時間割を組んだ。予定を立てると一日は充実し、停滞していた時間は緊密に流れ、体が軽々と動き出すように思われた。

「チンドン屋ごっこ」は、こうして家事と介護の繰り返しだった日常の単調さを見事に打ち破り、秋子は生活の張りを取り戻した。想像力が刺激を受けたのか、発想も豊かになったようだった。チンドン屋を皮切りに河原乞食、お女郎、番町皿屋敷、四谷怪談のお岩と仮装の主題には事欠かず、衣装選びも着付けも化粧も小道具も、より洗練されて高度なものへと日々進化していった。

　上半身を裸で晒されたり奇妙な恰好を笑われたりした夏子は、時折、肘と手首を鎌のように折って、目の下に両手の甲を揃えて泣いて見せた。本当に泣いていたのか、それとも単なる泣きまねで遊戯の一部だったのか、秋子にはまるで判断がつかなかった。いずれにせよ、白内障に曇り始めた目から涙は一滴も漏れず、白粉の散った頰はいつもかさかさに乾いていた。

　いじめる側にとっては単なる気晴らしの遊戯だった仮装ごっこを、される側は当時一体どのように受けとめていたのだろう。本当に泣きたくなるほど心から嫌がっていたのか、毎日され続けているうちに慣れてしまい、感覚が麻痺して何も感じなくなっていたのか、嫌がる振りをしながら密かに加担し、説明のつかない快感を引き出していたのか、或いはいじめられていることさえ実感できないほど完璧に呆けていたのだろうか。

　ある時、夏子が突然言った。

「アッ子ちゃん、ありがとうね」

　その日秋子は夏子に女郎の仮装をさせようとして、痩せて腰骨の浮き出た胴に朱色の長襦袢を巻き付けたところだった。

「なに言ってんのよ」

「これも、アッ子ちゃんのおかげー」夏子は皺だらけの首をぐらぐらと縦に振る。顎の辺りに固まっていた白粉の粉が飛んで、長襦袢の朱色の襟の上に散った。

「なによ」なによ、こんなにいじめてやっているのに。

「アッ子ちゃんがいなかったら、あたしこうして生きてらんないもーん」わざと舌足らずに子供じみた甘えを声に滲ませ、夏子が言う。計算ずくで拗ねて見せるのは、本人も気づかない無意識の生存本能のなせる業なのか。そうやって、深い罪悪感を種痘のように植えつけようという魂胆なのか。軽い吐き気に似たものがこみ上げてきて、秋子は手を止めた。右手に持っていた桃色縮緬《ちりめん》の帯揚げは、思い出せない遥か昔、何かの祝いに姉に贈った品だった。それをひどく軽くなった体の下に通し、前できつく蝶結びに結ぶ。

　四季折々の季節感を仮装に盛り込んで、一年という環が閉じた。遊戯は次第に様式化しつつ習慣化し、連日のように繰り返された。姉と妹の被虐と加虐とは妙な均衡を保って続き、揺れの止まったシーソーの両端に乗ったまま宙に浮いた恰好になった二人の姿に、秋子は幾度も手鏡をかざしてみた。円い鏡面に並んで映った老姉妹は、仲良く揃ってグロテスクで残酷でそして滑稽でもあった。

階段下の物置から、丈の高い箱を出してきて仏間に運び、畳の上に寝かせて置いた。箱の蓋を開け中の枠を引っ張ると、黒塗りの木の脚と同時に平らに折り畳まれた提灯《ちょうちん》が出てきて、中味が三分の一ほど減った防虫剤の袋が転がり落ちた。黒い脚を開いて立て、提灯の蛇腹を伸ばして元の丸い形に戻す。地は淡い青紫色で、正面に当たるところには大きく芙蓉の花が二輪描かれ、その周りを細く濃い紫の桔梗が、下を控えめに白菊が囲んでいる。一年前、夏子の初盆にと朝子が回転行灯《あんどん》を買ってきたのだった。

「ほら、きれいでしょ。電気をつけると回るの。走馬灯みたい」

駅前の商店街にある仏具屋の店頭に見本が飾られ、真昼の店内の壁に微かな明かりを投げかけながら、ずっと回り続けていたのだと言う。

「ああ、ほんと、きれいだ。盆提灯て、白いのばっかりかと思ってたら、こういうのもあるんだねえ」

ほの青い明かりに照らし出された花模様が、何度も何度も回って目の前を通り過ぎて行くのを、秋子は朝子の隣に立って並んで眺めた。来年もこうやって、一緒にお盆を迎えることになるのだろう。次の年もまたその次の年もこの提灯を飾り、迎え火を焚いて二人でお迎えをするのだ。その繰り返しは回り提灯そのものの回転にも似て、年月はこうして果てしなく目くるめく廻り続けていくものと思われた。

盆提灯を買ってきた日の翌日、朝子は珍しく早く帰宅して二階に上がり、秋子は台所で夕飯の支度をしていた。上で何やら聞き慣れない物音がし、それがいつまでも止まないので、様子を見に階段を上がって行った。朝子の部屋のドアは開け放たれ、ベッドの上に開けられた旅行用の鞄と、その脇に積まれたタオルや下着類が見えた。

「朝子ちゃん、どうしたの」

どこか旅行にでも行くのかと訊きかけて、衣類の隣に置かれた洗面器に目が留まった。中には、真新しい歯ブラシと歯磨きのセットとプラスティック製のコップと石鹸箱と箸箱、そしていくら洗っても渋がついたままの古い湯呑み茶碗が入れられている。壁際のペンギンのぬいぐるみが、け躓《つまず》いて前につんのめるように傾き、まるで洗面器の中身を覗き込んでいるかに見えた。

「入院するの」淡いピンクと白の縞のパジャマを畳みながら、朝子が言う。「あしたから、入院するの」

「入院って、どっか悪いの」

朝子は手を止め、窓の外を見ている。つられて同じ方向に目を向けると、昔は川面が垣間見られた辺りで、高層建築の窓硝子が、夏の西陽を受けて一瞬きらめいた。窓のすぐ外に吊り下げられた風鈴が、澄んだ音を立てて鳴った。金魚鉢に模した硝子球の表面で、半透明に赤く描かれた出目金が空中に水色の泡を吐き、小刻みにその身を揺すっている。しばらくして風が凪いだ。大きく西へと傾いた陽が、朝子の横顔から全身から身の回りまで、ベッドの上のぬいぐるみも鞄も衣類も洗面器も、全て一様に紅鮭色に塗り込めながら落ちていく。

乳癌なのだ、と姪は告げた。検査の結果はもうとっくに出ていた、ずっと前から分かっていたことなのだ。ただ母親を送ってからでなければ、とても治療に専念する気にはなれなかったのだ。静かに穏やかにそう言った。

仏壇の蠟燭から火を移して線香を立てる。細い煙が、精霊棚の上の牛と馬に見立てた茄子と胡瓜の間を縫って流れ、二枚の遺影に当たり、硝子の表面をゆっくりと縦に上っていった。

生前の夏子と朝子は、それほど外見の似通った母子というわけではなかった。夏子がどことなく骨張って気骨があり、かつ気丈そうな顔立ちだったのに対して、朝子は全体に線が細く、気弱とは言えないまでも、どこか内気そうな表情をしていたせいもある。それがこうして遺影となって二人並ぶと、その面差しは驚くほどに似通っていた。まっすぐに通った鼻筋。高い頬骨。少し窪んでいる二重まぶたの目。薄目の唇を横に引き結んだ様子。そして何よりも、前方をまっすぐ生真面目に見つめる眼差しがそっくりなのだった。

病棟の廊下を病室の方へと歩く間に聞こえてきたのは、数人の女性の笑い声だった。入り口で立ち止まって中を覗くと、朝子は六人部屋の入り口から見て右の列の真中のベッドに上体を起こし、同室の患者たちと談笑している最中だった。

秋子が室内に一歩足を踏み入れた途端に、声が止む。まだ笑いの名残を引きずっている顔を振り向け、朝子はアラと言ってこちらを見た。その隣の窓側では、あまりに小柄すぎて年の頃が分からない女性が、頭部をシャワーキャップで覆い、こぢんまりと膝を折ってベッドに座っていた。白黒格子のパジャマの下に、臙脂色の五本指ソックスを履いた小さな足が見える。反対側の窓際では、五十代と思しき恰幅の良い中年女性が毛糸の帽子を被り、高くしたベッドの背もたれに寄りかかって、つるりとした微笑を浮かべていた。朝子の向かいのベッドは無人で、左右の列の廊下側は、どちらもベッド周りのカーテンが閉ざされている。

向かい合わせの二人は、寝台の上から秋子に向かって挨拶代わりに軽く頭を下げた。楽屋顔立ちも体格も似ているどころか全く対照的なのに、どこか不思議に共通して、楽屋裏での舞台化粧中の劇団員を思わせる雰囲気を持っている。会釈を返して目を上げて、どちらの顔にも眉毛がないことに秋子はようやく気づいた。

「朝子ちゃん、くだものと寝巻き持って来たよ」そう言っている自分の声が喉にからんで、しゃがれて聞こえる。

「ああ、ありがとう」朝子は言い、どこかすまなさそうな面映いような表情を見せた。

それから三ヶ月が経った時、年齢不詳の小柄な婦人も体格のよい中年の女性も、もうその病室にはいなかった。代わりに朝子が、隈取《くまどり》する直前の歌舞伎役者か白塗りを終えたばかりの花魁《おいらん》のように眉のない顔になって、相変わらず真中のベッドに横たわっていた。

入院してから約半年の間に、朝子はそれまでにも増して大量の本を病室で読んだ。部屋の本棚の真中あたりにこういう本があるから、持ってきてほしい。これこれの新刊本が出たから、本屋で買ってきてもらえないだろうか。秋子は見舞いのたびに、新しいものも古いものも取り混ぜて数冊の本を紙袋に入れ、病室の姪の枕元に届けた。病院までは電車で小一時間はかかったから、手持ち無沙汰の車内で中から一冊ぐらい開いてみても良かったはずなのに、なぜかそうするのが憚られ、秋子は重たい紙袋を律儀に膝の上に抱え、次々に車窓を過ぎていく明るい景色を、目を細めて眺め続けた。

「もう、本はいい」ある日朝子が言った。疲れてしまって、もう読めない。開いた本を両手に持って支えていられないほど、ページを捲るのも億劫なほど、だるくて仕方がないのだと。点滴の注射針の痕が点々とついた腕を布団の上に投げ出し、青黒く重そうな後頭部をベッドの背もたれに力なく預け、じっと両目を閉じたままで言った。

遠く地上から、救急車のサイレンの音が聞こえてくる。秋子は拠り所なく来訪者用の丸椅子に腰掛け、目の前のベッドの金属製の枠を両手で握り締めていた。音は禍々《まがまが》しいせわしなさで、刻々とこちらに近づいてくる。建物の真下に至り、耐え難いほどの音量で鳴り響いたかと思うと、ぴたりと唐突に途絶えた。その後から、ドアが開く音とストレッチャーが地面を転がる音に、複数の人声が混じってざわざわと立ち上ってきた。

最後に、容赦なく絶え間のない痛みが訪れた。覚醒している間、朝子は常に痛がり、痛みを感じないで済むのは、鎮痛剤が効いて深く眠っている時だけになった。

髪も眉毛も失い、頬がこけ、落ち窪んだ目の下に隈のできた青白い寝顔を、秋子は横からただじっと見詰めた。姪が逝ってしまう前に言うべきこと、言ってやりたいことは山ほどあると思われるのに、何をどう言っていいのか分からない。それに、正直に話せることは何ひとつとしてなかった。

優等生の朝子は典型的な症例通り、進行癌から末期癌に至る階梯を、一歩も足を踏み外すことなく一気に駆け上って行き、入院後わずか十ヶ月足らずで夏子の命日と同じ日に亡くなった。

庭先で虫が鳴いている。仏間を通り抜け縁側に立って出ると、円く明るい月が出ていた。特に何か樹が植わっているわけでもない小さな中庭と、殺風景な仕切りのコンクリート塀。その遥か上に煌々と輝き、青白い光を降らせ、縁板の縁《ふち》を照らし出している。秋子は台所で煙草に火をつけ、くわえて縁側に戻った。

ここは、昔からよく月が見えた。中天に掛かった満月に指先を向け、あそこに兎がいると教えてくれたのは母だったのか、それとも母の言葉をそのまま受け継いだ姉だったのだろうか。やがて同じ台詞を繰り返す秋子自身の声が、そこに重なって響いてくる。「ほら、兎だよ。お餅をついてるよ」そう言って指差すと、肩上げをした浴衣を着た朝子が「どこどこ」と縁先で爪先立ち、精一杯伸び上がって夜空を仰いだ。

二週間ほど前に朝子の四十九日を迎え、法要と納骨のために再び寺に行った。式次第は去年の夏子の時と何ら異なるところもなく、すべてが滞りなく済んで、秋子はまた余った折り詰めの弁当を提げて帰宅した。

錦の覆い袋の下の桐箱。骨よりも更に白く滑らかでつややかな磁器の骨壺の中に入っていた骨。どれだけ小さくなってもなお本人の体の一部だったものさえ手元になくなり、朝子はただ、生真面目に前を見つめている粒子の粗い遺影の写真と、未だ耳慣れない奇妙な響きを持つ戒名が彫り込まれた漆黒の位牌でのみ偲ばれる故人となった。月の表層は白く晒され無数の細かな凹凸が影を結んで、色も形状も焼かれたばかりの人骨によく似ている。遠くは両親のものから、義兄、夏子そして最近の朝子のものまで、火葬場で拾い上げた骨の記憶は、砂粒のように互いに交じり合ってもはや見分けもつかない。吐き出された煙草の煙が、その表面に霞をかけるようにして広がっていった。

昨年のお盆の入りの晩には、姉夫婦が帰って来た。門口で焚いた迎え火に、引き寄せられて来たのだろう。

秋子が二階の和室を覗くと、夏子が結婚した当時の着物を着て、古びた鏡台の前に正座していた。開いた襖の方には注意も払わず、肘を軽く折った腕を持ち上げて顔の前にかざしていた。義兄からもらった金の指輪を嵌め、その手を掲げてためつすがめつしているのだが、その指先の爪から下の関節の辺りにかけて、部屋の南側の窓の桟が透けて見えた。

半分透き通った夏子の像は、次に右手で指輪を抜き取り、そっと鏡台の上に置く。それからもう一度指輪を手に取って左手の薬指に嵌め、その手を再び目の前にかざして見る。指輪を外し、鏡台の上に置き、それを取り上げて指に嵌め、顔の前にかざして見る。また指輪を外し、鏡台の上に置き、それを取り上げて指に嵌め、顔の前にかざして見る。その一連の動作を、姉は一切異同なく際限なく繰り返し続けるのだ。

ぼうっと青白く微かに発光して半透明のところは、科学雑誌で見た最先端のホログラムのようでいて、その動きには、コマ送りの粗い昔の無声映画の映像を思わせるぎこちなさがあった。いずれにせよ、いわゆる幽霊につき物のおどろおどろしさや禍々しさがいささかも感じられない、どこか科学的とも言える姿だった。

そうだ、ひょっとすると。秋子は、何十回目かに指輪を嵌めようとしている姉をそのままにして和室を飛び出し、あたふたと廊下を走って三畳の納戸に駆けつけた。勢い良く扉を開けると、自分で改装した自慢の書斎に義兄がいた。姉と同じに青白く発光する身体が、片腕を長く伸ばしその先に眼鏡を握って突っ伏している。そうやって勉強机の上に伏せって、微動だにしない。義兄はかつてと同じところで、実際に死んだときの姿のままに死んでいた。

この期《ご》に及んで、何と能がなく芸もない人なのだろう。秋子は呆然とその場に突っ立って、ただひたすらに呆れかえった。その唖然とした思いを、誰かにこぼしてみたいものだと心から思ったけれども、聞き手となって耳を貸してくれる人も、ただそこにいてくれるだけの人さえ誰一人いなくなっているのだった。

ふと気づくと、廊下の床板の木目が動き出していた。蛇のうねりのように表面の模様がくねくねと変わる廊下を渡って、秋子は南東の和室に引き返した。姉の頭越しに見える鏡の中で和箪笥が細かく震え出し、輪郭を闇に滲ませて、にわかにその形状を変え始めた。壁が柔らかくなり、漆喰が崩れ流れ落ちた。やがては部屋全体が液化して、時の流れの中に溶けていった。家は時間の地滑りに巻き込まれ、過去へと果てしなく退行していき、いつしか江戸時代の町屋のような建物に成り代わっていく。

姉の手指の先に透けて見える窓の桟は何やら先ほどとは形が違い、古風な弁柄格子に取って代わられていた。まだ電気など発明されてもいない時代なのだろう。明かりと言っては、四隅の闇をなお濃く見せるような行灯の光が、一箇所細々と灯っているのみで、襖に映った物の影が、覚束なげにふらふらと揺らめくのが見えた。

どれほど時が遡《さかのぼ》っても登場人物だけは変わることがなく、義兄は相変わらず自家製の勉強机の上で死に続け、着物姿の姉は鏡台の前に正座して、指輪を嵌めて眺めてはまた外すという同じ所作を飽きもせずに繰り返している。もう朝は永遠に廻ってこないのだろう。ここは時間の行き止まりなのだ。薄闇に浸った家の中で、自分は姉と義兄のほの青い像と共に、いつまでもいつまでもずっと暮らし続けていくのに違いない。夢の底で秋子は思った。

明日は盂蘭盆会だ。初盆を迎えた朝子が、初めて家に帰って来る日である。

準備に取り掛かったのは、もう数日前のことで、まず仏壇の前に精霊棚を据えつけ、そこに遺影を飾った。今日は花を生け、精霊馬も作って遺影の前にきちんと並べた。組み立て終わった盆提灯は、精霊棚の脇に置かれて点灯されるのを待っている。家中の掃除も、何とか全部済ませられた。明日は駅前の商店街にある菓子屋に行き、わらび餅を買って来て供えようと思う。甘味の苦手な朝子が、唯一好んで食べていた和菓子なのだ。

そういえば、朝子がいつも履いていた上履きはどこにやったのだろう。秋子は玄関口に急ぎ、下駄箱の戸をがたがたと滑らせて中を探した。一足ずつ纏めて重ねてあった客用のスリッパの奥に、それはあった。履き慣らした足の形に変形し、中敷の踵《かかと》が当たるところが擦り切れ、甲の部分のかつては真っ白だった兎の毛が少し汚れている。朝子は昔から冷え性で、冬用の室内履きを一年中愛用していたのだ。

丁寧に埃を払い、上がり口のところに揃えて置いた。

陽が落ちるのが毎日ずんずんと早くなっている。もうすぐ油蟬に代わって、ヒグラシが鳴き始めることだろう。明日の夕暮れ時になったら、家の前の門口で盛大に迎え火を焚こう。階段の下の物置の、提灯の入っていた箱を取り出したその後ろに、確か焙烙《ほうろく》が仕舞ってあったはずだ。オガラは昨日、供花と一緒に買ってきて玄関のたたきの隅に重ねてある。

お盆の入りの日の手順を頭の中で暗唱しながら、家中戸締りをして回る。最後に仏間の雨戸を閉め、精霊棚の遺影に手を合わせ、灯明を消し、秋子は自分の部屋へと向かった。

浴室稀譚

海へと向かう国道から二、三本奥まった通りに面して、公衆浴場の建物が一軒、置き忘れられた風情で建っていた。建物の横の塀際を通り裏手に回り込んで見上げた二階に、同じ間隔を空けて三枚、風雨に晒され同程度に傷んだ扉が見える。不動産屋の紺ネズ色の背広の後ろから、私は手すりにところどころ赤錆の浮いた外階段を上った。

一番手前の扉を開けた中に、コンクリートを打っただけの狭いたたきがあり、上がって右手が和室、左手が板の間になっている。部屋の境に開け放たれた襖の桟が、敷居の枠の中でカタカタと鳴った。板の間は南側に、和室は西に向かって大きく窓が開かれ、その間を乾いた砂とぬるんだ水の臭いを乗せた風が吹き抜けていく。どこかうらぶれた、けれどやたらと日当たりと風通しのいい部屋だった。

板の間の玄関脇に台所があり、火口が二つのガスコンロと白っぽくくすんだステンレスの流し台が、外の通路に面した格子窓の下に並んでいた。上がり口を挟んで向かい側には、畳一畳分ほどの脱衣場。淡い肌色のビニール張りの床が、定規で引いたようにきっちりと四角く煤けているところには、洗濯機が置かれていたのだろう。曇り硝子の嵌った扉が横に開かれ、私は中の眺めに目を奪われて敷居の手前に立ち尽くした。

玉石のように丸みを帯びた細かなタイルが、目の届く限り無数に敷き詰められていたのだ。墨色、灰色、青味がかった鼠色、黒に近い深緑、それにくすんだ臙脂《えんじ》。大きさは、小指の先から乳児の掌大まで、形はウズラマメやソラマメや、多少歪んだピーマンなど。ひとつひとつ表面を丁寧に磨き上げ、上からテンペラで仕上げたかのごとき艶やかさだった。

床は手前から僅かに下降していき、浴室の真中辺りで底を迎える。一等低くなった地点に排水口が穿たれ、縁には円い金属の格子が嵌っている。孔の先でまた微かに隆起し、少しずつせり上がっていって、そのまま奥の壁へと至る。天井は四隅が多少黒ずんで、中ほどに苔色のアメーバのような染みが、触手を伸ばしつつ淡い影を広げている。それを除けば極めて清潔で広く贅沢な浴室だったが、そこには浴槽がなかった。

不動産屋の説明によると、アパートの家主は、公衆浴場の所有者兼経営者とのことだった。建物の二階はもともと、入浴客のための宴会場ないし休憩所に充てられていたのだと言う。銭湯の存在そのものが時代に取り残され、訪れる客が急速に減るのと共に、風呂上りに上でのんびりと休んだり宴を張ったりといった悠長さもいつしか失われ、二階の畳は日々無為に陽に焼けていった。そこで建物の裏に外階段を付けて外から出入りができるようにし、二階を三つに区切って住居として貸すことにしたと言うのが、このアパートの由来なのである。

そういう訳で、浴室には浴槽がない。シャワーは付いているが、風呂がない。古くて風呂がない分、家賃も格安である。そう言われても、「そういう訳」が「どういう訳」なのか分からず、私は一瞬ぼおっとして、不動産屋の節の浮いた指の間に覗く紙挟みの折れた角を見つめていた。

わけって……

ま、つまりは、商売ってことさね。

風呂には、一人でも多くの客に来てもらいたい。公衆浴場の経営者でもある大家は、店子の銭湯入浴を奨励する心積もりで、アパートにはあえて浴槽のない浴室を設置したのだそうだ。それならば、ほんの間に合わせの簡素なものでよかったはずなのに、随分と堅固で豪勢な造りである。

なんでも、下の銭湯を造った時の資材が余ってたのを使ったって話らしいがね。不動産屋は言って、曇り硝子の扉に手をかけた。

いずれにせよ、薄く軽いプラスティックのユニットバスが普及しつつある時勢に、珍しく堅実な職人技と、重厚な存在感を具えた浴室である。閉まっていく扉の隙間から、私はもう一度中を一瞥した。奥の高窓から射し込む陽の光が、閑散と広い床に照り映えている。タイル敷きのうろこ模様は海中の魚影とも見え、そのなだらかな広がりは、穏やかに晴れ渡り波ひとつない真昼の凪の海面を思わせた。

引越しの後片付けが一段落し、ぺらぺらと薄い入り口のドアを後ろ手に閉めて私は部屋を出た。階段を降りかけ、ふと引き返して二階の外廊下を奥の方へと辿ってみた。サンダルの底が、金属の床に当たってコツンコツンと木霊《こだま》する。行き止まりと思っていたその先で、通路は直角に右に折れ曲がり、東側の壁に沿って更に上へと延びていた。

屋上へと続いているらしい階段は、長らく使われないまま雨曝しにされてきたのに違いない。地上から二階へ至る部分よりも更に傷みが激しく、赤茶色に吹いた錆の底に一箇所穴が開いているのが見える。左右の手すりの間に鎖が渡され、半月形に垂れ下がったところに、赤いペンキで「立入禁止」と書かれた札が掛けられていた。

手前で伸び上がって上を窺ったが、段の途切れた先には何も見えず、ただ低く垂れ込めた雲の間から薄日が射してくる。通路の折れた先で踵《きびす》を返し、今来たばかりの廊下を引き返す。隣り合った二つのアパートの窓は、どちらも内側から古新聞で目張りがされていた。硝子に張り付いた新聞紙はうっすらと黄ばみ、端がところどころ反り返り、剝げかけたセロハンテープの隙間に埃が溜まっているところを見ると、永らく誰も住んでいないらしかった。

遠く低く絶え間なく耳奥に消え残るのは、幾台も国道を通り過ぎていく車の音だろうか。コツン、コツン。サンダルが外廊下の床を鳴らす音が、昼下がりの眠たくなるような生暖かさの中に立ち上る。

和室の窓を大きく開け、窓框に肘を突いて外を眺めた。薄曇りの空の低いところに、ぼうっと煙る水平線を思い描いてみる。幾つかの建物の屋根が、高さもまちまちに立ち並んで視界をさえぎり、遠く地平線まで見通すことはできなかったが、その先にはどこかに必ずや海があるはずだった。市街地が開発されて賃貸料が上がるにつれ、私は街の外へと向かって何度か居を移してきた。そうやって辿り着いた先がこの場所なのだ。これ以上海岸に近づくと、そこから先家賃はまた高くなっていくというぎりぎりの地点に、銭湯は建っていた。

一番の異彩を放っていたのは、もちろん浴槽のない浴室だったけれど、普通の住居らしからぬ奇妙な点が、アパートには他にも幾つかあった。和室の西向きの窓はやけに位置が低く、外側には錆びた鉄柵が取り付けられていた。窓の下の床は、籐椅子が丁度二脚向かい合って置かれるような具合に細長い板敷きになっている。その北側の壁には洗面台を取り除いたらしき痕があった。そこだけ真新しく白い漆喰が、排水管の外縁をなぞるようにして円く無骨に盛り上がっているのだ。

板敷きのもう一方の壁際には、冷え冷えとしたベージュの直方体がうずくまるようにしてあった。近づいて前にかがんで見ると、金属製の小型金庫だった。二階が休憩所だった時に設置され、撤去されずにそのまま残されたものなのだろう。アパート中を隈なく捜したが、鍵はどこにも見当たらなかった。うっすらと黒い口を開けている厚い扉をそっと片手で押すと、ギイという音を立てて回転し、更に暗い内側へと潜っていく。

かつては「お休み処」として使われていた痕跡が、ところどころに残っていたせいなのだろう。夜更けに寝付かれず、布団を這い出して脇の畳に座ると、どこかひなびた温泉宿の一室にいるような心地になった。外は谷間を下っていくせせらぎか、穏やかな波に洗われる砂浜か、水際の地に密やかに建つ旅館の二階。窓の手前には籐椅子が二脚、低い硝子のテーブルを挟んで差し向かいに置かれている。冷蔵庫で冷やしたビール瓶を置いた跡の水滴が、硝子の表面に少し歪んだ輪になって残っている。

どうにも落ち着かない心持ちなのは、階下の風呂場から今すぐにも上がって来る相客を、一人で待っているからなのだ。浴衣の上に丹前を羽織り、旅館の手拭いを首にかけ、歯ブラシを片手に狭く急な階段を下って行く後姿が思い浮かぶ。或いは、自分も続いて降りて行って人気のない湯船に浸かり、一足先に上がって来たのだったか。

明け方の夢の中に寝起きしている架空の連れ合いが、現実の部屋に上がって来るはずもなく、私は時折浴衣の襟元を掻き合わせながら、ただずっと畳の上に座っていた。手持ち無沙汰で、ひどく待ち遠しいのに気恥ずかしくもあるような、心許ない思いで待っていた。

マチ子さんに初めて会ったのは下の銭湯で、敷地内に立てられた旗竿の先に鯉のぼりが泳いでいたから、多分五月の初め頃だったと思う。アパートに越してきて以来、私は毎日浴槽のない浴室でシャワーを浴び、週に一回日が暮れてから裏階段を下りて行って建物の表側に回り込み、紺地に白く『ゆ』と染め抜かれた暖簾をくぐった。

湯上りの後の定番と決めていたパイプ椅子に、その日は先客が座り、裸足の両足をしどけなく投げ出して足ツボマッサージ機に揺られていた。糊のきいた浴衣の襟から白いうなじが覗き、機械の振動で耳たぶが震えている。結い上げた黒髪が少し濡れ、湿った毛先が更に黒々と見えた。この銭湯には、極度に高齢のお年寄りが多い。マッサージ機にかかったら、粗鬆症の骨が砕け体中がばらばらに壊れてしまうのではないか、と心配になるような高齢者ばかりを見慣れた目に、四十代始め頃と思しき中年女性の後姿は、そこだけ一幅の美人画を掛けたかのようなあでやかさで映った。

すみませんねえ。もうすぐ終わりますから。斜め後ろに立って見惚《みと》れていると、先客はこちらを振り向き様、軽く会釈をして言った。意外に低いしっかりとした声だった。

彼女が立って行ったあとの座席はほんのりと温かく、私は機械に硬貨を入れ、背もたれに体を預けてじっと両目を閉じた。しばらくして薄目を開けてみると、先ほどの女性が浴衣の袖を揺らし、自動販売機の方から戻って来るところだった。部屋の隅のソファーに浅く腰掛け、片手に瓶を持ち、頭をあお向けて飲み始めた。白い喉仏の辺りが何度も上下に動くのが見て取れる。一息に飲み干して、満足気な吐息をひとつ漏らし、目が合うとにこりとした。それから、タオルと洗面用具の入ったプラスティックの籠を片腕に抱えて立ち上がった。

お先に。そう言い置いて椅子の後ろに回り込んで行く。背後の空気が動き、裸足の足裏が床を踏む音がマッサージ機の稼動音をかいくぐって、ひたひたと耳に届いた。やがて店番中の女将さんと何やら挨拶を交しているらしい声が、番台の方から聞こえてきた。その声も途絶えた今は、出入り口の扉を過ぎ、玄関のスノコの上に降り立ったところだろうか。金属の下足札を入れて下駄箱を開け、出した履物をつっかけて表へと出て行く様子が目に浮かぶ。足の下で機械が止まり、私はがま口を持って立ち上がった。自動販売機でコーヒー牛乳を買い、ソファーに腰掛け、誰もいなくなった休憩室で一人で飲んだ。

今日はコーヒー牛乳じゃなくって、ビールが飲みたいわね。

一週間後に同じ場所で出会うと、顔を見覚えていたのか驚くほど打ち解けた様子でその人は言った。着ているのは、どうやら前回と同じ浴衣のようである。糊は落ちて、良く見ると、絣《かすり》の模様が薄くなるほど洗い晒され、肩のところに継ぎが当たっている。それを布団から寝起きの姿でそのまま出てきたかのように、幾分投げやりに着崩していた。漆黒の髪と濃い睫毛と、鮮やかに赤くふっくらと厚い唇がなまめかしいのだけれど、丸顔に間が少し離れ気味の丸い目がついているところに愛嬌があって、一目で親しみを覚える顔立ちだった。風呂上りの肌をつやつやと輝かせ、口元を盛大にほころばせ、顔中に気前の良い微笑を浮かべて立っていた。

つられて思わずこちらの口元も緩んだが、同様に開けっぴろげな笑顔を見せるのも何とはなしにためらわれ、上げかけた口角を中途半端な位置で止めてしまったから、外見《そとみ》にはただ頬を引きつらせただけの渋面と映ったかもしれない。知らない人に愛想を見せるのも見せられるのにも、あまりに不慣れだった。そうしたこちらの逡巡には一切お構いなく、相手はずんずんと近づいて来て隣の椅子に座った。

ねえ、一緒に一杯行きません。

え、ええ。いいですけど。

いいけれどもこの辺りはさびれていて、近くに大した店もないから、自動販売機でビールを買って来てうちで飲んではどうか。自分のアパートは、この銭湯の真上にあるのだ。そう話すと、相手はひとかけらの遠慮も臆する様子もまるで見せず、嬉しそうに手を叩いて言った。

わあ、素敵！　じゃあ、お邪魔するわ。アタシ、マチ子っていいます。よろしくね。

立て続けに開けた三缶のビールを片手にとつとつと語るのを聞いたところによると、マチ子さんは私より五つ若い四十二歳で、隣の県の県庁所在地の背景にひっそりとある渓谷の村に生まれ育ち、地方と東京とを何度も行き来したのだと言う。両親と弟は主な収入源をワサビ田に頼って、今もその村で暮らし続けているのだそうだ。若いうちは田舎での縁談を全て断り、その後幾人かの候補者がいて、中には一緒に暮らした人もあったけれども、結局結婚するまでには至らなかったということだった。

フサ江さんは？

ナイ。私は首を振った。ナイ、一度もナイ。

ふうん、そうなの。

自分の相手に関して言えば、どれもイマイチというのがマチ子さんの弁だったが、一人一人に込み入った事情が絡み、様々な成り行きにも流され、言葉に尽くし難い思いに彩られた物語があるらしいと推察された。

私の方はもう十五年来この辺りに住んで、小中学生相手の小規模な塾で夕方から晩にかけて国語を教えていること。それでは足りない収入を補うため、昼間はバスに乗って十五分ほど行った国道沿いにある大型スーパーで働いていることを話した。

そんなに長く塾で講師をしているのなら、専任の仕事に就けるのではないか。そうマチ子さんは訊いた。受験産業は相変わらず隆盛なのだから、どこかの進学塾に必ず職があるはずである。それなりの職能がありながら、何もスーパーでアルバイトをしなくともよかろうと。

実は、ずっと小説を書いているの。そう口に出した途端に、顔が熱くなった。書くための時間が持てるようにと、専任の口を捜すこともせずにきたのだけれど、そのうちにどうにも遣り繰りがつかなくなり、アルバイトをしないわけにはいかなくなってしまった。赤面しながらそう続けた。

ええっ、フサ江さんて、小説家だったの。カッコいい！　マチ子さんは目を丸くして声を上げ、私は慌てて、千切れるほどの勢いで首を横に振り続けた。

違うの、違うのよ。ずっと書いているんだけど、一度も活字になっていないの。

そう。でも、小説を書いてる人のことを、小説家って言うんでしょ。

まあ、そうだけど……

じゃあ、小説家に乾杯しましょう。いつかきっと本が出るように。

ありがとう、ありがとう。

できあがったら、読ませてね。フサ江さんの小説。

私は頷き、喉元と目の奥に押し寄せる甘酸っぱさに涙腺が緩みそうになるのを、ようやくのことで持ちこたえた。

市街地に建設関係の下請けをする会社を興した親戚がおり、そこで事務員にでも雇ってもらうつもりでやって来たのだが、会社の業績が思わしくなく、今は見送りの状態なのだ。とマチ子さんは自らの現状を簡潔に述べた。次の週に再び銭湯で会い、しめし合わせて同じ時間に出て、ビールを買いに走り、また部屋で一緒に飲んだ時の話では、親戚の下請け会社は倒産してしまったそうだった。

それでね、アタシ、行くとこないの。マチ子さんはあけっぴろげに言ってビールをあおり、浴衣の袖口が二の腕を滑り落ちていき、ずっと着続けているのか裏の手首に当たる部分が、薄く汚れているのが目に入った。

それなら、ここに来てしばらく一緒に住めばいい、と私は言った。自分が働いている大型スーパーはいつも人手が足りなくて、今もパートタイマーを募集しているから、とりあえずは、そこで雇ってもらうこともできるだろう、と。

翌日の昼過ぎ、使い古されたボストンバッグを片腕に提げ、折りたたみ式のカートに中ぐらいの大きさのダンボール箱を二つ積んだのを引いて、マチ子さんは私のアパートにやって来た。見慣れたいつもの浴衣姿ではなく、安そうな化繊のワンピースを着て素足にサンダル履きだった。他の荷物は知り合いのところに預けてあり、とりあえず日常生活に必要なものと当座の衣類だけを持ってきたのだと言い、二階に上げるのを手伝ったダンボールは確かに手ごたえなく軽かった。

これだけは大事なの。ただ、これだけ。マチ子さんは言って、ボストンバッグから長方形の茶封筒を取り出して見せた。

どこに置いたらいいかしら。

茶封筒はベージュ色の空《から》の金庫の中に、丁度具合良い大きさで収まった。鍵のかからない金庫は金庫ではなく、ただの金属製の箱にすぎなかったが、薄く開いたままの扉を見たら、たとえ泥棒でも中に貴重なものが入っているとは夢思わず、速やかに見逃して立ち去ってくれるかもしれない。そんな風にも思えた。

フサ江さん、見ちゃ駄目よ、絶対。マチ子さんはふふと笑い、その表情は有り余る媚《こび》を含んで妙にあだっぽく、むしろ巧妙に盗み見をそそのかされているかのような気分になった。

その夜、私が塾の仕事から帰ると、外階段の下から見上げた台所の窓には橙《だいだい》色の明かりが灯り、マチ子さんが夕餉の支度を整えて待っていてくれた。アパートの板の間の食卓に隙間もないほどたくさんの料理が並んだのは初めてのことで、それ以前の住まいでの暮らしを振り返ってみてもまるで覚えのない、質量ともにこの上なく豪勢な晩餐であった。取り皿の脇には花模様の紙ナプキンが三角形に畳んで置かれ、古いテーブルはしっかりと目の詰んだ白い布に覆われて完全に様変わりしていた。その生地の織りと艶とに見覚えがあるような気がしたが、いつどこで見たのか思い出せなかった。

あのう、これ、このテーブルクロス、どうしたの。持ってきたの?

ああ、それねシーツよ。まだ下ろしてないのが、押入れにあったから。失礼して、ちょっと中を見させてもらったのよ、アイロンをさがしてて。さあさ。乾杯しましょ。今日は冷酒もあるのよ。マチ子さんは冷蔵庫に急ぎ、一升瓶を取り出してきて栓を開け、一滴もこぼさず器用に猪口に注いだ。

こうして、マチ子さんはするすると私の懐に入って来た。蛇が脱皮する場面を撮影した科学的な映像を早回しで逆送りにして見せたら、かくもあろうかという器用さで、速やかに、滑らかに、鮮やかな緑色のうろこを光らせて棲みついた。

大丈夫かな。立ち入り禁止って書いてあるけど。

踊り場のはずれで立ち止まり、私は上を仰ぎ見た。

へーき、へーき。マチ子さんは本当に平気そうにそう言って、立ち入り禁止の札を一跨ぎで乗り越えて行く。

外の通路の先に、屋上へと通じているらしい階段があるという私の話を聞くや否や、すぐにも上がってみようと言い出したのだった。その日はたまたま何かの祝日で、銭湯は珍しく閉まっていた。近くのコンビニでビールとつまみを買ってきた。駆け出さんばかりの勢いで通路を行くマチ子さんの後を、私は足先に視線を落として歩いた。建物の上にいるところを、誰かに見咎められたらどうしよう。問い詰められ、或いはどこかに通報されて、厳しい叱責を受けるのではないか。飲み物の入ったビニール袋を提げて階下に立っても尚、不安に首をすくめていた。

大丈夫よ。ちゃんと気をつけて上れば。マチ子さんはこちらの様子に頓着無く、外階段の錆びていないところを上手に選んで、速やかに上って行く。

本当はここ、入ってはいけないんじゃない。そう言いつつ、私もとりあえずは柵を跨いで後を追った。袋の中の缶ビールが、手すりに当たってゴンと鳴る。すぐ目の上に、浅く溝が並んだ黒いゴム底と、そこから弓形にはみ出した踵《かかと》が見える。サンダル履きの足が段を蹴立てて上がり、素早く右へ動いたかと思うと、いきなり空に消えた。

ほら、気をつけて。

支えを探し中途半端に上げていた片方の手首がしっかりと摑まれ、垂直に上へと引き上げられる。最後の数段を一気に上がり、私は突然高みに立っていた。暖かい夕風が、正面から吹き付ける。銭湯は普通の建物よりも天井が高いのだろう。周りにはまだ殆ど高層建築もなく、家々の屋根が目の届く限り果てしなく連なっているのが見下ろせる。立ち入り禁止の屋上には柵も手すりもなく、どこまでも遠く広く視界が開けていた。

まぶしさに思わず手をかざし隣に目をやると、マチ子さんも片手を額の辺りに上げ、両目を細めて遥かな遠くを眺めやっているようだった。耳の後ろに束ねきれない後れ毛が風で浮き上がり、前へ後ろへと吹き流されていた。

いい眺め。こんなに高いなんて思わなかった。夕陽に溶けていきそうな建物の輪郭をなぞりながら、私は言った。

うん。でも、海が見えない。

そうね。どの方角かな。

あっち。マチ子さんは腕を挙げ、町並の向こうの一点を迷いなく指差した。

行きたいなあ。溜めていた思いが、溜息になって溢れ出る。

行こうよ。

どうやって?

ここから最短距離にあるはずの海岸には電車の駅がなく、バスは市街地とこの辺りの国道とを繋いで循環しているだけで、海までは通っていない。車がなければ行けないと、私はずっと思い込んでいた。もちろん歩いてはとても行けないが、自転車ならば何とか辿り着けない距離ではない、とマチ子さんは言う。ちゃんと事前に地図を見て調べておいたのだ。そう胸を張る。

でも、どうせ行くなら、やっぱりヒッチハイクが楽でいいわね。

ヒッチハイクって、アメリカなんかでよくやってる、あの、親指立てて……

ご名答！　マチ子さんの笑顔が大きくなる。

でも、停まってくれるかなあ……私たちで。

大丈夫よ。若作りしてキレイにして。そいでもって、オジサンをノーサツするの。

そう言って高らかに笑った。

自分たちがオバサンなのにと思いつつ、しかし私も笑った。

直《じか》に腰を下ろしたコンクリートは昼間の熱を蓄えてまだ温かく、私は裸足になってざらざらとした表面に両の足裏を押し付けた。マチ子さんは隣に立て膝をして座り、足元に置いたビニール袋から缶ビールを取り出し、プルリングを抜いて渡してくれた。飲み口に親指大の黄色い泡が盛り上がり、缶の表面は細かな水滴に覆われてしっとりと冷たく、握った指の先がつるつると滑った。

国道を絶え間なく走るトラックの騒音が、遠く小さく聞こえてくる。目を瞑って風に吹かれていると、遥かな海からの潮騒と思えないこともなかった。そう思えば吹いてくるのも、夕凪の直前に陸に向かって上ってくる暖かな海風のようだった。

私たちは隣り合って西に顔を向けて座り、その日最後の日差しを浴びた。眼下に町並を見遥かし、時折思い出したようにぬるんだ缶を持ち上げてビールを飲んだ。さえぎるものなく吹き渡る風の中を、夏の陽がより赤く大きくなって傾いていき、無言で見守るうち、周りの全てを茜色に染め上げながら落ちていった。

ねえ、あんたさん、ところで。

浴衣を着た首筋から汗が吹き出てくるのをタオルで押さえ、下駄箱のある出口の方へ向かおうとすると、番台の上から呼び止められた。

あの、最近出入りしてるあの若い娘《こ》のことだけどさ。

立ち止まった私の方へと背を丸めてかがみ込み、女将さんは心持ち声を落とした。

若い娘……

ほら、あの、ちょっと色っぽい。

どうやら、マチ子さんのことを言っているのらしい。とうに七十は越した女将さんからすれば、五十歳以下の同性はおしなべて若い娘と形容できるのだろう。

あの娘、あんたの親戚かなんかかい。

いいえ、そういう訳では……

じゃあ、なにか水商売のほうかねえ。

いいえ、そんなことはないんですけど……。なるほど、和服姿のマチ子さんが着物の襟を大きく抜いて、バーのカウンターかどこかでお酌をしていたら、実に絵になり様になる図には違いない。

それにしても、一体どこで聞き及んだものだろう。マチ子さん本人が自分から、このニ階に間借りしているとでも話したのだろうか。そういえば、銭湯の女将さんはアパートの家主でもあったのだ。やはり事前に許可を取るか、少なくとも一言断りを入れておくべきだったのかもしれない。礼儀に適うかどうかはさておいて、賃貸契約上はどうなっていたのだろう。法律用語にあふれた契約書は難解で、ちゃんと最後まで読み通した記憶もなく、いかなる文面もすぐには浮かんでこない。

ふと顔を上げると、上からまじまじと見下ろしている女将さんと目が合った。

あんたも、ほんと人の善い。どういうスジョーかもわからん人を。

スジョーというのは素性のことか、と一人納得している私から目を逸らし、女将さんは女湯の入り口を顧みた。

茶封筒はその名の通り茶色だった。何の変哲もなく、中に何か特別なものが入っている様子もない。重いのか軽いのか、俄かに判じきれない中途半端な重量があった。

マチ子さんは今朝早く、私が時給で働いてる大型スーパーに履歴書を持って出かけて行き、私は金庫から無断で茶封筒を出し、掌に載せて重みを量っていた。

蓋は糊付けされておらず、中に収められた紙の束は、全部で新聞の夕刊ぐらいの厚みがあった。一番下になった紙は部厚く硬く、印画紙のような感触を指先に伝えてくるのだが、写真が束ねられているにしては全体に軽く、型も大きさもまちまちで様々に材質の異なる紙が幾重にも重なり合っているようだった。

封筒から三分の一ほど引き出してみると、険しい表情を浮かべてこちらを睨んでいる顔が目に留まった。三、四センチ大の顔写真の横には素っ気無いローマ字体が刻まれ、上には『日本国』の表示があり、一目で旅券の頁を複写したものと知れた。良く見ると、写真はマチ子さんの若い時のもののようである。当時は日に焼けていたのか、それとも複写機の色調が濃すぎたのか、陰影も分からないほど全体が色黒に塗りつぶされている。緊張のせいか普段の愛想の良い笑みが消え、不穏で剣呑な面差しだった。どこか凶悪な雰囲気さえ漂わせ、駅や交番など街頭で見かける指名手配犯人のポスターを連想させた。

黒々とした顔写真を見下ろしていたら、なぜか動悸が速まり、謂われなく息詰まるような不安感が、ひたひたと波を打って寄せてきた。板敷きの陰りにふと目を上げる。窓の外は突如として暗く重たい雨雲に一面覆われていた。肌寒く感じるのは、単に自分の胸騒ぎのせいだろうか。と訝っているうち、冷たい風が一陣吹き込んで部屋を通り抜け、ポツリと最初の雨滴がひさしに当たったかと思うと、一挙にザーッと激しい音を立てて雨が降り始めた。

咄嗟に、手にした紙の束を押し戻していた。角が突っかかるのか書類はすんなりと元には戻らず、柔らかくけれど執拗な抵抗を指先に伝えてくる。何度か出し入れしてようやく中に収め、金庫に仕舞った。閉まらない扉の角度を幾通りにも変え、開き具合を何度も微調整し、立ち上がって少し離れたところから見てみようと数歩後退《あとずさ》った裸足の足裏に、ざらざらとささくれた畳の目地が逆らった。

雨は屋根を叩き、窓硝子に当たってはじけ、地面を打って降り注ぐ。建物全体を包むように降りしきる雨音の只中に、ベージュ色の金庫がほの暗い口を薄く開けていた。板敷きの上にうずくまったその佇まいは、いつもと何ら変わりなく見える。大丈夫、前と同じ。何度も自分に言い聞かせるのだが、激しい雨足は一向に衰えを見せず、それに共振するかのように、胸骨の檻の中で弾み続ける心臓の鼓動が聞こえた。

たとえ金庫に鍵があったとしても、中に保管しなければならないほど貴重なものを私は持っていない。家賃と公共料金と健康保険料を月々滞納せずに納めているのが誇らしく思われるほどの経済状態だったから、手元に残るお金は殆どなく、従ってまとまった額の預金もなかった。このアパートには、盗るものとて何もないはずなのだ。

今朝方は晴れていたから、マチ子さんはきっと傘を持たずに出かけてしまっただろう。丁度帰ってくる途中で雨に遭い、今はどこかの軒下で雨宿りをしているか、それともずぶ濡れになって駆けているところだろうか。外階段を足早に駆け上がってくる足音がしないかと耳をそばだててみたが、通路の床に絶え間なく落ちる水音以外には、何ひとつ聞こえてこない。身のやり場に困り、畳に寝転んで天井を見上げていたら、そのうちに他愛なく眠り込んでしまったらしかった。目覚めた時には既に雨は上がり、正面の窓から午後の日差しが射し込んで、板敷きの床から畳までじりじりと焦がすように照り付けていた。

マチ子さーん、待ってよー！

藤色のブラウスの背中は、いくら呼んでも振り向きもせず、左右に大きく揺れながら急な坂道を登って行った。熱したアスファルトの路面から陽炎が立ち上っていた。自分の声も暑さに呑まれ、蒸発して消えてしまいそうな気がする。どうあがいても追い付けない、あの斜面は到底登れないと思うと、それ以上は漕げなくなり、私は坂の手前で自転車を降りた。横から押して歩こうとすると、ハンドルの上で両手が滑り倒れそうになる。腿の内側をつと汗が伝い下りていって、地面に落ちた。

待ってよー、お願い。

勇壮に自転車に跨って立ち漕ぎをしているマチ子さんの後姿が、さらに小さく遠去かって行く。逆光の中で影絵になり、坂の頂上に溶けてしまう。もう、呼んでも聞こえないだろう。喉が渇き、空腹で疲れきり、その上足が痛かった。道端の草むらに自転車を投げ出し、その隣に倒れ込んだ。葉先がふくらはぎや背中を刺したが、地面の冷たさが快い。運動靴を脱いでみると、両方とも踵のところに錆色の血が滲んでいた。

通りがかりの車を止めて乗り込むという悩殺案を却下して、あくまで自転車で行くと言い張ったのは私である。毎月七の付く日に開かれるボロ市にでも行って、二台まとめて買い求めるつもりでいたのだが、それではお金がもったいないとマチ子さんが主張し、自転車ならいくらでも棄てられているところを知っているからと、遠く離れた空き地に私を連れて行ったのだ。そこには確かに、無数の自転車があった。新品同様のものから、錆び付いて前輪が歪んだものや、サドルが取れてしまったものまで状態は様々で、傷み具合に応じて地面に投げ捨てられていたり、柵に立てかけられていたりした。

アタシ、これにする。マチ子さんは、中でも一番新しく変速ギアの付いた高価そうなのを選び出し、さっそくペダルに足をかけた。私は倒れている自転車の中から、何も部品の欠けていない、比較的新しそうなのを一台見つけ出して引き起こした。古びていようが新しかろうが勝手に持ち去るのは同じことなのに、真新しいのを選ぶのはやはり気が引けた。

前の晩、マチ子さんはゴム草履を出してきてたたきに置き、私は押入れの隅で、いつ買ったのか全く覚えのない布製の運動靴を見つけた。硬い白の布地で出来ていて先が丸く、甲の所にゴムのバンドが渡してある。小学生の頃に体育館で履いたような、時代遅れの懐かしい靴だった。

当日はバスタオルや水着や日焼け止めなどを入れて荷物を作り、茣蓙《ござ》と一緒に荷台にくくりつけたりなどしているうちに昼近くなって、私たちは自転車に跨り海を目指して出発した。ほんの半時も走っただけで、すぐに汗まみれになり尻も脚も足も揃って痛み出した。子供の頃はあんなに得意だったのに、と口惜しくも訝しくも思ったが、良く考えてみたら、最後に自転車に乗ったのはもう三十年以上も前のことだった。ここ数年来、何か運動と呼べるようなことも全然していない。その上私が乗った自転車は全体にガタがきていて思うようには進まず、前を行く五段変速の新車からは、どうしても遅れがちになった。地図の上で見た直線距離を計算すれば、一、二時間で着けるはずだったのに、いくら走っても一向に海は見えてこなかった。

銀色に輝く自転車が猛スピードで坂を下ってくる。乗っていたマチ子さんはこちらに気づき、急ブレーキをかけて飛び降りると、近くの電信柱に自転車を立てかけた。ゴム草履のぴたぴたという音が近づいてきて、目の前に止まる。ショートパンツから覗いた膝頭に手を当てて、マチ子さんはこちらにかがみ込んだ。藤色のブラウスの胸元と腋の下に、大きく汗染みが広がっているのが見えた。

大丈夫?

駄目かもしれない。私は首を振った。ほら、こんなに、と靴擦れのできた踵を見せる。

わあ、ひどい! マチ子さんは大袈裟に叫んで飛び退った。

すぐに消毒したほうがいい。薬局に行って買ってくるから、ここで待ってなさい。

そう言い置いて、電柱の方へと慌しく駆け出して行く。

私はまた一人になり、草の上に寝転んだ。頭の下に両手を組んで片膝を立て、その上にもう一方の足を乗せ、爪先を左右に揺すって大気に晒す。草の葉先がつんつんと天に向かって尖り、視界を緑に縁取っている。仰向けになって見上げる夏空は、限りなく高く碧かった。その高みを、形も定かには見えない小さな飛行機が、白い帯を引いて一直線に横切って行く。遠くで入道雲が湧き上がり、端の方から微かに夕暮れの色が兆していた。

最後にこんな風に地面に寝たのは、一体いつのことだっただろう。過去をずっと遡ってみても行き当たる記憶はなく、小学校の体育館の運動靴や自転車乗りと同じぐらいに遠い昔のことらしかった。

ごめんね、さっきは。

何度も待ってって言ったのに、マチ子さんどんどん先に行っちゃうんだもん。ごめん。マチ子さんは謝りながら、脱脂綿に含ませた消毒液で傷口を消毒し、その上から絆創膏を貼ってくれた。

あそこまで行けば、見えると思ったのよ。そう言って、また坂道の方を振り返って見ている。あの坂の上まで辿り着けば、きっと海が見えるはずだって……

それで？

見えなかった。この道が続いてただけ。坂の向こうもずうっと。

幾本もの電信柱が、道の脇に並び立って西陽を浴びている。その間をほんの僅かに蛇行しつつ、油を流したように黒光りした路面が坂の頂点まで延びていた。やがて、一本の電信柱の陰から、薄茶色の犬が現れた。毛足の短い中型の雑種で、三角形の耳をおとなしげに垂れ、短い尻尾を上げている。首輪をしているからどこかの飼い犬なのだろうが、飼い主の姿は見えない。電柱の根元を一通り嗅ぎ終わると鼻面を上げ、坂道をとことこと登り始める。

大丈夫かな、迷い犬なんじゃない。思わず口に出した私の懸念を断ち切るように、マチ子さんはきっぱりと首を横に振ってみせる。

ちがうわよ。あんなに物知り顔で歩いてるじゃない。あの向こうに家があるのよ、きっと。

うん、たぶんね。

犬は立ち止まることなく、律儀に同じ歩調で坂を上り詰めていく。私たちは道端に並んで座り、その小さな後姿を見送った。背後に長く尾を引いていた影が消えた後もしばらく、夕陽の当たる坂の頂上を眺めていた。

アパートに帰り着いた時には、とうに真夜中を過ぎていた。その夏一番の熱帯夜で、寝苦しく浅い眠りから醒めると辺りはまだ暗く、隣に敷かれた布団には誰もいなかった。手洗いにでも立ったのか、それとも水を飲みに台所の方へ行ったのだろうか。しばらく待ってみたが、戻ってくる様子も、どこかで動く気配もない。足元の畳の上に丸められたタオルケットが、かがんだ幼児の背中のように見えた。丑三つ時である。

私は寝床から立って行って、板の間を覗いた。常夜灯の微かな明かりが、黄色くぼんやりと床板を照らしている。玄関のたたきの闇の中に輪郭を半分溶かして、ゴム草履と運動靴が乱暴に脱ぎ捨てられていた。手洗いのドアの上方に穿たれた曇り硝子の小窓の中は真っ暗で、人の影も差していない。アパートは静寂そのもののような暗闇に沈んで、静まり返っている。

もしやと思い浴室のドアを開け、私は一瞬息を止めた。何か白っぽく細長いものが床に転がっていた。闇を透かして、ふたつの丸い弧が見える。暗がりにうっすらと引かれた曲線はおもむろに尻の形を成し、その先にほの白い足裏が浮き上がってくる。

足元に打ち寄せる夜の波のごとき薄闇の底に、マチ子さんが横たわっていた。どれだけ目を凝らしても着衣は見えず、どうやら全裸のようだった。豊かな漆黒の髪は暗がりに紛れ、横顔の輪郭がほんの僅かに覗いている。前髪の絡まる額の脇に、蜜蠟のような色を呈して片手が沈んでいるのが見える。

やがてゴトリと体が回転して、仰向けになった。蒼白い体表に一箇所だけ、黒々とした陰毛が周りの闇よりも更に色濃く茂っているのが目に入った。身じろぎもせず見守っていると、マチ子さんは突然両目を見開き、白目が瞬時に二つ勾玉形に光ってまた閉じた。

どうしたの、一体、こんなとこで。囁くように小声で訊いたつもりだったけれど、声にもなっていなかったかもしれない。

聞こえているのかいないのか、マチ子さんは再び寝返りを打ってうつ伏せになった。ふうと一声、寝息とも溜息ともつかない音が漏れる。右腕を伸ばし左肘を曲げた姿勢で、今度は左の太腿を引き上げて膝を直角に折り曲げた。そうやって、体の皮膚をできるだけ広く、タイルの表面に密着させようとしているらしい。

気持ちいいのよ、ここ。夢見心地に呟く声が聞こえてくる。冷たくって、気持ちいいの。

浴室の高窓が半分ほど開いていて、その向こうに灰色の夜空があった。汗をかいた肌にようやく感じ取れるくらいの微かな風が、生ぬるい空気を運んでくる。私は入り口の框《かまち》に肩を預け、目の前に横たわった裸体をしばらくの間見下ろしていた。蒼ざめた肢体は闇に浮き、深夜の海面上を波に揺られて漂うかに見えた。寝床に戻り、自分も寝巻きを脱いでタイルの上に寝てみようかとも思ったが、思い切れずにぐずぐず寝返りを打っているうち、いつしか深く穏やかな眠りに落ちた。


このうちのカケイは、一体どうなっているのですか。

マチ子さんは俄か教師という風情で、極端に生真面目な表情を作ってそう尋ねてきた。国道沿いの大型スーパーで一緒に働くようになってから、一月ほど経った頃だった。マチ子さんはごく短期間で仕事に慣れ、客からも現場の責任者からも評判が良く、会計を任されて毎日通うようになっていた。二、三度釣銭を間違え、レジから裏の生鮮食料品梱包部門に回された私には及びもつかない有能ぶりである。

家計簿はつけていますか。

つけてない、つけたことナイ。私は首を振った。

困りましたねえ、フサ江さん。今までよく無事に生きてこられましたね。

これまでは居候をさせてもらっていたが、自分の給料も安定してきて少しは家計に貢献できるようになったので、この際互いに収入を明らかにし、不要な出費は削り、二人でどのように支出を分担したら良いかを話し合おう、というのがマチ子さんの質問の主旨だった。そのためには、具体的な収支の数値が要るという、誠にもって理にかなった言い分である。大体でいいから、月々に入るお金と出るお金の額を挙げてみなさいと言われるままに、私は自分の平均的な月収と支出とその内訳を、記憶にある限り正確に述べ立てた。

ふうん。やはり家賃の負担が大きいですねえ。マチ子さんは手元の覚書を眺めながら、極めて優秀な税理士のように、厳格な表情に多少の寛大さも浮かべて頷いた。問題は家賃である。それさえなければ、せめてもう少し低く抑えられるなら、私は塾講師としての収入だけで何とかやっていかれるはずだ。そう診断が下された。昼間スーパーに通わないで済めば、その間に家で執筆する時間を充分に取ることもできるだろう。マチ子さんが付け加えるのを聞いて、私は思わず溜息をついた。

その通りなんだけど。ああ、家賃かあ……

じゃあ、掛け合ってみましょう。マチ子さんは言って、水差しから二つのコップに麦茶を注ぐ。一体誰に何をどのように掛け合うのだろうかと、いささか気にはなったが、訊くのが怖いような億劫なような気がして、私は黙ったまま少しぬるんだ麦茶を飲んだ。

三日後、交渉が成立したと言って、マチ子さんはお祝いの鯛を食卓に載せた。銭湯の経営者兼大家夫婦と話をつけ、浴場の清掃をする代わりに、家賃を半分に下げてもらえることになったのだと言う。そのまた半分をマチ子さんが出すと言うので、私の負担分は一挙に四分の一に減ったのだった。あまりのことに唖然としていると、家賃をただに出来なかったのがつくづく残念だ、とマチ子さんは肩をすくめて見せ、私は何と言って良いのか分からず、恨めし気に剝かれた魚の目玉を見ていた。

あの夫婦だってもう年なんだし、ホントにいい取引だと思うのよ。どこかの業者さんに頼んだら、大浴場の清掃なんてものすごく高いんだから。

それじゃあ、大変なんじゃない、清掃。

そんなことはない。二人ですれば、大して時間はかからない。スーパーの仕事を夜勤に替えてもらえば時給も高くなるし、ちょうど塾の仕事が終わった頃に自分も帰ってこられるから、その後で一緒に遅い夕飯を食べ、それから銭湯の掃除をすればいい。それに清掃の時、ついでに風呂に入れるから、入浴料も浮かせられていいことずくめなのだ。そう一気に畳み掛けられれば、私に異存のあるはずもなく、無言で首を縦に振った。

フサ江さんは昼間のバイトを辞めて、小説を書いていればいいのよ。駄目押しの台詞が胸に大きく風穴を開け、食卓の電灯の下で波打つ鯛のうろこが桜色に輝いて見えた。

銭湯の清掃は、さっそく来週から始めるのだと言う。

ほら、ちゃんと鍵も預かってきたのよ。マチ子さんは、銀の鈴と緑色の陶器で出来たカエルの根付の付いた鍵束を、指先に提げてしゃんしゃんと揺すってみせる。私は手を伸ばして、硬く頑丈そうな金属の先端に触れてみた。

いやあ、まったく器量はいいし、大したタマだって、うちの爺も言ってたよ。

家賃を下げさせた自分たちを内心快く思っていないのではないか、と番台の前を伏目がちに通ろうとした私を呼び止め、女将さんが特大の笑顔を見せたのは、翌々日の晩のことだった。

あんたさんも人が善くって、ちょっと頼りないとこがあるから、ああいうしっかりもんが付いててくれたら安心だよね。よかったじゃないの。掃除、やってもらって助かるし。

どちら側にも益をもたらす交渉を持ちかけたお陰で、マチ子さんは大家の信頼を勝ち得たばかりでなく、心証まで大いに良くしたようだった。根が商売人同士のやり取りで、相通ずるものがあったのだろうか。いずれにせよマチ子さんは女将さんの言うとおり、この上なくしっかりとした現実的な人で、どんな問題でも巧みに解決してくれそうだった。期せずして同居人に恵まれた私は、肩の荷を預けて、ただ書くことだけに専念すればいいのだ。二人とも仕事は午後遅くからになり、昼間はいくらでも寝ていられる。大樹の根方に身を寄せ、その陰で惰眠を貪るかのような、安寧さと安堵感に満ちた日々の始まりと思われた。

その頃私が書いていたのは、長々しく悲しく救いのない物語であった。一人称で語る「私」は五十の齢を重ね、それまで過ごしてきた月日を振り返り続けている。毎日過去を回想し、ひたすら蘇った記憶をなぞる。感慨に耽る時間は無尽にあり、将来のことにはいささかも考え及ばない。と言うのは、現在収監されて独房で生活しており、当分あるいは最期まで、そこを出られる見込みは殆どないからだった。

目立つところが何もない、問題も面白味も共になさそうな相手と二十五で結婚し、子供が出来たのは遅くて、三十五歳の時に最初で最後の出産をした。元来子供が苦手だったのか、くつろぎと余裕に乏しい環境にいたためか、或いはその両方なのか、産後の鬱は産後を遥かに過ぎても変わらず持ち越され、その先はまっすぐ育児ノイローゼに繋がっていた。

何かで紛らわせなくては暮らしていけなくて、昼間から発泡酒の缶を開け、発泡酒は普通のビールへ、ビールは日本酒へ、日本酒は焼酎へとアルコール濃度が上がるにつれて酒量も増え、キッチンドリンカーへの道を着実に辿り始めた頃、花屋の店員と知り合った。「私」はその時、四十歳になっていた。店員と言っても、大学を中退し定職には就かずにアルバイトをしており、ようやく二十歳になったばかり。知的で繊細で虚無的なところが、「私」にとって致命的だった。

その若い男が心機一転して他の都市へ移るというのを機に、「私」は全てを投げ捨てて同行する決意を固め、決めたことにはやけに忠実に、すがりついてくる五歳の息子を足蹴にしてまで、徹底的に自分の身勝手を押し通す。そうやってともかくも一緒に暮らし始めたが、男はどんな職に就いても長続きせず、「私」は何度かの妊娠中絶の後に勤めに出た。何とか家計を維持していこうとするのだが、二十の年の差を埋めようと受けた美容整形手術の代金と、男がどこかの賭け事がらみでこしらえてきた借金を清算するために会社の金を横領し、警察に追われて逃亡する身の上となる。二人で一緒に逃げているところを逮捕され、男の方は裕福な親が付けたらしい優秀な弁護士が巧みに関与を否定して、結局「私」だけ一人刑事罰を受けた。

模範囚になり、お陰で短縮された刑期を勤め上げて出て来ると、男は既に他の町で結婚し子供もあり、極めてまともな社会生活と家庭生活を営んでいると聞く。「私」は専門店でよく切れる包丁を買った。それをさらしに包んだのを持って、男に会いに行って刺した。

残念ながらと言おうか、幸いにと言おうか、相手は随分と酷い怪我をしながらも死ななかった。殺人罪は免れたものの罪状は殺人未遂で、「私」には横領の前科もあったから重い長期刑を受け、再び刑務所に入ったのが今から三年前、四十七歳のことである。

一体全体、どうしてこういうことになったのだろう。独房内の高い小窓を見上げながら、「私」は自らの選択や時機や様々な巡り合わせの妙を、どこか他人事のようにして振り返っている。過去のどの時点に立ち返ってみても、途は幾重にも枝分かれしていて、どこをどう曲がって辿って来たのか見定めるのはあまりにも難しい。半世紀を生きる間に、やることは全部やり尽くしてしまったような気もする。訳も分からず闇雲に駆り立てられてきた何かから解放されると同時に、目的らしきものもどこかへ消えてなくなっていた。今はただ、かつての光景がひとつひとつ走馬灯のように、鉄格子越しの硝子の上を走り過ぎて行くのが垣間見える。そういう筋立てと結末である。

劇的な展開を狙っているところが、どこか陳腐でもある物語。まるで片目に押し当てた万華鏡が外れなくなり、めまぐるしい原色の模様をずっと無理矢理に眺めさせられているかのような。書いた当人でさえ、そんな飽満感を覚える。

自分はどうしてこんなお話を書くのだろう。答えの分からないままに綴り続けた物語は、どこか遠く深いところから置網に偶然引っかかった深海魚のように浮かび上がり、その奇態な姿を空に晒していた。ひとつだけ疑いようもなく確かで明らかと思えたのは、私には決してこのような人生は送れないということだった。

何もかもを擲《なげう》って添い遂げたいと願うほどの相手に出会ったことはない。結婚したことも妊娠したこともなく、当然出産の経験もない。駆け落ちや刃傷沙汰は言わずもがな、法規の枠をささやかなりともはみ出るような行為に及んだことさえない。呆れるばかりに地味で平坦な私の半生に較べ、架空の「私」が辿った道筋は忌まわしくも、絢爛豪華と呼べるほどに華々しかった。

たとえ幸福であるべき終わりが悲劇に転じても、祝福が呪いに置き換えられても尚、限りない憧れを掻き立てずにはおかない。陰と陽とが反転した逆さまの御伽噺は、いつまでも呪縛のように書き手を魅了した。

銭湯の番台の後ろには、紫紺の緞帳が下がっている。

マチ子さんに言われるまでは殊更気に留めることもなかったのだが、そう言えば確かに、こぢんまりと背を丸めた女将さんの背後はいつも、天井から床上まで重々しく部厚い垂れ幕に覆われていた。

その緞帳の裏に、階段が隠されている。それはかつて二階の休憩所に通じていた階段で、番台の後ろから始まって、上がりきれば丁度この辺り、今の私たちの部屋の板の間の押入れの中に出るはずである。マチ子さんは言い、食卓から肩越しに押入れの襖を顎で指し示した。段の降り口を塞ぐのに、普通の床や畳なら底が抜けないための施工をするばかりでなく、見た目にも自然で分からないように丁寧な仕上げをしなければならないが、押入れの中なら細かく点検されることもないだろう。そういった了見で、このような間取りにしたのに違いない。

初めのうちこそ、まさかと思い半信半疑で聞いていたものの、確信に満ちた口調で説かれるうちに、なるほどさもありなんという確信の方へと急速に傾いていく。どうして板の間に押入れがあるのか、私は以前から不思議に思っていた。和室の方にあれば、布団の出し入れも遥かに楽なのに、と。

探検は今夜。公衆浴場が閉まり辺りが寝静まって、いつもの風呂掃除の時間がやってきたら。マチ子さんはこちらに向かって親指を立て、私は頷いてもう一度背後の襖を振り向いて見た。

押入れの下段から布団を取り出し、下に敷かれたスノコを取り除くと、ベニヤ板を張った床板が現れた。頑丈そうな横木が据えられ、太い釘が頭をめり込ませるほどに深く打たれている。

ふん、こんなこともあろうかと思ってね。マチ子さんは鼻で嗤《わら》い、脇に置かれたズック袋を開けて中から大層な大工道具を一式取り出した。金槌、鋸、金梃子《かなてこ》、ペンチ、プラスとマイナスのドライバー、釘抜き。何と用意の良いことかと私が感嘆の声を上げると、女手だけの住まいで大工仕事をするのだと偽って班長の同情を引き、スーパーの備品庫から内密で借り出してきたのだ、と片目を瞑って見せる。

　ペンチと釘抜きを使って何とか釘を引き抜き、横板を外した。枷の外れた床板は思いのほか軽く、二人で両端に手を掛けると、ガタンと音を立てて持ち上がった。その下に、漆黒の闇が四角く口を開けている。中からおもむろに、ひんやりとした密度の異なる空気が立ち上ってくるようだった。

真っ暗だ。言ったそばからすぐさま穴を塞ぎ、何も見なかったことにして、出した布団に潜り込んで丸くなってしまいたくなった。もし一人だったら、きっとそうしていたことだろう。

こんなとこに下りてくなんて、何だか……。小声で言ってみた。

マチ子さんはいささかも動じる色を見せず、じっと闇の底を覗き込んでいる。それから片手に持った懐中電灯を点けて、穴の中に向けた。黄色味を帯びて滲んだ光の中に、一段目とその下の段の輪郭が微かに浮かび上がって見えた。

何だか、ちょっと怖い。引き止めようとして終いまで口に出したが、マチ子さんは取り合わず、縁に腰掛け爪先を揃えて両足を暗がりに下ろした。下半身が、続いて上半身が音もなく呑み込まれ、手品師の箱の中に押し込められ、これから手足を切り離されるはずの美人助手のように、首だけがくるりとこちらに向き直った。

大丈夫。ほら、ただの階段よ。そう言って、床下に隠れて見えなくなる。

一人になった途端、何かが後ろから抱きすくめにくるような理不尽な恐怖に囚われ、私は慌てて押入れに這い込んだ。むき出しの膝頭が床にこすれ、頭のすぐ上に木目の浮いた棚板が迫ってくる。床板の端に手を突いて覗き込むと、穴はただ暗闇に満ちて、底は影とも闇とも見分けがつかず、やがて近いのか遠いのか定かには見極めがたい距離に、円く開いた光の暈《かさ》が見え隠れした。

暗がりの中に下ろした足は、硬く平らな木材の表面にしっかりと受け止められる。そこを踏みしめ、初めて水中に潜る時のような覚悟を決めて、一気に下に下りた。床下は部屋の中よりも幾分涼しく、水場により近いせいか湿気があった。温泉でもない銭湯の湯にそんな成分が含まれているわけもないのに、微かな硫黄の異臭が埃に混じって嗅ぎ取れるかに思われた。

右足を下ろして、伸ばした爪先で下の段を探る。一段一段次第に境目もはっきりと浮かび上がってくるのは、目が暗がりに慣れてきたのだろう。振り仰ぐと部屋の明かりが僅かに届く上の段に、うっすらと埃が降り積もっているのが見えた。踏んだところには微かな足跡が残り、まるで地面を覆った新雪の上をひっそりと歩いて来たかのようだった。前を行く電灯の明かりがそれて、一瞬真っ暗になったかと思うとそこは踊り場で、階段は反対側に折れ曲がって、更に下へと続いていた。

ベニヤ板か何かで外から囲いがしてあるらしく、指の先に粗くささくれた木材の表面が触れる。一歩下へと踏み出したつもりの足は平らな床に着地し、唐突に途切れた段の先は更なる闇に閉ざされていた。その手前にしゃがみ込んだ人影が暗がりに溶け、何かを手繰り寄せる気配をさせて向こう側へと抜けて行った。捲り上げられた緞帳らしいものを続いてくぐり抜けると、難なく番台の後ろに出た。銭湯の入り口は、表の街灯の明かりが射し込んでほんのりと明るい。入り口の硝子戸の内側に、白く抜いた『ゆ』の文字が左右逆さになって掛かっていた。

わあっ、ぬくい、ぬくい。ぬるくてちょうどいい！　マチ子さんは湯船で足をばたつかせ、そこいら中に威勢良くお湯を跳ね飛ばしている。大冒険に成功した御褒美にと、初めて男湯に浸かったのである。もう、外に出て庭を回らなくてもお風呂に入れる、これからはスッポンポンで銭湯に通える、お風呂の中で月見もできる、そうだ、湯船に桶を浮かべお銚子を載せてお酒も飲める、と私たちは湯をかけ合ってはしゃいだ。

いいねえ、月見酒。

いいねえ、チントンシャン。豊かな黒髪を上げた頭を傾げてマチ子さんが拍子を取ると、それに合わせてしなやかに動く指先もなまめかしく、お客さんとお忍びで温泉旅館にやって来た芸者さんの風情があった。私は目を逸らして、奥の高窓の方を眺める。

露天じゃなくても、月、見えるかなあ。

もうちょっと暗くしたら。とマチ子さんは仰向いて天井に顔を向けた。

私はバスタオルを巻いて番台に行き、真上から湯殿を照らしていた電灯を消した。

戻って来ると、マチ子さんは高窓を全開にし、窓枠に両手をかけて首から上を外に突き出していた。円く柔らかそうな尻の下からすんなりと両脚が伸びて、足首の方へと滑らかに細くなっていき、その先に爪先立った足の裏が見える。白く形良く引締まった、踊り子のような脚だった。

何してるの。

うん。今夜は月が出てないみたい。

タイルの上を小走りで駆け戻り湯船に飛び込んだマチ子さんは、鼻歌交じりで湯に浸かったまま、一向に上がる様子がない。付き合って入っているうちにのぼせそうになり、私は先に出るからと断って湯船から上がった。上がり湯を使い、固く絞った手ぬぐいで身体を拭いて脱衣場に向かう。境の戸を閉めようとして振り返った瞬間、妙な眩暈に似たものに襲われた。思わず突き出した片手が曇り硝子に突き当たり、ガタンと大きな音を立てて戸が揺れた。

どうしたの。

目をしばたたいて、声のする方を見た。マチ子さんがお湯の中から、きょとんとした視線を送ってくる。
ううん、なんでもない。湯殿に向かって手を振り、私は脱衣場に上がった。珍しく湯あたりでもしたのだろうか。一秒の何分の一かの僅かな間。何か黒いものが視界を横切った。ぬめりとした光沢を目の裏に残して、流れていった。それは絡まり合った漆黒の毛の塊で、ほどけた毛先を触手のごとくに揺らしながら、浴槽の中央に浮かんでいた。マチ子さんの身体は水中に溶け出して消え失せ、溶け残った髪のみが生命を宿し、得体の知れない珍種の水棲動物を思わせる動きで、ぬるんだ湯の中を黒々と漂っていたのだった。

音を立ててはためく買物袋の縁を押さえ、中に手を入れて細く滑らかな瓶の首に触ってみる。著しく風の強い日だった。塾の仕事は休みで、私はバスに乗って市街地に出て、久し振りにデパートに入った。地下の食料品売り場に下りて、輸入ワインの棚の前を行きつ戻りつし、半時近くも迷った末に、発泡酒の小瓶を一本買った。硝子瓶は黒と見紛うばかりに濃い緑色で、斜体の横文字と縁飾りとを金色で刻印した商標が張られている。棚から下ろして底のところを持つと、しっとりとした持ち重りで掌に沈んだ。誰にも気づかれないうちにどこへとも隠してしまえる程度の大きさなのに、値段は驚くほど高かった。

昨晩、真夜中を過ぎて私は原稿を打ち終えた。

長年使ってきたワードプロセッサーは、手に入れた時から既に中古でおそろしく古い型だったが、頑丈さにかけては筋金入りで、これまで故障はおろか一度として調子を崩したこともない。印字がところどころ擦れているのは、今ではどこにも売っていないインクリボンを、巻き終わるたびに逆さに装塡し直してずっと使い続けているためだった。

板の間の食卓の上に原稿を立ててとんとんと均し、四隅を揃えてしめやかに置いた。

ねえねえ、できたよ。

和室に飛び込んで、先に寝床に入っていたマチ子さんの枕元に腰を落とす。

ねえ。できた、終わった。

マチ子さんの白い顎が微かに上がっては、またすぐ下がる。その顔は両目を閉じたままぼんやりと一度頷いたきり、再び眠りの淵に呑み込まれ、そのまま底なしの深みへと沈んでしまった。

安らかな寝息を耳元に聞きながらいつまでも寝付かれず、私は幾度も寝返りを打って暗い天井を見上げた。これまではただひたすら、虚構の織物を紡いでいただけだった。完成はいつでも、決して思いの届かない遠い先にあったから、その後については考えてみたこともなかった。気の遠くなるほどの長い時間、根気が愚鈍にも堕しかねない遅さで、蚕のように黙々と糸を繰り出してきた。そうやって僅かずつ形作られていく繭に守られてもいた。最後の糸が吐き出され、白く丸く繭玉が閉じる。漠然と夢見ると同時に、恐れてもいた物語の終わりが訪れた。

今朝目を醒ますと、マチ子さんは既に起きていて、食卓前の椅子に両膝を立てて座り、左手に原稿の束を握り一枚を右手に持って一心不乱に、こちらが気押されるほどの熱心さで読んでいる最中だった。テーブルの上には空の湯呑み茶碗が置かれ、その脇に一口だけ齧ったのか、くっきりと歯型がついたアンパンが、まだ半分袋に入ったまま放り出されていた。コーヒーを淹れたら飲むか、目玉焼きをこしらえたら食べるかと尋ねても、上の空で首を振る。出かけてくると言った時も、顔を上げずに読みふけっていた。

じゃあ、行ってくるからね。

玄関のドアを閉め、走るように外階段を下りた。マチ子さんの額に刻まれていた、珍しく気難しげな縦皺が気にかかったが、あれほどまで夢中になって読んでいるのは良い兆候だろう。そう思うことにした。

発泡酒と食糧品の入ったビニール袋は腕に重く、ひっきりなしにバスが発着する駅前のロータリーを、私は袋を提げてそろそろと歩いた。スカートの裾を押さえて前を行く若い女性の横を、丸く玉になった紙くずが転がりながら追い越していく。フサ江さんたら、何にも知らないのに、よくこんなことが書けるわね。マチ子さんがそう言って笑う様子を思い浮かべると、自然と頰が緩み目尻が下がった。

ドアを開けた途端、殴りかかるように風が吹きつけた。顔面に当たり、両耳の脇を音高く吹き荒んで背後に吹き抜けていく。部屋中のものがカタカタと小刻みに震えていた。板の間も和室も大きく窓が開け放たれ、脇のカーテンが天井に届かんばかりの高さに膨らんで、旗のように翻っている。

慌てて駆け込んだ板の間で足が止まった。食卓の上に原稿が纏めて置かれ、一番上に赤黒い塊が載っていた。良く見ると、引っ越してきた日にマチ子さんがダンボールから取り出して見せてくれた、子供の頃に一度だけ登って拾ってきたという富士山の溶岩だった。焼けて歪んだ表面に無数の孔が開いて、その凹凸が紙面に突き刺さりそうに禍々《まがまが》しい。溶岩の重しの下で、紙の角が風に煽られればたばたと暴れた。

上がり口に引き返してみると、たたきの上のサンダルがなくなっていた。慌てて押入れを開けたが、上段に置かれていたダンボール箱もカートもボストンバッグも消え、化織のワンピースやらブラウスやら浴衣やらの見慣れた衣類も見当たらない。脱衣場のタオル掛けに並んで掛かっていたバスタオルも、洗面台の上のコップの中の歯ブラシも片方だけになり、化粧品の類いも全てなかった。マチ子さんの持ち物は、まるで元からそこになかったかのようにきれいさっぱりと持ち去られていた。

板敷きのところにある金庫の扉が、深く内側へとめり込んでいるのが目に入る。前にしゃがんで中を探ると、硬い紙の角が指に触れた。引き出された茶封筒はひどく軽く、蓋を開けて覗いてみると中は空だった。念のために逆さにして振ってみたが、滑り落ちてくる紙片もなく、使い古され表面が毛羽立った紙の蓋が、力なくゆらゆらと宙に揺れた。

雲の塊が幾つにも千切れて吹き流され、窓枠の中を次々と通り過ぎていく。私は食卓の前に立ち、原稿の束が風に捲られるのを眺めていた。その端を掠めていくのは、齧りかけの菓子パンから零れたくずだろうか。白く小さなかけらが食卓の表面を音もなく移動していき、端から舞い上がり、降るようにして床に落ちた。

真夜中に目を醒ますと部屋はしんとして、隣には陽に焼けた畳の表がずっと広がっていた。布団を一組しか敷かなくなってから、十日ばかりが経ったろうか。私は塾に通い、帰って来て遅い晩御飯を食べ、夜更けに銭湯の清掃をするという以前と同じ暮らしを続けていた。時間になると押入れの床板を外し、懐中電灯を手に、隠し階段を下りていくのだが、一人になってからはなぜか一度も怖いとは思わなかった。

浴場の床を洗うたびに、水音の下から高く明るい笑い声が響いてくるのではないかと、デッキブラシを持った手を休めて耳を澄ませてみた。男湯に入る時はいつも、黒い髪の塊が湯船に浮いていはしまいかと、期待と恐れがない交ぜになった思いで扉に手を掛けるのだが、開けてみれば中は無人で、冷めかけた湯の表面はいつも平らに澄み切っていた。

　閉じた窓硝子の方から、手前の薄手のカーテンに闇が滲んでくる。何度か寝返りを打って目を閉じたが寝付かれなかった。布団から出て、脇の畳に座った。浴衣の前を掻き合わせながら、何かを待つともなくしばらくそこに座っていた。

　立って行って、板の間の明かりを点けた。電灯の下に、雑然とした食卓が照らし出される。数日前の日付の新聞の上に載った、開いた煎餅の袋。その口から、食べかけが半分はみ出し、周りに狐色のかけらが散っている。電気やガスの請求書が、菓子屋の包装紙に混ざって乱雑に重なり合い、一番上でスーパーのレシートがとぐろを巻く。角を占領しているのは、茶筒と洗い忘れた急須に湯呑み茶碗。もはや書き物に使われることもなくなり、その上整理整頓好きのマチ子さんがいなくなったせいだった。テーブルの上はいつしか物が溢れ、一人分の食事をするのに必要な空間だけを残して、散らかり放題になっていた。

　コーヒーか紅茶がこぼれた跡なのか、半円形の茶色い染みが紙面に滲み、その三日月の先端から僅かに下がったところに、『　』に入った題名と自分の名前とが、一行置いて並んでいる。ワープロ原稿の表紙だった。上に載った輪ゴムやら匙やらを取り除け、紙の束を掘り起こし手に取った。思えば、打ち終えたその日から一度も読み直していない。手前の椅子を引いて腰を降ろし、深夜の食卓で私は「私」の物語を読み始めた。

お話は独房の中から始まる。手前の格子の向こうに、毛布の敷かれたままの寝台に腰掛けた「私」の後姿がある。前に回り込んで見ると、ぼんやりと視線の定まらない顔が仰向いて、奥の高窓を見上げているのだった。化粧気のない顔は少しむくみ、容貌はいささか衰えているけれども、丸みのある輪郭にくっきりした目鼻立ちで放心している表情は、夢見がちな乙女のようでもあり、若々しいと言うより幼なく見える。

誰かが泣き叫んでいる。置いて行かないでと取りすがってくる。ただ泣き顔と泣き声だけになった子供の存在は、ひたすら煩わしさと苛立たしさを募らせる。長い間手足を拘束してきた糸のようなものが、音を立てて一気に切れた。驚くほどしなやかに脚が上がり、子供の胸倉に向かって容赦なく蹴り出されていく。太腿からひかがみへ、更に足首へとなだらかにすぼまっていった先に、足の裏がほの白く垣間見える。蹴られた衝撃で、子供は一瞬泣き止んだ。再び悲痛な声を張り上げる寸前の空白が、しんと耳の奥に広がった。

産婦人科病院の寝台に寝かされた「私」が、麻酔から醒めて寝返りを打った。両目を見開いて、天井の蛍光灯を見上げた。やがて肘を突き、おもむろに上体を起こして寝台の縁に腰掛ける。捲れ上がったスカートの裾を直すでもなく、目は床に向いて履物を探している。腿の両脇に手を置き背骨をたわめ、宙ぶらりんになった素足を互い違いに揺らすと、なぜか大きなあくびが漏れた。

固く握り締めた出刃包丁を、渾身の力を籠めて前に突き出すと、その切っ先が言いようもなく柔らかなものにずぶりと呑み込まれる。掌から二の腕に伝わる温かな質感に、「私」は目を閉じて陶然と身を預ける。気づけば、身動きを止めた体が足元に横たわっており、斜め上を向いて妙な角度に投げ出された足と、その靴下の踵をうっすらと汚している埃の色が、何度も瞬きを繰り返してようやく焦点を結んだ目の中に映った。顔面に浴びた返り血が一滴顎の先端から離れ、気の遠くなるような時間をかけてゆっくりと床の血溜まりに落ちていく。何か拭く物をと探して、台所の流しの脇にかかった布巾を手に取った。それを両手に広げて顔を埋める。ところどころ赤く血の滲んだ布を下ろすと、その下からマチ子さんの丸い目が現れ出た。

読み終えた原稿を食卓に下ろし、私はしばし呆然とした。くっきりとマチ子さんの姿が見えた。刻々と移り変わっていく表情と、ひとつひとつの所作が、決して薄れることのない焼印のように脳裏に刻まれていた。どうしてなのだろう。まるで憑坐《よりまし》に降りてくる霊のごとく、マチ子さんは「私」に重なり合い乗り移っていった。漠とした姿は輪郭も露《あらわ》に刻み直され、物語は祝福と呪いと共に、色濃く染め上げられて成就した。
まっすぐ金庫のところに行って茶封筒を取り出す。原稿の束を中に入れて仕舞い、閉まり切らない扉を出来るところまで閉じる。立ち上がり、一、二歩下がって畳の上から眺めてみた。金庫は相変わらず微かに口を開け、薄暗い隙間を見せて板敷きの床にうずくまっている。その四角く堅牢な箱を見下ろしていると、全てが収まるべきところに収まったかのような、妙に納得のいく心地になった。達成感とも安堵感ともつかない思いがどこからか湧き、寥《りょう》とした暗がりを束の間照らし出すかに思われた。

浴室は薄い闇に浸かり、半ば水中に沈んでいるかのように見える。ほのかに射し込んでいるのは、月明かりなのか街灯の明かりなのか、窓の斜め下の床がそこだけ暗がりから浮き上がり、蒼白い光沢を放っている。半ば開いた高窓から、外の空気が流れ込んでくる。入ってきた外気にもう夏の宵の生ぬるさはなく、夜空を渡っていくのは既に秋風だった。

裏の通りをゆるりと車が通り抜けていく。前照灯の光の帯が二本、平行に射し込んで天井の染みを黄色く照らし出す。漆喰の表面に二つ並んだ光の輪は、卵形に形を変えながら奥の壁を滑らかに這い降りていき、入り口の硝子戸を一瞬明るませ、窓枠を斜めに掠めるようにして飛び去った。すぐさま薄闇が戻ってきて、室内を隈なく満たして広がった。隅の方からぴたんと、まるで天井のアメーバの擬足から滴ったかのように、水滴が落ちる音が聞こえる。

浴衣を脱いで裸になり、床に下りた。ひんやりとしたタイルの感触が足の裏に感じられる。ウズラマメとソラマメ、それに歪んだピーマン。床の僅かな傾斜も、ひとつひとつ異なったタイルの形さえも、はっきりと感じ取れるような気がする。

浴槽のない浴室は広く、床は冷たく底光りしていた。そこにひとつ、横たわった人の形を思い描いてみる。白いペンキで、毛先が平らに伸びて真新しい刷毛を使って太くくっきりと、床の上に長く伸びた人型を描いてみる。刑事物のテレビドラマで、殺人事件の現場検証後にいつも残されている、目鼻も胴のくびれもない簡素で実用的な人型である。

その真中に両膝をついて、そろそろと後退《あとずさ》った。人型は倒れた人の周りを巡って一回り大きいから、はみ出す恐れは殆どないのだけれど、それでもきちんと行儀良く中に納まるようにと、ゆっくり慎重に身を横たえる。片腕を体に沿って伸ばし、もう片方は肘を折って二の腕を上に上げた。片膝を曲げ、腿の内側が下になるように横に倒した。そうやって、全身の皮膚をできるだけ広く床の表面に密着させようと努める。敷き詰められたタイルは肌に硬く冷たく、私はそこに頰を押し当てて目を瞑った。

国道を通る車の騒音が、遠い潮騒となって聞こえてくる。眠りを誘うような、眠ってしまうのがもったいないような、それほどに安らかな波の音だった。その波に揺られているうち、身体は重さを失い、生ぬるい水に押し上げられて音もなく浮かんだ。いつか浴室のタイルの上に横たわっていた白い裸体に成り代わって、私は夜の海に浮かんでいた。

気がつかないうちに見えない流れに乗ったのだろう。いつしか岸を離れ、遠く沖合いに乗り出していた。緩やかな波に体側を洗われつつ浮き沈みするところは、イルカかジュゴンか或いは幻の人魚か、海に棲む哺乳類の死体のようでもあり、うつ伏せになった背中を空に晒し、墨色の海面をどこへともなく流されて行く。辺りには人影も他の生物の気配もなく、微かな波音の他には何一つ聞こえる音もない。ただ千尋の海の深みがあるばかりで、夜空と見分け難く溶け込んだ海原が、どこまでも暗く果てしなく広がっていた。

水《すい》面《めん》

空から、巨大な葛餅《くずもち》が落ちてきた。

澄んだような濁ったような曖昧な質感。丸みを帯びた半月形の中央に盛り上がった古墳。とりとめもない色をしてやたらと柔らかそうな塊が、低く垂れ込めた雲の間からひとつひとつ。その容積からして相当な重さがありそうなのに、妙にゆっくりと漂うようにして降ってくる。

ああ、またひとつ。ここにも、あそこにも。次々と地面に着地しては、型から抜かれて皿に落ちた瞬間のゼリーのように半透明の身を震わせる。ぷるる、ぷるるん。小刻みに揺れ続け、いつまで経っても震え止まない。見ているうちに、動いているのは中味だと分かる。真中にある核が身動きし、そのあおりで外側を包む柔らかな皮質が揺れ動いているのらしい。

微妙な白さに濁った層の内側に、普通の中味とはまるで異質なものがくるまれているのは確かなのだけれど、それが何なのかは皆目分からない。本来なら、葛はもっとずっと透明で、中が透けて見えるはず。たとえ見えなくとも、何が入っているのか、自分はちゃんと知っていたはず。

大切だった何かを思い出せないもどかしさ。それを温かい珠のように腹部に抱えながら、私は一人夢の中に立って、降りしきる葛餅の雨を眺めていた。

その坂は両脇を低い木造家屋に囲まれ、どちらかの側の屋根が陽を遮って常に日陰にあり、落ちてきた影の列をくぐるようにして上へと延びていた。三分の一ほど上った辺りで大きく左へと折れ曲がり、更に細くより急になって続いていく。その地点を越えると、突き当たりに古めかしい木の塀が見えてくる。縦書きの楷書体の看板がかかった門柱から数歩奥まって、奥ゆかしいとも陰気とも思える風情のすこぶる地味な玄関があり、そこが産院の入口だった。

こんなにさびれた外観の病院に、わざわざ子供を産みに来る人が果たして何人いるのだろう。玄関前に初めて立ったときは、そんなふうに疑わしく思ったものだが、入ってみれば中は人声に溢れ、フリルや花模様華やかなマタニティードレスがあちこちに彩を添えていた。

約一年半の間、週末を除いて毎日私は坂を上って産院に通い、受付の後ろの事務室にあるコンピュータの前に、丸一日座っていた。とりわけ小さな子供が好きだったわけではない。赤ん坊はむしろ苦手で、抱き方も知らないし、どのように扱ったら良いのかもまるで分からなかった。腕の中で突然泣き出されたりしたら、一体どうしたらいいのだろう。哺乳瓶の角度を誤って、息を詰まらせてしまうかもしれない。躓《つまず》くか何かした拍子に、冷たく硬い床の上に落っことしてしまうかもしれない。入浴させている最中に思わず手を滑らせ、盥《たらい》の底に沈めてしまう可能性もある。そうした心配を口に出すと、まさかそんなと紹介所の係員は高らかに笑い飛ばし、仕事は事務職でコンピュータの入力だけだから、赤ん坊どころか病院を訪れる大人との間にも肉体的な接触はまるでないのだと請合った。

二階建ての産院には、恐らく従業員以外は誰も存在を知らない半地下があった。受付と事務室との境に狭い階段が唐突に口を開けていて、降りて行くと、家具の何もない場所に出る。天井から、鋭い音をそがれた一階の喧騒が、霧状になってがらんとした空間に降り注いでいる。そこを突っ切った一番奥に、鋳鉄製の頑丈な扉がある。深緑のペンキをたっぷりと塗られ、普通のドアには見られない赤錆色の太い取っ手に金の錠前を下げ、秘密基地の地下深く隠された最後の砦を思わせる物々しさで、次の部屋への入口を塞いでいた。

私はその中に、一度だけ入ったことがある。どうしても昔のカルテが要るからと、事務室で鍵を渡された。折りしも分娩室から、サイレンのごとき激しい泣き声が上がったばかり。数日おきに、日によっては繰り返し何回も響き渡る、この世で最初の最も幼い声だった。何度聞いても慣れることのできない叫び声を背後に、逃げるように階段を駆け下りた。

深緑の扉を押し開けると、四角い輪郭が幾つか薄明かりの中に浮き上がって見えた。壁の上方に明り取りの窓が穿たれ、曇り硝子に漉《こ》された光がそこから射し込んでいる。良く見れば、隙間なく立ち並んでいるのは背の高い直方体のキャビネットだった。扉の表面の小窓に、ひらがなを記した紙があいうえお順に入れられ、昔の図書館の検索室を防空壕の中にでも移したような雰囲気がある。右手に張子の臓器を備えた等身大の人体模型、左手には、骨だけの骨格標本がそれぞれ一体ずつ。両腕を軽く身体の前に開き、生死と病いを綴った記録を守る番人のようにキャビネットを囲んで立っていた。

入口際のスイッチを探って電灯をつけた。奥にスティール製の棚が設えられ、何に使われたものなのかよく分からない機械が、下の方で埃を被っている。一番上に同じ形と大きさの硝子瓶が五つ、等間隔で並んでいるのが見えた。円筒形の口径は二十センチをゆうに上回り、丈も相当に高い。丸い玉型の握りのついた蓋を冠のように戴き、棚板の頂上に屹立していた。標本か何かを入れて保存するためのものと見えたが、部厚い硝子の中はどれも空だった。

カルテの束を片手で抜き取った瞬間、上の方で音がした。ビンともシンとも聞こえる音。繊細で精巧な金属の機具を集め、ガーゼか何か柔らかな材質のもので包んで打ち振ったかのような。頭上を振り仰いで、耳を澄ませてみる。分娩室の泣き声は止んでいた。隣室に響いていた階上の人声も、ここまでは届いてこない。しばらく待ってみたが、いかなる音も上から下りてはこなかった。

見上げた天井の上は、一階の廊下を奥まで辿って右に入ったところ。分娩室の斜め向かい、手術室の床に当たる。一度だけ鳴って止んだ音は、耳の奥に反響を残し、その響きがそのまま暗く深いところへと繋がっていくようにも思われる。キャビネットの扉をそっと押して閉めた。カルテを脇に抱え、電灯を消し部屋を出た。扉を閉め、全てを封印するように錠を下ろした。

その後半地下の何もない部屋には、休憩時間に時折下りて行ったが、再び深緑の扉を開けて倉庫に入る機会は訪れず、そこで聞いた音も二度と耳にすることはなかった。ただその音色の記憶だけがいつまでも耳の底に留まり、ふと入力の手を休めた瞬間や、受付付近の喧騒が引いたときなど、周囲の物音の途絶えた合間を縫うようにして幾度も蘇えってきた。無機的な金属音は、繰り返されるうちにいつしか無数の人声に成り変わり、遠くの方で交わされる微かな囁きとなって聞こえるようになった。階下に届いた待合室のざわめきにも似ていたけれど、声は遥かに若く滑らかで密やかだった。

現実の様々な騒音の下にいつも通低音のごとく流れ、優しい耳鳴りのようにどこにでもついて回った。

年齢制限ぎりぎりで提出したワーキングホリデーの申請が通り、ドイツ大使館からビザが下りたとの報告を受け取ったとき、受話器を握った手と心臓が共に震えた。背中の皮膚を粟立たせながら興奮が駆け上がり、安堵が全身を浸して広がった。これで、ここから出て行ける。湧き上がってくる圧倒的な解放感の中で、それまで両肩を押さえつけていた目に見えぬ何か、自身を捕らえ縛りつけていたものの暗さと重みとが、改めて身に沁みて感じられた。

飛行時間はそれまでに経験したことのない長さで、前の座席の背に据えつけられた画面で何本も映画を見た。離着陸の際に両耳が痛んだが、見知らぬ地に降り立つと痛みは消え、時差に紛れたのか、越えてきた大陸に散り落ちたものか、耳鳴りもきれいさっぱりとなくなっていた。入国審査と税関を抜けたところで立ち止まり、頭を左右に振ってみた。それから重たいトランクを引きずり、私は出口に向かって歩き出した。

地下鉄の出口を上がると、歩道に沿った高い鉄柵と上から覆いかぶさるように鬱蒼と茂った緑が目に入る。その脇を一ブロック北へと歩いたところで柵は尽きて、円形の広場に行き当たる。五叉路を右回りにひとつ目を渡り、次の通りにさしかかると、遥か先まで延び上がった坂の上に白く尖った教会の尖塔が聳えていた。

通りの名前を確かめ、坂を上り始める。歩みを進めるごとに、踵《かかと》から爪先へとせり上がっていくあの感触。通りは道幅が広く、両側には勇壮な石の建物が立ち並んでいる。真っ直ぐで日当りよく、遠くまで視界が開けている点もまるで違うのだけれど、足の下に感じ取れる路面の傾き具合だけが似ていて、産院前の坂道を思い出させた。

ここへ来たのは、一枚の古い張り紙のためである。私はこの町で旅行会社に仕事先を見つけ、週に四日半日の契約でコンピュータを使う仕事をしている。復活祭の休みが終わった直後、給料はそのままで家賃だけが上がってしまったのだ。削れる出費と言えば食費だけで、どこかにもっと安い住居がないものだろうかと、近所の自然食料品店の入口にある掲示板の前に足を止めた。

その張り紙は印字も薄く掠れがちで、何となく申し訳なさそうな様子で端の方に下がっていた。いささか黄ばんだ紙の隅が丸まりかけたところが、その場に放っておかれた時間の長さを感じさせた。書かれていたのは、家事手伝いという仕事内容と、高い時給という曖昧ながら肯定的な記載と、連絡先の電話番号のみ。写真もなく、色文字も飾り文字も一切使っていない。他の張り紙と較べても極度に地味で寡黙なところが、かえって目を引いた。

翌日書き写していった電話番号にかけ広告を見たことを告げると、出てきた女性は一瞬の間を置いて、一言嬉しいと言った。こちらの都合を尋ねてから住所を告げ、地下鉄の駅からの行き方を分かりやすい言葉で教えてくれた。丁寧で落ち着いた声音だった。あの張り紙を見て連絡を取ったのは、自分が初めてなのかもしれない。そんな気がした。

窓を囲む石の張り出しに彫刻が施され、建物の正面はどっしりと重々しい。戦争中空襲に遭うこともなく、その後の復興期に建て替えられることもなく、外壁だけが幾度も塗り直されてきた。そんな建造物のひとつなのだろう。隣に並んだ新しそうな建物と較べ、各階の天井が遥かに高いのが見て取れる。重たい扉を押して中に入ると、玄関ホールはしんと冷たく、その奥に真中が低く磨り減って彎曲した木の階段が、螺旋を描いて上へと続いていた。

最上階には木の扉がひとつ。呼び鈴の響きが止むと音もなく向こう側へと引かれ、隙間から頬骨の高い細面の顔が覗く。

「こんにちは、ミサキさんですね。ユディットです。お会いできて嬉しいわ」そう言って、細長い指に少し節の浮いた手を差し出してくる。長身で痩せていて、茶色い髪を肩のすぐ上で切り揃え、黒縁の四角いメガネをかけている。萌黄色の麻のシャツと、同じ材質の芥子色の太いズボン。ゆったりと裁断された服の中で、細い手足が泳ぐようだった。

途中で振り返って、語学学校の教師をしているのだと言った。

「すぐにここが分かりましたか」

私は頷き、電話で聞いた説明があまりに分かりやすくて驚いたことを伝えた。外国語を電話で聞き取るのは、大抵とても難しいのに、と。廊下を先に立って行く後姿が途中で振り返って、語学学校の教師をしているのだと言った。

「どうぞ」

食卓に置かれたマグカップは、外側にアメリカ・インディアンかアボリジニーが描いたような図案がつき、中は緑とも橙《だいだい》色ともつかない不思議な色合いの液体に満たされている。そこから秋の陽の下に茫と広がる草地を思わせる匂いが、湯気と共に立ち上っていた。

「おいしいお茶ですね」

何が入っているのか尋ねると、ユディット先生は鼻の付け根に皺の寄る笑顔を見せて、色々なものが、と曖昧に答えた。

「一応ベースはペパーミントなんですけど」そう言って、細い顎の先端を振り向けた先を見れば、流しの脇に並び立った鉢から様々な形の葉が萌え出して、観音開きの窓の外まで溢れ、柵から吊り下げられた植木鉢の中へと連なっていた。手前の調理台では、思い思いの方向を向いて散らばった乾し杏の群れが、横倒しになった調味料の瓶を取り囲んでいる。その隣に、これ以上はシンプルにできないというデザインのくるみ割り器が置かれていて、柄の鈍い光沢を眺めているうち、私は初めて訪れた場所での緊張を半分近く解いた。

　食卓に目を戻すと、隅に重ねられた新聞紙の束の上に、開いた雑誌が載っている。献立の頁が一部切り取られ、その下にあるのは人形のカタログか何からしい。桃色がかった艶のあるセルロイドの腕と、その先に短い指を一杯に開いた掌が覗いていた。

　向かい側に座った年配の女性の顔を、私は改めて正面から眺める。ほっそりとした輪郭の顔はどちらかと言えば色白で、両方の頬にそばかすが散っている。ハシバミ色の丸い目と、その上に形良くかかる眉。縦に一本の直線を引いたような細い鼻と、薄めで横に長く微笑を含んだ唇。全てがあるべきところに整然と収まっている感じなのに、小鼻の脇から口の脇へと刻まれた皺が片方、そこだけ左右の均衡を破って深い。

「わざわざここまで出向いてもらったのは、お仕事の内容を予め説明しておきたかったからなんです」カップを両の手で囲うようにして、ユディット先生は話し始めた。「家事を手伝ってくれる人を捜しているのは、実は私の妹で、妹といっても半分だけなんですけれど。今は事情があって、三ヶ月の赤ちゃんと二人で暮らしています。一人だけではいろいろ大変なので」

　仕事はベビーシッターだったのか。ならば断ろうと身構えたが、端《はな》から断りを言うのも話を遮るのもためらわれ、口を挟めずにいるうち、相手は滑らかな口調で先を続けた。

「お願いするのは掃除や洗濯などで、そのほかにミルクを作って哺乳瓶に入れたり、食器を洗ったり、オムツや日用品を買いに行ったりなど。妹は子供を置いて外出することはありませんし、そばを離れることもありませんから、直接赤ちゃんの面倒を見る必要はないんです。ただ、妹がして欲しいと言ったことだけをして、お手伝いして欲しいのです」

ユディット先生はそう言って言葉を切り、それからアルバイト料を提示した。

一瞬聞き間違いかと思い、返答ができなかった。

「よろしいかしら」こちらの顔を、心配して覗き込むようにして訊いてくる。

「あのう、一時間……ユーロですか」

「ええ」

「そんなにもらっていいんですか」思わず訊き返していた。ファーストフード店でアルバイトをするより遥かに楽そうな仕事なのに、時給はずっと高かった。

「もちろんですよ」ユディット先生は唇の前に両手の指先を合わせて、ほっと安堵したように微笑を浮かべる。

「つまり妹さんのお家に行って、言われた通りにお手伝いすればいいんですね」

仕事は張り紙にあったとおり、家事手伝いのようなことらしい。念を押す自分の声が、やけに弾んで聞こえた。いつからどのくらい行けば良いのか尋ねると、できるだけ早く、できればあしたにでも、行くのは週に三回ぐらいでいいと思うが、時間と日にちは初回に妹と話し合って決めて欲しいとの答えが返ってきた。

「女の子ですか」

「えっ」

口の脇に深い皺のある側の眉が、片方だけ大きく跳ね上がるのが見えた。何気なく口に出した私の問いは、まるで思わぬ方向から相手の不意を突いたかのように、困惑に突き当たって跳ね返され、その反応に自分自身が不意を突かれるようだった。質問の、何がどう間違っていたのだろう。慌てて文を組み立て直した。

「あの、赤ちゃんは女の子ですか、それとも男の子ですか」

「ああ」溜息のような息を吐き、肩を落とし、ユディット先生は自分の手元を見つめている。

「男の子よ」囁くように、頷くように言った。続いて、妹に電話で日時を確認してくるからと席を立って、食堂を出て行く。しばらくすると、廊下の方から低い話し声が聞こえてきたが、内容までは聞き取れなかった。

戻ってきたユディット先生は、約束の日時、行き先の住所と電話番号、それに行き方を簡単に書いた手書きの地図を渡してくれた。

「今日は来てくださって、本当にどうもありがとう」

「いいえ、こちらこそ。お茶をありがとうございました」

背後で静かにドアが閉まると、私は最上階の踊り場に一人で立っていて、階段の上に開いた小窓から、公園内に高く聳える木々の梢が見渡せた。


河沿いの遊歩道は、真新しい敷石が継ぎ目もきっちりと敷き詰められ、まだ若く幹の細い街路樹が同じ間隔を空けて植わっている。河面に映った木々の枝を漣《さざなみ》立たせて、緩い河風が渡っていく。歩道から数段高くなった敷地に、四角く飾り気のない建物が十棟ほど、一列に並んで河を見下ろしていた。

すぐ近くまで来ると、建物の裏手に架かった歩道橋の下に、藻の色をした水面が見えてくる。住宅棟は中州のような細長い土地の上に、正面を河の本流に、後ろを幅の狭い水路に向けて建っていた。角ばった巨人のような輪郭を、向こう岸の、それもずっと下流の方から遠くに望んだことはあったけれど、実際に建物の正面に立ち、真下からその偉容を見上げたのは初めてだった。

扉が開いた先はひどく暗かった。エレベーターから漏れた明かりに薄められた闇の中に右手の壁がうっすらと溶け込んで、奥までは見通せない。左側に小さく赤い点が瞬き、あれが電灯のスイッチなのだろうと手を伸ばしかけたとき、どこかでカタリと錠の外れる音がした。隙間から、薄緑色の片目が覗く。続いて小振りの鼻と幾分厚めの紅い唇が半分。

「どうぞ、お入りください」ドアは後ろにいる人の半身を隠したまま開かれていった。

「失礼します」囁くような相手の声に、思わずこちらも声を低める。

「カティアです。どうぞよろしく」

ドアを閉めたカティアは更に声を潜め、どうぞこちらへと踵《きびす》を返した。ちょうど寝ついたばかりの子供を起こしたくないのかもしれない。靴の踵《かかと》があたる音も室内履きの底がこすれる音も立たず、足元を見ると裸足だった。前を行く後姿は小柄で、背丈は私と殆ど変わりがない。年齢は同じぐらいか、むしろもっと若いのかもしれない。スポーツウエアとパジャマを足して二で割った上に高級感を付け加えたような、体にぴったりとした室内着を着て、やけにほっそりと見える。そのままスポーツジムのサイクリングマシーンに乗っても、様になりそうな服装と体型をしていた。

入ったところは、超近代的なシステム・キッチンだった。シンクとレンジが壁に組み込まれ、人工の明かりにむらなく照らし出された様子が、SF小説の未来に出てくる宇宙船の内部を連想させる。余分なものがなく整然と片付いている点を差し引いても、私の屋根裏部屋より広そうだった。新鋭すぎて一見用途不明の機械が、シンクの脇に置かれている。その前に立って、カティアが振り向いた。

「コーヒーはいかが」

「あ、どうぞ、おかまいなく」

「普通のコーヒー、カフェイン抜き、エスプレッソ、エスプレッソのダブル、カプチーノ、カフェ・オレ、ラッテ・マキアート、キャラメル・マキアート、どれがいいかしら」こちらの声が聞こえなかったかのように、同じ調子で訊いてくる。

それじゃあ、ラッテ・マキアートをと頼むと、カティアはどこからか素早く小型の円盤状の物を取り出して機械に入れ、ノズルの真下に一ミリの狂いもなくカップを置いた。

「あのう、私は何をお手伝いしたらいいのでしょう」

「そうですねえ。じゃあ、ミルクを作ってください」そう言うが早いかシンクに向き直り、あちこちの扉を開け、電気ポットと哺乳瓶とスプーンと粉ミルクの缶を出してきて調理台の上に並べた。余りの早業だったので、開いた扉の順番は覚えきれず、収納場所の中味も殆ど見ることができなかった。

「粉はスプーンで、この目盛りのところまで。お湯の温度は設定してありますから、きっかり一分で沸きます。そうしたらこの目盛りまで入れて、振って溶かしてから冷ましてください。私はちょっとまた、様子を見てきます」

粉ミルクはこの目盛り、お湯はこの目盛りまで。任された仕事が余りに単純だったので、それだけはせめてひとつの間違いもなく、迅速かつ適切にこなさなければならないような切迫感にも見舞われ、息をつめるようにしてお湯が沸くのを待った。手持ち無沙汰の両手で熱くなった哺乳瓶を囲い、人肌の温度に冷めるまでずっと握っていた。

ミルクを作ってしまうともう他にすることはなく、私は戻ってきたカティアに、何か他の仕事をさせて欲しいと申し出た。カティアはごめんなさいと俯き、収納庫から折り畳み式のアイロン台を出してきた。すみませんけど、こちらの方が広いので。そう言って嵩張る台を小脇に抱え、廊下を奥へと進んで行く。木組みの床の上に、かまぼこ型の白い踵が交互に立ち上がるのについて行って角を曲がると、突然ひどく明るい場所に出た。

突き当たりの壁一面に硝子戸が並び、その輪郭を滲ませて陽光がなだれ込んでいる。目一杯に開けた視界の中で、バルコニーの手すりが光に霞み、その向こうを広くゆっくりと河が流れていく。右端の戸が一枚引き開けられ、ぬるい水の臭いを含んだ風が吹き込んでいた。

「じゃあ、すみませんが、これをお願いします」

畳んだ洗濯物が円テーブルに重ねて置かれるまで、私は何をしに来たのかも忘れ、硝子戸の手前にただ立ち尽くしていた。

「お腹がいっぱいになって、ぐっすり眠っているの」

寝室の戸口に立ったカティアが、夢見るような顔を部屋の中へと振り向ける。淡いオレンジ色のカバーのかかったベッドとベビーベッドの木組みの桟が、その肩越しに垣間見えた。ひょっとしたらここまで寝息が聞こえてくるかもしれない。私も身動きを止めて耳を澄ませてみたが、何の物音も聞こえなかった。

色白で整った顔がこちらに向き直り、これは今日の分と言って、紙幣の入っているらしい封筒を差し出した。余分な脂肪はついていないが痩せすぎてもいない。輪郭は左右対称に程良い曲線を描き、表面は滑らかで均質で疵ひとつない。それでいて、一旦罅《ひび》が入ったら蜘蛛の巣状に広がって、瞬く間に全体が崩れ落ちてしまいそうな脆さも感じさせる。カティアは、あらゆる点で卵を連想させる顔立ちをしていた。

「あのう、哺乳瓶だけでも洗っていきましょうか」

「いいの、まだ飲み終わっていないから。あとから食器洗い機に入れればいいし」

「そうですか。他にやることは……」

カティアは首を振った。

「どうぞ、受け取って」

「すみません。大したことはしていないのに……。じゃあ、また来週」

「ええ、また来週。待っています」

金髪と緑の目を中に仕舞って、カチリと扉が閉まる。

廊下を歩きながらコートのポケットに手を入れて、封筒の尖った角に指先で触れてみた。赤ん坊は、ずっと健やかに眠り続けていたのだろうか。今日は顔を見ず、声も聞かなかった。手加減のない大音量で泣き声を聞かされて苛立つことも、苛立ってから後ろめたさを覚えることも、いたたまれない思いで泣き止むのを待つこともなかった。恐れていた事態は何ひとつ起こらず、相応の安堵感と同時に僅かな物足りなさを覚えながら、私はエレベーターに乗って地上に降りた。


空から葛餅が降ってくる。

あれからずっと、降り続いているのらしい。

一番近くの塊が目の前でずんずん大きくなっていき、足元すぐ近くに落下した。コンクリートの地面にぺちゃりと湿った音を立てて着地し、空中にあった時よりも少しばかり平らになった。

半透明の膜を透して、丸く小さな物が並んできらめいているのが見える。色も艶も桜貝の表面に似ているなと思って見ていると、それはひどく小さな爪の列だった。五つの爪が、しきりに周りを引っ掻いている。五本の指が、何度も曲げ伸ばしを繰り返して進んでくる。やがて、こわいほど幼い手が中から現れ出た。続いてもう片方の手と腕、あるかなきかの僅かな頭髪がべったりと張りついた頭蓋が。

葛の中にくるまれていたのは、胎児だった。分かっていたはずなのに忘れていたこと、知っていたのはこのことだったのだ。

埠頭に落ちた数知れぬ葛餅の中から、次々と胎児が這い出して来る。一斉に孵化を迎え、湿った砂を掻き分けて地上に出てきた海亀の子供たちにも似て、声も立てずひたすら海を目指して進んで行く。コンクリートの地面に肌色の小さな裸体がひしめいて、後には抜け殻となったゼリー状の塊が点々と残される。しばらくすると、先頭が埠頭の先端に辿り着いて水に入ったのだろう、パシャと静かに海面を叩く音が聞こえた。

いつしか雨は止んでいた。空は相変わらず低く垂れ込めていたが、さっきより幾分明るくなったかに感じられる。中味が抜けて凹んだ葛餅が、波打ち際に打ち上げられた大クラゲのように埠頭に散らばり、その窪みに虹色の光を湛えていた。

街路樹の枝先に並んだ緑の葉が、身震いするように震えている。垂れ込めた雲の下を流れる河の水は、鉛色に寒々しい。昨晩は夕立が降った。大気中に滞った熱気をもはや支え切れなくなったかのように空の底が突然開き、遠雷の音を皮切りに大粒の雨が落ちてきた。雷雨は風に煽られ、瞬く間に上空を通過した。頭上を覆っていた暗雲は、空の片隅へと切れ切れに吹き飛ばされていったが、その間から射す陽は目に見えて弱まり、濡れた舗石の上を吹いているのも、冬の終わりに逆戻りしたような冷たい風だった。

キッチン中央の調理台の上、ちょうど長方形の対角線が交差する位置に、艶やかな陶器のカップが置かれている。初日にラッテ・マキアートを所望して以来、毎回同じ飲み物が同じ器に入って出されていた。きめ細かな泡が縁から盛り上がった様子はいつもそっくりで、気泡の数さえ一定なのではないかと思わせる。料理人の被《かぶ》る丈の高い白帽子のような泡の上に砂糖を振りかけると、グラニュー糖の粒は下まで沈まず、頂上を僅かに凹ませて留まった。

住居の中は静まり返っている。もう五回以上ここに来ていながら、私はまだ子供の顔を見ていなかった。抱かれているところも、ベビーベッドで寝ているところも見たことがなかった。今日は赤ん坊どころか、母親の姿さえまだ目にしていない。エレベーターを出ると、入口のドアが薄く口を開いて待ち受けていた。いつもその陰で迎えてくれたカティアは半身も現さず、無人の玄関の先に人気《ひとけ》のない廊下が続いていた。大抵は半開きになっている寝室のドアが今日は閉ざされていたから、母子はその中に籠もっているのらしい。

長い柄《え》のついたスプーンでカップの中を掻き回しながら、何の気なしに横を見た。

鈍色の光沢を放つシンクの縁。平らで滑らかな表面をしたセラミック・レンジ。隅には、二枚扉を白く優雅に閉ざして冷蔵庫が鎮座している。壁に沿って視線を動かして、ふと違和感を覚えた。普段必ずそこにあるものが何もない。いつもなら、哺乳瓶とゴムの吸い口のついた蓋、粉ミルクの缶に計量スプーン、それに真新しい電気湯沸かし器が、整然と並んで用意されているはずだった。

調理台に視線を戻せば、表面は相変わらず清潔で輝くばかりに磨き上げられている。そこに一滴、ベージュ色の液体が滴って、不透明な円を歪に広げていく。咄嗟に、手にしたスプーンをカップの中に戻した。陶器の底に金属が当たる硬い音が響き、その余韻の底から、誰かの声が立ち上がったような気がした。

空耳だったのか。それとも、初めて聞く子供の泣き声だったのか。そばだてた耳に、低く微かな人声が届く。声は一定の周期で上下して、どうやら何か歌っているらしい。歌詞は聞き取れないが、単調で緩やかな旋律の繰り返しは子守唄のようだった。歌声は、次第に高く大きくなる。こちらに向かって、廊下をゆっくりと進んでくる。キッチンの手前でふいに止んだかと思うと、赤ん坊を抱えたカティアが入ってきた。

子供は、全身を真っ白のタオルに包まれていた。母親の方を向いて抱かれていて、こちらからは顔も手足も見えない。その小さな身体を両腕に抱き、世の母親がよくするように左右に揺すってあやしながら、カティアは再び子守唄を口ずさみ始める。同じ歌をどこかで聞いたことがあるような気もしたが、自分の記憶が曖昧なのか、歌われた音程が不正確なためか、はっきりとどの曲かは分からなかった。

　カティアは調理台の前に立って、赤ん坊を抱え直した。その動作が、なぜかしらやけに軽々として見える。生後三ヶ月の乳児というのは、大体どのくらいの重さと大きさがあるものなのだろう。片腕に抱かれた全身は、それを支える掌に包まれ隠れてしまいそうに小さい。タオルの端が規則的な上下動をしているのは、母親が歌の抑揚に合わせ、布地の上から愛撫を繰り返しているせいなのか。細長い指が動くのにつれ、下からちらちらと中身が覗きそうになる。

　やがてめくれ上がった裾の間から、何か棒状の物が突き出された。ふっくりと、手首のところが括れた幼児の腕。その先についた手はいかにも赤ん坊らしく、短い指をもみじの形に開いているが、先端にはひとつの爪も生えていない。桃色がかった肌色の表皮は妙に艶やかで、硬く冷たそうな質感を伝えてくる。続いて同じくらいの太さの脚が、タオルの中から零れ出た。カティアの子守唄はまだ続いている。その穏やかな旋律に乗り、半身を現した人形がセルロイドの手足を揺らしていた。

　四角く滑らかな箱の底に立って、私は赤く点滅する数字を見上げた。機械の稼動する低いうなりと振動が、足元から伝わってくる。アルバイトの途中で飛び出して来てから、ここへ来るのは初めてだった。

昨日、ユディット先生から電話があった。

一度カティアのアパートに来てもらえないだろうか。わざわざ出向いてもらうのは申し訳ないけれど、一度お話もしたいいし、お支払いしなければならないお金もあるから。相変わらず穏やかで聞き取りやすい声が、そう告げた。

初めて足を踏み入れた寝室は縦に長く、思っていたよりずっと広かった。中央に大人用のダブルベッドが置かれ、その脇に木製の柵に囲われたベビーベッドと木目の新しい木馬がある。奥は、居間と同じ硝子戸を隔てて幅の狭いバルコニーに接している。その柵に身を預けるようにして立ち、初めて会ったときと同じ麻の上下を着たユディット先生が下を見下ろしていた。

「こんにちは」

「こんにちは、ミサキさん。わざわざ来てくださって、どうもありがとう」

私は隣に並んで立ち、手すりの横棒に肘を乗せた。表側の本流とは違い、裏手の水路は水の流れが見えない。緩く暖かな風に乗り、金魚鉢の水のような微かな藻の臭いが運ばれてきたが、水面は漣ひとつ立たず、抹茶羊羹の表面を思わせる色と均一さに淀んだままだった。

「赤ん坊は、ここから落ちて死んだの」ユディット先生の声がする。「ここからまっすぐ下に。ほら、桟橋が見えるでしょう。あの間の水の中に落ちたの」

足元を見れば、バルコニーの床と手すりの下の横棒との間に僅かな隙間が開いていて、猫くらいの大きさの生き物ならくぐれそうにも思われる。

「あんな事故のあった場所に、そのまま住まわせるなんて無茶だって、あれほど言ったのに、あの人は……」

水路の上空を見つめているユディット先生のこめかみに激しい怒りが集中し、額の真中を束の間焼いて通り過ぎる。

「私の母が亡くなってから数年で父は再婚し、その相手が産んだ子供がカティアなの」

その口調はいつもと変わらず穏やかだったが、義理の母親を義理にも「母」とは呼ばず、「継母」という呼称さえ避けて通る言葉遣いには、やはり多少の不自然さが感じられた。

「カティアは、今どこに」

「とてもとても遠いところ。ある施設に収容されて、治療を受けているわ」

そう、最後の日の分のアルバイト料をお渡ししなければ。ユディット先生は言って、芥子色の太いズボンの内ポケットに片手を入れた。

「あなたには、不愉快な思いをさせてしまったわね。ごめんなさい」

「いえ」自分が感じたのは、不愉快という言葉とはかけ離れた性質の思いだったけれど、単なる恐ろしさに還元できるものでもなく、何語であれ適切に言い表せる表現は思い浮かばなかった。

「少し多めに入っていますけど、私たちのお詫びの気持ちと思って、受け取ってください」

「お詫びなんて、そんな」

「じゃあ、感謝の気持ちと思ってくださってもいいわ」

「でも……」

「あなたはとても親切にしてくれた、とカティアも言っていたわ。もうあなたに会えないのが、残念だって」

「カティアは、ここには」

「さあ、当分は帰って来られないでしょう」ユディット先生は振り返って、住居の方に顔を向けた。「ここも、そのうち手放すことになると思います」そう言って寝室の中をちらりと一瞥したが、さして惜しがっている様子にも見えなかった。

「いずれは、カティアの母親とも相談しなくては」何かを諦めたような調子の声だった。

　姉妹に共通の父親も、カティアの子供の父親のことも、一切話題に上ったことがない。二人の父親は恐らく既に他界しているのだろう。子供の父親の方は、生物学的にはどこかに必ずいるはずなのだが、姉妹にとってはまるでいないに等しいか、ひょっとするとユディット先生がその存在をこの世から抹殺してしまったのかもしれない。

「可愛かったのよ」いとおしげな声がする。主語を聞き取り損ねた私は、しばし混乱に陥った。死んだ赤ん坊のことを言っているのだろうか、確か男の子だったはず。タオルの下から覗いたセルロイドの片腕が、なぜか頭に浮かんだ。

「とても可愛かった。カティアと私はずっと歳が離れていたから、生まれたときからとても大事にしたわ。妹は子供のときから、本当にお人形さんみたいに可愛かったの」

お人形さんとフランス語風に発音した声音に、ほんの僅か、たとえ刺さっても気づかないくらいの微小な棘が含まれているような気もしたが、単にこちらの聞き違いだったのかもしれない。

「本当のところは、よく分からない、実際に何が起きたのかは、誰にも分からない。ここにいたのはカティアだけだったから。とにかく赤ん坊は死んで水路に浮いていて、カティアは半狂乱になっていた。結局死因が溺死だったことは分かったけれど、あとのことは全て不明のまま」

ひたひたと、水路の水が脳裡を浸す。その水面のすぐ下に、嬰児《えいじ》が浮いている。まだ髪の毛の生え揃わない頭部と、短い指を開ききった小さな手が、苔色の水を透かして見える。埠頭に降る葛餅の雨。私があんな夢を見たから、赤ん坊がここから落ちて死んだのだ。沸き起こった妄想に堰を切られ、一挙に罪悪感が溢れ出した。

「それは、いつ頃のことですか」

ユディット先生は手すりに肘を突いた方の手に顎を載せ、約半年ほど前のことだと答えた。

ならば、あの夢を見始めるよりずっと以前。いかなる因果関係も成り立つはずがない。私は大きく息をつき、手すりを握ってもう一度下を見た。安堵感が俄かに広がる中に、せり上がってこようとする記憶の気配がした。それを押し戻し、見えないところに閉じ込めようと閉めかけた蓋の隙間から、罪悪感がしなやかで強靭《きょうじん》なツルを伸ばして絡みつき、意識の地平に這い登ってくる。

どこかで金属が触れ合い、微かに鳴った。

白いタオルに包まれた人形。それは、行き場のない姉妹の思いを着せかけられた架空の幼児で、この世に実在したことはない。カティアには初めから、赤ん坊などいなかったのかもしれない。

「よかったら、少し持っていってください」

帰り際にドアの所で、小さく軽い紙包みを手渡された。何かかさかさと乾いた中味の感触が、薄紙を通して掌に伝わってくる。

「薬草のお茶です。夜眠れないときに飲むと良く効きます」

この人はどうして、私の屋根裏部屋にしばしば不眠の夜が訪れるのを知っているのだろう。お礼を言うのも忘れて、ぼんやりと背の高い相手の顔を見上げているうち、片手が差し出され、私は反射的にその手を握った。自分のものよりほんの少し体温の高い、幾分筋張った手が緩やかに握り返し、徐々に力を緩め、僅かなぬくもりを残して離れていった。

初夏の暖かな陽射しの下、遊歩道がどこまでも遠くへと延びている。河下に架かる鉄橋の上を、貨物列車が通っていく。車両の落とす四角い影が一列になって、次々と河面を渡っていくのが見える。列車も影も消え線路の軋《きし》みが止むと、雲のひとつもなく晴れ渡った上空から、再び聞き覚えのある音が下りてきた。

初めて聞いたのは十年近く前、坂上の産院とは別の産婦人科病院の手術室の中だった。麻酔の引力で深い眠りの淵に落ち込む寸前、金属音とも人声ともつかぬくぐもった響きで鳴るのを聞いた。残酷に思えた行為も終わってしまえばあっけなく、目覚めた後では、午睡の中を束の間横切った夢のごとくに取りとめがなかった。眠りの前まで体内にあったものがなくなると、それが宿るに至った経緯も、別れたばかりの相手に向けた何がしかの想いも、立体感を失ってやけに平板に見え、過去の一時期を葬り去るのは、驚くばかりにたやすかった。私は全てを意識の遥か底の方に押し込め、扉をぴたりと閉ざして立ち去ったのだ。

河にも凪があるのだろうか、今は風がない。苔色の水は漣立たず、ところどころで小さく渦を巻いて流れ下っていく。水路に浮かんでいた乳児の映像は、どこかに運び去られてもう見えない。代わりに、決して産院を出ることのない無数の嬰児の前身、そして自分が産まなかった胚子が半透明の葛にくるまり、記憶の水面のすぐ下に沈んでいる。

戻ってきた耳鳴りはひどく懐かしく、私はその音色を耳の奥に仕舞いながら、河沿いを下流の方へと歩いて行った。


目を開くと、そこは蒼々とした水の中だった。

水面は遥か遠く、透き通った水が茫と周りを取り囲んでいる。埠頭のすぐ下に、こんなにも深く蒼い海があったのだ。驚いて辺りを見回すと、丸くなった胎児が幾つも、頭を上にして水中に座っていた。胴に引きつけられた短い四肢、巻貝の内部を思わせる耳の渦巻き、一本一本の手の指、足の指、その先についた極小の爪。体の部位は小さいながら全て大人と同じく精巧に作られていて、欠けたところがひとつもない。系統発生の階梯を、立派に最後まで上り詰めてきたのだなと、いたく感心して眺め入る。

どれだけ見守っていても、胎児は身動きしない。じっと両目を閉じた寝顔は、母親の胎内で眠っているように安らかだが、肌は茹で上がった卵の白味のごとく青白く、硝子瓶に閉じ込められ、透明の液体の中にうずくまったホルマリン漬けの標本を思わせる。

やがて、潮騒のような、多くの人が遠くで囁き交わしているような、静かなざわめきが聞こえてきた。遠く遥かな水面に目映《まばゆ》い光が揺れていて、音はそこから下りてくるのらしい。時折何かが光を遮って通るのに目を凝らすと、影絵になった小さな裸身が浮き上がる。水面下に数知れない嬰児たちが群れ集い、小さな手足を巧みに動かして立ち泳ぎをしながら、笑いさざめいているのだった。

ああ、そうか。ああやって上に上っていくのだな。今は深いところに眠っている胎児たちもいつかは目を醒まし、上手に水を掻いて水面へと浮き上がっていくのだろう。そう思うと、満ち足りた思いと安堵感とが、乾いた海綿を潤す海水のように満ちてくる。

水はぬるく心地よく、呆れるほどに蒼い。自分はこんなに泳ぎが得意だっただろうか、ずっと息継ぎもせず深いところに潜っていられるなんて。両手を顔の前にかざして左右に振ってみる。もみじの形をした小さな手の先に、貝殻のような爪が並んでいるのが見える。

振り仰いで頭上を見上げた。どこかの王宮の、見上げるばかりに高い天井画。蒼穹の高みから下りてきて四隅を彩る天使たちそっくりに丸々として、薄桃色の柔らかな肌をした嬰児たちのにぎやかな群れがある。

自分もあそこまで浮かんで行こう。あの光が揺れているところまで上がって行こう。浮かんで行って、あの輪に加わろう。蒼く透き通った水を一掻きし、私は上に向かって泳ぎ始めた。

たけこのぞう

目醒めたところは、照明の落とされた機内だった。薄暗がりの中、黄色く筒状に灯った読書灯がひとつ。前方の大画面に映し出された大陸を、図案化された飛行機が感知できないほどの微かな動きで渡っていくのが見える。

一瞬深い眠りに落ち込んで、夢を見る暇もない短い間にどこか遠くへと行っていた。高くて安全なところに腰掛け、地につかない両足をぶらぶらと宙に揺らしていたような、そんな気がする。腹部がやたらと暖かく、下肢に残るのは、まるで誰かの膝の上に抱え上げられてでもいたかの柔らかな感触。まさか、子供に返ったわけでもあるまいに。と、猛子《たけこ》は上体をひねり、窓の日よけを押し上げてみる。

楕円形の窓硝子の外は、厚く暗く雲に覆われ遠い地上の明かりのひとつも見えない。飛行機は地球の回転と同じ方向に、夜の中を飛んでいる。不意打ちで訪れた訃報《ふほう》にはいつまでたっても実感が湧かず、何をどう感じればよいのか、どこに思いを向けたものかも分からなかった。

そこは、どんなところなのだろう。

いたく冷たく真っ暗で、音もなく臭いもしない。それとも、施された防腐処置のため、衛生的な異臭が籠もっているのだろうか。下に滑車が付いていて、滑らかに引き出される等身大のトレー。その上に横たえられた身体は何を纏《まと》い、どんな恰好でいるのだろう。

いや、もしかしたら、と思う。松子の意識は今頃既にその身を離れ、この機体を遥かにしのぐ高速で、好き勝手なところを飛び回っているのかもしれない。どこにでも行きたいところへ瞬時に移動できるのだと、何かの本で読んだ覚えがあった。だとしたら、木棺の中に収められていようがステンレスのトレーに横たわっていようが、抜け殻となった遺骸が置かれた境遇に、さして頭を悩ます必要はないのかもしれない。

ひょっとすると、渡ったばかりの賽の河原にそのままいるのではなかろうか。一時、拾ってきた石や庭先の砂利などを極めて写実的に描いていたりもしたから、河原を散策しがてら、流木や小石など、絵の素材となりそうなものを物色している可能性も大いにある。脱いだ下駄を平たい石の上に揃える。裸足の足指が、砂利を踏みしめる。浴衣姿の膝を折って水際にかがみ込み、何かを拾おうと手を伸ばしかける。おーい、おーいと呼ぶ声に顔を上げると、二つ重なった影が遠くで手を振っている。細密画の表面に厚く積もった埃を、黒テンの毛でできた絵筆の先でそっと拭ったように、二人の顔が記憶の縁に浮かび上がってくる。ああ、やっぱり。オジとオトが迎えに来たのだな。猛子はほっと息を吐き、背もたれに背中を預けて目を瞑った。

開けたばかりの戸を閉ざし、玄関のたたきを家の中へと向き直る。

一万数千キロを飛行機とバスとタクシーを乗り継いで来た生家も、着いてしまえば何と言うこともなくそこにあった。先回訪れたのは一年半ほど前の正月のことだから、季節も丁度逆なのに、古びた畳と床板の上を漂う僅かなテレピン油の臭いも相変わらず、屋内の佇まいには、いささかの変化も見られない。外の喧騒を離れ、猛子は時の淀《よどみ》に足を踏み入れたような心地になった。

硝子戸の向こうに、山茶花《さざんか》の垣根に囲われた小さな庭が見える。目を上げれば細身の丸太が数本、先を揃えて庇の高さに並んでいる。あちこちペンキが剝げ、雨水が浸み込んで膨らんだところがカサブタにも見え、表面はまるで傷だらけの皮膚の肌合い。その上、右から三本目は途中でくの字形に折れ曲がったまま。その角度といい、ささくれた木片が突き出した様子といい、激しく骨折したばかりの脛を思わせた。

今ではずいぶんと荒んだ眺めの棚も、作られた当初は真白のペンキが塗られ、高く尖ったスレート葺きの屋根を後ろに控えて、なかなか瀟洒《しょうしゃ》なたたずまいであったはず。いずれは藤棚か葡萄棚へと、華麗に転身する予定もあったらしい。結局薄紫の花々とも若緑の葉陰とも無縁に、枯れ木のごとく突っ立って風化して今日に至ったのは、ひとえに住人側の怠惰と無関心に拠る。

その棚に、一度だけ実が生ったことがあった。どこからか飛んできた種が根付いて芽を吹き蔓を伸ばし、柱を這い登っていった先で実らせたものだろう。冬枯れの色褪せた庭の中、白黒写真に一点施した彩色の鮮やかさで、濃い橙《だいだい》色の玉子が生った。棚の高みから吊り下がって、太陽の模型のようだった。子供のとき、今と同じこの場所に立ち朱色のカラスウリの実を仰ぎ見た記憶が、猛子にはある。

北側の仕切りの板戸が、大きく左右に開け放されている。そこを通って、奥の茶の間に入った。突き当たりに台所の流しとコンロ、手前に四人がけの食卓が置かれ、古い茶簞笥と食器棚に両脇を挟まれて心地よく狭い。その気安さと気の置けなさは、まるで五十を過ぎて化粧もせず普段着姿の幼馴染みに似て、たまの帰国の折にも二、三週間しか滞在しなかったこの家の中で、最も身に馴染んだ場所だった。

藍染のテーブルクロスの上に敷かれているのは、長年使い込まれて透明度の下がったビニールシート。下の布が濡れないように汚れないようにと、泊まっていた猛子が大きさを測り、量販店の家庭用品売り場に行って買ってきたものである。

嫌ダナア、コノびにーる。シートをかけたばかりの食卓を前に、松子が腕組みをして言った。

どうしてよ。猛子はそれを見下ろすようにして、向かいに立っていた。便利じゃないの、これ。

ダケドサ、コノ手ザワリガ、ナントモ気ニイランノヨ。

そんなこと言ったって汚れるよ、食べるところなんだから、ここは。いちいち洗うの、面倒でしょ。

ウン……。

松子は家事全般を必要悪とは言わないまでも、厄介な雑事と位置づけ、できる限り避けて通ろうと常々心がけていたふしがある。その一方で、麻や木綿地の表面には一本皺があっても許せないという、妙なこだわりを抱く性分でもあった。粗い織りの感触。白熱灯の明かりを吸い込むような藍の色。使うたびに目と手にもたらされるささやかな快楽と、縮まぬように手洗いして外の物干しに吊るし、広大な面積にアイロンがけをするという手間とを、秤《はかり》にかけていたのだろう。しばらくの間、つるつるのビニールに恨めし気な視線を送っていたが、やがてひとつ溜息を吐き、缶から煙草を取り出してくわえた。若いときであれば、多少の無理をしてでも自分の気の済む通りにしたに違いないから、七十を越して、さすがに気力と体力の衰えが始まっていたのだろう。と、今になって猛子は思い返す。

とりあえずはお茶でもと見回すと、茶箪笥の下の段の手前に、茶筒と急須と松子の湯飲みが並んでいた。茶筒の中には、玄米茶の葉と半ば埋もれた竹の茶匙が入っている。薬缶《やかん》に水を満たして火にかけた。片割れの方も、大体この辺りにあるのは確か。茶箪笥の中の器をひとつずつ取り出して食卓に移し、猛子は自分の湯飲みを探した。それは、下の段の隅に、不揃いの茶たくと縁の欠けたぐい呑みの後ろに仕舞われていた。

思い立って、松子の湯飲みを脇に並べて置いてみる。よほど頑丈な造りだったのか、単に運が良かったのか、どちらも割れず欠けず罅《ひび》ひとつ入っていない。表の露芝柄の青もそのまま、何十年も前と全く同じ姿形である。松子のものは内の底の方に円く輪をなして茶渋が残り、ところどころ薄茶色に染まっていたが、猛子のは、洗われた陶器の肌が新品同様にまっさらだった。

ある日、松子が駅前の瀬戸物屋で買い物をしてきた。食卓にごとんと包みを寝かせ、縮緬皺《ちりめんじわ》の寄った薄紙を解いていくと、白地に群青色の模様の湯飲みが一対、並んで横たわっていた。松子はそれぞれの手にひとつずつ持ったのを、卓上に並べて立てた。湯飲みは下の方が丸く膨らみ、飲み口の内側と糸尻に一回り青い輪がめぐらしてある。形は相似形、模様も同じものが描かれていたが、背の高さが目に見えて違った。

コレ、タケコノ。松子が小さい方を手に取って寄こした。

そういえば、縁に向かってツツンと伸びた枝に梅の花が散った揃いの絵柄のご飯茶碗も、自分のはひとまわり小振りだったから、小さい方はきっと子供用なのだろう。それなりに理の通った仕方で納得して、猛子は湯飲みを受け取った。形と柄が一緒で大きさだけが異なる一対が、メオトヂャワンと呼ばれる類のものであるのを知ったのは、それから何年か後のことで、漠然と聞いていた「メオト」なる語が夫婦を意味する単語であると理解するまでには、さらに数年を要した。

昔馴染みの湯飲みは、胴の部分の膨らみがしっくりと掌に収まる。猛子は椅子の上で背を丸め、立ち上る湯気にふうとひとつ息を吹きつけてから、縁に口をつけた。母子で夫婦茶碗を使っている家など、ほかに知らない。頻繁にここを訪れ、ときには一緒に食卓を囲むこともあったオジとオトは、当時一体どのような気分でいたのだろう。通い始めの頃のオトの年齢に追い付き追い越してからは、世間のジョーシキというものもひたひたと意識を浸して打ち寄せ、奇矯と映った母親の振る舞いの数々を思い起こすにつけ、それが周囲に広げただろう波紋や他人の心情などにも思いが及ぶ。

考えようによっては、松子が見合いで結婚し一子を儲けたということの方が、はるかに不思議なことだったのかもしれない。自分の父親がどういう人であったのか、いつどのようにして亡くなったのか、猛子は物心ついて以来幾度もしつこく松子に尋ねてきた。何度でも同じ筋書きで、一字一句たがわず聞きたい。そんな子供時代の御伽噺願望に加えて、松子がしばしば話をはぐらかしたせいでもあった。

猛子が高校に入る直前の春休みのことである。個展の初日、留守を託して出かけた松子が夜更けになってようやく帰宅した。廊下を足袋足で駆け六畳間に飛び込むやいなや、姿見の前でしゅるしゅると帯を解いた。飲みたかったのは酒なのに、客にシャンペンなんぞを無理やり付き合わされたのだと、目元を赤くして言う。

マッタク、モー。買ウノカ買ワナイノカ、ハッキリシロッテンダ。

ほどけた錦の帯が床にとぐろを巻き、それを避けようとして、前をはだけた着物の裾を踏んでよろけた。そのままぺたんと畳に両膝をつき、肩で息を吐く。

ドイツモコイツモ、ホントニ。アンタノ父親ダッテ、特攻隊ニナンカトラレテ。アワレ、アタシハ戦争花嫁。

猛子がぎょっと慌て、嘘でしょと聞き返すと、すぐさま嘘ダヨと、もろ肌脱いで松子が嗤《わら》う。

ソンナワケナイダロ。アンタガ生マレタノハ、昭和三十年代。太平洋戦争ガ終ワッタノハ、イッ。チャント世界史、ベンキョーシトキナ。

そんな調子だったから、真偽のほどはすこぶる怪しいが、極めて非情緒的かつ断片的な松子の言をつなぎ合わせてみれば、猛子の父聡一郎は官吏で、二十五歳のとき見合いで五歳年下の松子と結婚したのらしい。読書以外に特に趣味もなく、松子が絵を描いている間いつも静かに本を読んでいたという。結婚十年目に猛子が生まれてすぐ、質《たち》の悪い流感か何かの流行病《はやりやま》いに罹り、あえなく身罷《みまか》ったということだった。

父親の姿がはっきりと映っている写真が、家には一枚だけ残っていた。結婚式の当日に写真館で撮らせ、大判の印画紙に焼き付けたのを厚紙の枠に収めた記念写真である。綿帽子の下に大きな髷、濃く紅を差し白無垢を纏った花嫁が腰掛けているその傍らに、中肉中背の男性が紋付羽織袴姿で立っている。いかにも判で押したような新郎新婦の図。男の顔立ちは、えらが張り気味のところがいささかいかついが、眉が濃く鼻筋も通り、雄々しい、凛々しいと形容できないこともなかった。

どんな人だったの。

アア、マジメナ人ダッタネ、ヤタラト。松子は他人事のようにそう呟いて、紫の煙を盛大に吐き出した。


明るい洋間に白く大きな塊が三つ、表面に微妙な陰影を刻んで、板敷きの床にうずくまっている。どこかの現代美術館のホールに展示された前衛芸術か、あるいは閉館となった博物館の、覆いを被《かぶ》せられた巨大生物の剝製か。曰くありげな白装束の下にあるのは実のところ、二脚のソファーに肘掛け椅子というありふれた応接セットである。一体いつ、覆いがかけられたのか、そこだけ剝き出しの低いテーブルを囲んで、コの字型に置かれていた。

オジは家に来ると必ず、三人がけのソファーの中央に座ったものだ。左右の脚を組み、片腕を背もたれに長く伸ばし、ゆるくひねった上体を斜めにもたせかける恰好で。そうして空いた方の手には、煙草を挟んでいた。オジがいつも懐に持ち歩いていたシガレットケースには、舶来品の細長い煙草が隙間なく並んで詰まっていて、そのうちの一本を抜き出し、重そうな金属のライターで火を点けるのだった。傍らでは松子が二人がけのソファーに腰掛け、陽だまりの中の満腹した猫みたく一重の眼を細めて、両切りのピースをくわえていた。

このように女主人は客人をもてなすこともせず、代わりにおミヨさんが、「旦那さま」「奥さま」と腰を低くして酒や茶や菓子やらを出すのが、この家の常だった。おミヨさんは当時住み込みの女中をしていた人で、四畳半の間に寝起きし、いつも割烹《かっぽう》着《ぎ》を着て家事の一切を担っていた。あの頃子供の目には恐ろしく高齢に映ったものだけれど、もしかしたら今の自分よりも若かったのかもしれない。少し斜めにかしいで立って、お盆を下げていくおミヨさんの後姿を、猛子は板戸のかまちの枠に当て嵌めてみる。

右手の柱にふと目が留まった。長い時間をかけて調理の煙にいぶされたのか、煮しめたように飴色に染まっている。上から三分の一ほど下りた辺りに、そこだけ肌色の長方形が残っているのは、かつて日めくりが掛けられていた跡なのだろう。反対側でボーンと、柱時計が鳴り始めた。昔は椅子に乗って扉を開けぜんまいを巻いた時計が、今はすぐ手の届きそうな高さにある。家屋のこちら側の古い部分は、覆い被さるように天井が低い。

元の家は、玄関を上がるとすぐ目の前に、真直ぐな廊下が西へと伸びていた。南側に沿って濡れ縁、突き当たりの隅に四畳半。北側には六畳間と茶の間兼台所と風呂場、そして手洗いが並んでいた。台所だけが板張りでほかの二間は畳敷き。どちらも庭に向かって開かれ、こぢんまりと日当たりの良い部屋だった。後の大々的な改築の際に、縁側がなくなり、廊下を中に取り込むようにして洋間が付け足されたのである。家はこうして庭を取り崩し垣根の近くまでせり出すと同時に、平屋から二階建てへと一挙に背を伸ばした。

建て増しがされたのは三、四歳頃のことで、猛子はそれ以前の家を微かに覚えている。幾重にも連なる波の線を追っていくと、先端は真っ赤な海に呑み込まれて溶けてしまう。目の底に残っているのはなぜか、強い西陽ににじんだ縁側の木目の模様だった。その後の増改築の期間は記憶が飛んで、物心付いたときには既に、洋間の吹き抜けの天井が高く頭上に聳えていた。

尖った三角屋根の片側に、四角い天窓がうがたれている。その下に、腰の高さの化粧板で囲われた二階の張り出しがあり、茶の間の方から見上げると、ヨーロッパの由緒ある歌劇場の桟敷席のようにも見える。天井からも庭に面した大型の窓からも、有り余るほどの陽光が射し込んで、すこぶる採光が良い。家中で一番高いところに空中楼閣のごとく吊り下がった空間。そこは、松子が絵を描くための場所だった。完全に洋風にしつらえた応接間。その表側三分の二の広さに二階を配した奇抜な設計。アトリエは松子が何が何でもと欲しがった唯一のものだろうが、家の南半分を作ったのは、オジの好みと財力である。

オジって、オジサンのことなの、それともオジーサンのこと？　そう猛子が問うと、オジは目尻に皺を寄せて答えた。

どっちも違うよ。オジっていうのはね、オージさまのことなんだよ。ほら、あのシンデレラとか白雪姫に出てくるだろう、オージさま。タケコちゃんはおヒメさま、僕はオージさま。

本当のお姫様は、母親の松子の方だろうに。第一「オージさま」というのは、大抵もっと若いのではないか。子供ながらにそんなことを思わないでもなかったが、トウが立った王子は律儀に贈り物を携えて来て、猛子もずいぶんとその恩恵に浴した。遠方から訪れてはひたすら孫を甘やかす祖父にも喩えられるオジの来訪は、常にどこか日常から遊離したハレの時を約束していた。

一方のオトは、「夫」と「お父さん」を掛け合わせて松子がつけた、ふざけたあだ名であったらしい。確かに年齢だけを考慮すれば、オトは松子の夫としても自分の養父としても文句なしに相応《ふさわ》しかったけれど。それにしても、と猛子は思う。

オジとオトは父子である。どちらも背が高く、手足もひょろりと縦に細長い。小柄で断髪、年齢不詳の松子が隣に立つと、国を超えて養子縁組をした足長おじさんと童女といった図になった。ただし父子二人が似ていたのはその体躯だけで、対照的な性格にも呼応して、彼らの全身がかもし出すものは互いに大きく異なっていた。松子の気性の激しさと奔放さを猛子が受け継がなかったのと平行して、オジの持つ度量と才覚、いかにも家父長然とした存在感とそれに見合った尊大さを、オトは一切継承していなかった。

何かにつけお大尽風だったオジとは異なり、オトはこの家に来てもソファーには座らない。時たまひとりで肘掛け椅子に埋もれることもあったが、大概こちらに背中を向け、硝子戸の前に佇んで庭を眺めていた。口数が少なく、立ち居振る舞いがゆっくりと静か。扁桃形の目の上に長くかかる眉毛の先が下がり気味のオトの顔は、どことなく困っているように見えた。

何か具体的に憂慮の種があるというのではない。困った先が哲学的存在論的考察に至るのでもなく、忌避感で鋭く断ち切られるわけでもない。ただ、何となくちょっと困ったままでいる、といった風情で、声には出さずに言うのである。ねえ、君なら分かるでしょう。マツコさんは、ああいう人だからねえ。そうやって自分たちの間に共犯意識を深めようというのなら、あからさまに片目でも瞑って見せるくらいのことをしてもいいのに。と、猛子はオトのあり方にある種の共感を抱きつつも、積極性がなく茶目っ気にも欠ける態度に物足りなさを覚えていた。

寿司屋の店名を刷りぬいた燐寸箱《マッチ》が、縁に載っている。唐草模様の縁取りと、輪になった土手に三箇所の刳り型。昔よく旅館の座卓に置かれていたような、大振りの灰皿である。かつては常に食卓の中央に鎮座して、時にはまだくすぶった吸殻を縁まで溢れさせていたものだけれど。猛子は、隅に片寄せられた陶器の底を覗き込んでみる。中は空っぽで、白くつやつやした表面にはヤニの跡もない。

食事中と睡眠中を除けば、松子は絵を描いていない間は大抵煙を吐いていた。オジが初めて松子を見かけたのは、通りに面した画廊の硝子越しで、髪を断髪にして江戸小紋を着た若い女が威勢よく煙草を吸っている姿に、啞然と見とれたのだそうだ。

ナア、タケコ。オマエ、大キクナッタラ、ナンニナリタイ。

松子に問われ、小学生の猛子ははきはきとためらいなく答えた。

お嫁さん！

途端に、見事な弓形に整った松子の眉が不穏な角度に吊り上がるのが見え、ひっと体が縮んで固まった。

フン。眉毛は曲がり具合を微妙に変え、八の字を描く一歩手前で踏み止まる。猛子がいつになくはっきりと子供らしく朗らかに答えを口に出したのには、そこに至るに無理もない経緯があったのだ。

小学校の国語の時間に、担任の先生がクラス全員に同じ質問を向けたとき、猛子にはその意味が皆目分からなかった。「大きくなる」のは、ひどく時間のかかる難しいこと。なってから後のことは、あまりに遠く想像力の及ばない宇宙の彼方。大きくなったからには何らかの生活の糧を得なければならず、そのための身の振り方も事前に決めておかなければならない、というのは大人の考えで、今日もまた給食を食べ終わるのがビリになるかもしれないと、身近に差し迫る心配事で一杯になった猛子の頭には、あまりに大きすぎて納まりようのない類の認識なのだった。そんなわけで、ぼうっと黒板の方を見ていたら、学級委員をしていた女の子が手を上げてお嫁さんと答え、教室中が妙に沸いた。

数日後に偶然オジから、何になりたいかと同じことを尋ねられ、猛子はその同級生の言葉を真似てみた。

お嫁さん。

そーか、そーか、お嫁さんか。タケコちゃんはきっと、日本一きれいなお嫁さんになるなあ。とオジは目を細め、猛子の頭をひと撫ぜしたのだ。

フウン。松子は一息吐いて、両の眉毛を普段の位置に戻した。濃紺の地に白い文字の浮き出たピースの缶を手に取って振り、中味の音に耳を傾けてから、おもむろに蓋を開けた。甘いような酔わせるような煙草の葉の匂いが、食卓の上を漂ってくる。筆洗いの洗剤で荒れてささくれのできた指が、抜き取った一本を卓の上にトントンと打ちつけ、逆さに持ち替えたところで動きを止めた。

ダケド、アリャア、ツマランゾ。

恐らくは、オジが猛子と交わしたやり取りを松子に話し、松子は松子で自分の娘が本当にそんな花嫁願望を抱いたものか、不可解さと疑惑にたっぷり染まった好奇心から、確かめてみようとしたのだろう。いずれにせよ、「嫁イコールつまらないもの」という公式は両切りピースの匂いと結びついて定理化し、猛子の意識の測りようもなく深いところに刻まれてしまったようである。

オジが松子を見初めた頃、正妻は重篤で床についており、程なくしてそのまま他界した。上の娘二人は既に政治家と企業家に嫁ぎ、男子は末子のオトひとり。たとえ親戚筋から何らかの反対意見が上がったとしても、オジが押し通せば、松子の籍を入れるくらいはたやすい技であっただろう。再婚がならなかったのは、つまるところ松子が望まなかったせいである。せっかく勝手気ままに暮らせる家があり、専用のアトリエで絵三昧の毎日を送っているというのに、何を好き好んで資産家の後妻にいってわざわざ窮屈な思いをする必要があるのか。といったところが、当人の本音だったと猛子は推察している。

母親の言動を身近に見ていると、気遣いや遠慮と共に、世間体への配慮といったものが行動指針から見事に抜け落ちているのが窺われ、十代の頃はそれをこの上ない身勝手さと、ただ呆れて眺めていた。成人して後は、まあこれもありかと、達観も交えて許容するようになった。そのような勝手を通すには、実は明確な優先順位に従った物事の割り切りと、それを実行に移す強靭な精神力が要るのだと理解したのは、猛子自身が本格的に絵を描き始めてからのことだった。

ねえ、なんで私の名前はタケコなの。どうして、こんな名前つけたの。

珍しく詰問口調で言い募ったのは、思春期のとば口で入学した女子高校で、背伸びしてようやく仲間に加えてもらえたグループの面々が、皆やけに反抗的でつっぱっていたのに、少なからず感銘と影響を受けたためでもあったけれど、長年の間に溜め込まれた不満の鬱積も作用していたことだろう。猛子は子供のときから、自分の名前の由来に、およそ愉快でない不審の念を覚え続けてきたのである。

ン、ソリャネ。松子はあらぬ方を見やり、灰皿の縁で煙草を弾ませて灰を落とす。

スガスガシイカラネ、竹ハ。

でも、松より下でしょう。

松竹梅。蕎麦屋や寿司屋で料理の格付けを目にするたびに、苦々しさがつのる。たとえ内心では自分がこの世で一番と思ったにせよ、生まれてきた娘にひとつ格下の「並」をあてがう親が、一体どこにいようか。これでもし妹でも生まれていたら、梅子と名づけられていたのだろう、可哀想に。と実在してもいない肉親に同情を寄せるほど、猛子は食べ物屋の品書きに並ぶ三文字の序列にこだわった。

松ト竹カ。ウン、フタツアワセテ松茸ダ、コリャメデタイネ。松子は笑って、いささかも動じる様子を見せない。

アンタ、歌舞伎ノ松羽目《まつばめ》、見タコトアンダロ。アレトカ、盆栽ノ松トカサ。

うん？

コウ、幹ントコガ、ぐしっトネジクレテルダロ。そう言いながら、松子は片手を「ん」の字の蛇のようにくねらせてみせる。

アレニ較ベリャ、竹ツウノハ、マッスグデ気持チガイイモンヨ。スンナリ伸ビタ松ナンカ、絵ニナリャシナイ。

ふうん。猛子は食卓に頬杖をつく。納得がいかないままに、何となく気勢が削がれた。

でもさ。体勢を立て直して訊いてみる。じゃあ、どうしてこの漢字なの、木のほうの竹じゃなくって。

松子はヘッと顔を上げた。一体何が不満なのか分からないという表情を張り付かせて、僅かに首をかしげている。

だって、タケコって普通、バンブーの竹か、武士の武を充てるでしょ。よりによって、こんな……。

イイジャナイカ、勇猛ノ猛ダロ。

よかないよ。中学にこの字でタケシって男の子いたけど。

イイナア、猛々シクッテ。

やだよ、猛々しいなんて。あたしは女の子だよ。

へー、ソーカイ。アタシャ、男ニ生マレタカッタケドネ。

男に生まれたかったという締めくくりの一言は、松子の嘘偽りない本音であったのか。猛々しいという形容詞は名付け親当人の方によっぽど相応しい、と猛子は思う。

外国暮らしを始めた途端、猛子はTAKEKOになった。もう猛の字を書くこともなく、「勇猛の猛です、猛々しいの猛なんです」と、声を低めて説明する必要もなかった。漢字表記と共にそこに籠められた意味が剝落し、無色透明の記号になって宙に浮いたような気分だった。遠い外国に行ってそのまま四半世紀も居残ってしまったのは、案外この程度に他愛ない解放感の積み重なりが、生活の不便や不都合の総体を、僅かに上回ったということなのかもしれない。そこは決して居心地の良い場所ではなかったが、猛子は元々どこにいても居心地良いと思ったことがなく、外国だからと考えればそれなりに納得がいって諦めもつき、多少なりと心休まるという事情もあった。

洋間の階段の上がり口に、白木の柵がある。今は中途半端な角度で口を開け、こちら側へと開いている。右手に沿って西の壁、左手は張り出しの囲いと揃いの木の手すり。その間に挟まれ、狭く急な階段が参道のように真直ぐ上へと続く。

柵は、四角い枠の中に細い丸木が縦に八本。ちょうど大人の拳が通るくらいの間隔を空けて嵌め込まれ、壁際の蝶番と反対側に金属の掛け金の付いた、頑丈だが簡素な造り。これと似たものを、猛子は外国暮らしの間に訪れた家の中で何度か見かけた。通常は、階段の上がり口ではなく下り口に設けられている。小さい子供が落ちないようにするためのものだから、子供が成長して不要になれば取り払われる。けれど、ここにあるのは転落防止の柵ではなくて、通行禁止の柵なのだ。誰も勝手に通ることは叶わない、守りの堅い城の入り口か、街道に立ちはだかる無慈悲な関所なのだった。

まだ立ち上がることのできない乳児の頃は、ベビーベッドの囲いにも似た柵の桟を、両手で摑んだりしていたらしい。当時、頭上遥か手の届かない高みにあった上の横木は、やがて伝い歩きができるようになると、すぐ目の上の高さに近づいてきた。更に背が伸びるのに従って、どんどんと低くなり、中学生で今と同じ身長に達したときには、膝のお皿の少し上に当たる程度にまで丈が縮んでいた。

しようと思えば簡単に跨ぎ越すことのできる柵を、猛子は乗り越えたことがない。上から手を伸ばして、閉まっている掛け金を外したこともない。仕事をしている間は、絶対に邪魔をするな。柵が閉まっているときは、決して入ってはならない。松子に、そう固く言い聞かされてきたからである。

西のはずれの四畳半が私室に充てられる前、猛子は六畳の間で松子の隣に寝ていた。ある晩夜中に目を醒ますと、脇に放り出された掛け布団の山があった。暗がりの中にその稜線が黒々として、ふもとの方は闇に溶け込んで見えなかった。枕カバーの四角形がぼんやりと白く、その下の寝床には誰もいない。しばらく天井を見上げる恰好でじっとしていたが、いつまでたっても松子は戻って来なかった。

猛子はそっと起き上がり、手探りで襖を開けた。畳の間から一歩踏み出した裸足の足の裏に、廊下の木材がひんやりと吸い付いた。茶の間を通って洋間へと入る。天窓から落ちてくる月明かりに床は青々として、階段の手前に閉ざされた柵の輪郭が見分けられる。仰ぎ見た二階の奥の方に、黄色っぽい明かりがひとつ灯っているのが見えた。

ぴちゃ、ぴちゃ。音が聞こえた。ほんの少し間を置いて再び、ぴちゃ、ぴちゃ。

寒気を覚え、体の前で腕を交差させて肩を抱くようにしたが、二の腕に立った鳥肌は収まることなく、粟《あわ》立った感触を両手の指に伝えてくる。思い切って、小さな声で呼んでみた。

おかあさん。

ぴちゃ、ぴちゃ。相変わらず湿った音が降ってくる。

おかあさん。あまりに心細いから、もう一度。

音がやんだ。家中が静まりかえっていた。固唾を呑んで待ち受けるうち、衣擦れに似た響きが近づき、張り出しの化粧板の上に黒い影が立った。背後にランプの明かりを背負い、陰になったその顔は見えない。人の形の影絵が、何も言わずにこちらを見下ろしていた。

おかあさん?

ドウシタノ。尋ねてくるのは、答えを待っているとも思われない、平板な声だった。

あの……目がさめちゃった……ねむれないの。

ちょっと黙ってから、松子の影がまた口を開く。

寝床ニ、モドリナサイ。そう言うのが、ひどく静かで命令口調でないのが恐ろしい。

おやすみなさい。猛子が諦めて挨拶をすると、影は微かに頷くような気配をさせて踵《きびす》を返し、張り出しの奥に見えなくなった。

茶の間に入りざま、二階の方に耳を澄ませてみたが、床上の足音もぴちゃぴちゃという音も聞こえない。猛子は来た通りをそのまま引き返して六畳に戻り、敷かれた布団の中に潜り込んだ。

松子が夜中に起き出してアトリエに上がったのは、そのときばかりではない。次第に頻繁になる真夜中の不在に猛子も慣れ、そのうち一人でも気にせず眠れるようになった。もはや娘に添い寝が必要ないと判断してからの松子は、ときに布団を二階に上げ、幾晩もアトリエに泊まり込んで描き続けることも多かった。

おミヨさんの後に住み込んだ人は、皆長続きせず短い期間で辞めてしまい、いつからか家の仕事は通いの人が務めるようになった。その人たちも、松子の偏屈さに辟易するのか、長くは続かず次々と入れ替わっていったが、中に一人、二年近くの間通ってきた、おカネさんという人がいた。おミヨさんよりよっぽど若そうなのに、何と古風な名前だろうと思っていたところが、実は金田という名字なのを、松子が勝手におカネさんと呼び習わしていたのだと、ずいぶん後になって知った。

おカネさんは、後ろでひとつに束ねた髪にリボンを結び、着物ではなくスカートかワンピースを着た上に、淡いピンクや黄色のエプロンをしていた。足元ももちろん足袋ではなくソックスで、とてもハイカラな人だった。洗濯も掃除も片付けも無難にこなしたけれど、特に上手だったのは料理で、一番の得意技はサンドイッチを作ることだった。オーソドックスなハムと胡瓜、卵サンド、カツサンド、チキンサンド、チーズサンド、コンビーフのマヨネーズ和えを挟んだもの、ママレード入り、イチゴジャム入り、ピーナッツバターを塗ったもの、と変化に富んだ多彩な献立に精通していた。

今日のおやつもまた、サンドイッチでよろしいでしょうか。他の家事が済むと、洗った手をエプロンの前立てで拭いながら、朗々とした声で尋ねるのだ。その前で毎回、松子と猛子は母子揃って、張子のあかべこみたく頻《しげ》く熱烈に頷き続けた。

竹の籠にサンドイッチを盛り合わせ、二階から紐で引き上げれば、松子はアトリエにいたままで食事が摂れる。そう発案したのも、おカネさんである。

ホーイ。上から嬉々として、松子が布紐を投げ下ろす。端切れをより合わせて籠につけた取っ手に、紐の先のS字の金具を通して、おカネさんが呼ばわる。

はーい、できましたー。あげてくださーい。

籠が、時には左右に危なっかしく揺れながら引き上げられていく様を、猛子はいつもその脇に立って見守った。

アリガトサン。そう言って、竹籠を抱えた松子の姿が奥に引っ込む。その後に、何か難しい試みか冒険でもなしとげたかの高揚した気分で、おカネさんと一緒に食卓につき、ふんだんにあるサンドイッチを取り分けてもらって食べるのがまた、猛子にとっては無類の幸福が詰まった宝石箱を開けるような時間であった。

このように松子は、寝食まで持ち込んで一日中アトリエにしがみついていたが、手洗いだけは用足しに階下に下りて来た。とんとんとんとん。軽い足音が段上に響く。急いでいても、入り口の柵を閉め忘れることはない。茶の間で宿題をしていた猛子の脇をすり抜けざまに、アア、ヤダ。モット大キナぼうこうガ欲シイモンダネ。そう呟いて、廊下を手洗いの方に消えた。出てきたところに猛子が、ボーコーってなーに、と尋ねると、フクロモンダヨ、フクロ。一言言い捨て、また速足で駆け上がって行く。答えを聞いて猛子の頭に浮かんだのは、和箪笥の引き出しに仕舞われた、光沢のある扇模様の布地に香の匂いの染みた信玄袋であった。

小学校の高学年に上がった年、休み時間の教室で、同級生の女の子が三、四人猛子を取り巻き尋ねたことがある。タケコちゃんのお母さんって、なにしてる人。

その問いが含むところのものを解せず、含みがあることにさえ気づかなかった猛子は、それこそ竹を割ったように清々と答えた。絵をかいてる人。いつも、絵ばっかりかいてる。画家なの、お母さん。

猛子にとって松子は常に、「絵をかく人」以外の何者でもなかった。成長するに従い婚姻制度に依って立つ『家庭』という概念がおもむろに理解され、自分たち親子の逸脱の度合いが測られるようになっても尚、その基軸にブレはなく、一ミリたりとも揺らぐことはなかった。

敷居をまたぎ、思い切りのけぞって上を仰ぎ見る。化粧板に囲われた二階の張り出し。斜めに切り抜かれた天窓。天井の中央が骨組みも露《あらわ》に、高くすぼまっていく。吹き抜けの洋間は、屋根に当たる雨の音がことさらよく響いた。猛子が子供の頃、周りは高い建物もなく平坦で、家の前の通りから、高く湧き上った入道雲の全身が足元まで見通せた。石蹴りだの縄跳びなど遊びを中断して中に飛び込むと、間遠《まどお》に落ちる雨粒の音が繁くなり、ああ、今日も夕立がと思う間もなく、俄かにざあっと激しくなって、開いた窓から風に乗って吹き込んでくるのだった。

雨音の部厚い緞帳をくぐり抜け、ガラガラと。玄関の戸の引かれる音がする。猛子は持っていたクレヨンを食卓に置き、椅子から滑り降りた。廊下を出合いがしらに、頭から肩までずぶ濡れになった松子が突進して来て、たちまち横を走り抜けて行った。たたきには、カラコロと脱ぎ捨てられた下駄。片方が横倒し、もう片方が裏返しになり、角が丸く擦切れた歯を見せて転がっていた。ああ、やっぱり天気予報が当たったんだ。猛子は妙に納得し、水滴の落ちた廊下を食堂の方へと引き返した。

洋間では、松子が既に階段の四半分を登り詰め、風呂場の方から飛び出して来たおミヨさんが、必死にその後を追い駆けていた。四つんばいになって松子の踵《かかと》に追いすがる恰好で、奥さま、奥さまと連呼していた。おミヨさんの割烹着から乱れた着物の裾が覗き、その下の素足が盛んに段上で足掻《あが》くのだが、一歩先を行く松子の走りは無駄なく滑らかで、二人の間は開くばかり。その姿が相次いで二階の張り出しに消え、階段の入り口は開かれたままになった。猛子は柵の前に立って、上の様子を窺った。木戸のように引き開けられた隙間から滑り込んで、段上に足を踏み出した。ほんの数段上がったところでバタンと大きな音が天井から落ち、天窓が一気に閉ざされたらしかった。それ以外は絶え間ない雨音に包み込まれ、大人たちの話し声も自分の足音も聞こえない。

アトリエの中央に、広く三つ足を突っ張って画架が立っている。その上に、こちらに裏側を向けて一枚の画布が載っていた。松子とおミヨさんの顔は、巨大な四角の枠に隠されて見えない。背後の壁に縦長の鏡が一枚、琺瑯引きの流しの上に嵌め込まれている。そこに、松子の後姿が映っていた。ぼんやりとした背景の中に、ただ頭の後ろだけが映り込んでいた。濡れて更に濃さと重さを増したかに見える髪が扇状に広がり、鏡面を黒々と覆って伸び広がった。

コレヲ、ミロ。

そう言われても、脇に立ったおミヨさんは身動きしない。

代わりに猛子がそうっと、画布の前に回り込んで見た。絵は濡れていた。何を描いたのか分からないほど、色も形も溶けていた。鮮やかな顔料が混ざり合い流れ下る様子は、まるで極彩色の夢の中で起きためまいを、そのまま絵にしたかのように見えた。画架の端から、筆拭き用の雑巾が垂れ下がり、下に小さな水溜りができている。

も、もうしわけ……。おミヨさんは、しどろもどろになった。家中の戸締りをしている間に、ついうっかり。そんなようなことを呟くのを遮って、怒声が響き渡る。

アレホド、言ッタジャナイカ！　フッテキタラ、マッサキニ天窓ヲ閉メロッテ！　アンタガイタカラ、出カケタンジャナイカ！　松子は怒りのあまり地団駄を踏み、やたらと幼く角ばった動きが、寸足らずの子供の癇癪か、歌舞伎の飛び六方のようでもあった。

おミヨさんは、膝を折って床に両手を突く。それから片手を膝の上に引き上げ、身をねじって斜め上を向いた。

でも、お部屋には奥さまのお召し物が……。

ソンナモンハ、ドウダッテイイイッ！

大声と同時に、何かが飛んだ。顔を伏せたおミヨさんの頭の天辺に当たって跳ね返り、真紅の飛沫を上げて着地した。不規則な赤い線を後ろに引きながら、床をどこまでも転がっていった。松子が投げつけた絵筆は、張り出しの板囲いにコトンとぶつかってようやく止まる。

気づくと、雨音が消えていた。小さく柔らかくなった雨粒が家屋を覆い、全ての音を吸い込みながら屋根に降る。

おひまを。やがておミヨさんが言った。

出テケ。その場に突っ立ったまま松子が言った。

猛子が覚えている限りでは、松子が水彩画を手がけたことはない。実際にあの時画架に載っていたのも油絵用の画布だったから、たとえ天窓から多量の雨が降り込んだとしても、あんなふうに絵の具が流れて混じり合うとは考えにくい。画面上にできた混沌とした色の渦も、放られた絵筆から飛び散った鮮やかな赤も、実際に見たものとは違うのかもしれない。激しい感情の高まりに共振した記憶が、後から塗りつけ描き込んだ色だったのかもしれない。と、ビデオテープであったなら、もう擦り切れて画像が消えてしまうほど限りなく繰り返し見た驟雨《しゅうう》の日の場面を、新たに再生しながら猛子は思う。

おミヨさんが階段を下りて行ったのに続いて、猛子も一階に下り茶の間に戻った。食卓の上にあったクレヨンをもう一度手に取ってみたが、描きかけの塗り絵帖を再び開く気にはなれず、椅子を降りて奥の廊下を進んだ。

仕切りの襖は開けられていて、四畳半の間に座ったおミヨさんが、こちらに背を向けて何かを畳んでいるところだった。庭に面した窓は障子戸が引かれ、部屋の中はがらんと薄暗い。すぐ後ろに立ってみると、畳んでいるのはいつもの白い割烹着で、その袖のところを手早く折りながら何かを呟いていた。

なにさ、と小さく声を吐き出した。なにさ、カコワレモンのくせに。

畳に膝をついた姿勢のまま、おミヨさんは敷居のところに立った猛子の方を振り返った。黒目がちの目をじっと据えて、タケコさんと呼んだ。

大の大人にさん付けで名前を呼ばれたのは初めてのことで、このあとには一体どのような展開があるのだろうか、と脇の柱に手を突いて待ったけれど、おミヨさんはすいと立ち上がってもう目を合わせることもなく、奥の箪笥の引き出しを開け、中から衣類や身の回り品を取り出し始めた。猛子はその後姿に、先ほど浴びたはずの絵の具の跡を探したが、つむじのところが薄くなりかけた頭はいつもと同じ半白のままで、鮮やかな赤い色はどこにも見当たらなかった。

割烹着を脱いだおミヨさんは、くすんだ色の絣の着物を着ていた。玄関のたたきで草履を履き、家の中へと向き直り、二階のある方へと顔を上げた。

もうこれ以上荷物は持てませんので、残りは送ってくださいませ。着払いでけっこうでございますから。

それだけ言い置いて戸を開けた。外はとっくに雨が上がってまぶしく晴れ渡り、水に濡れた飛び石の表面が、西陽を浴びて鈍色に光っていた。その上をおミヨさんが、両手にひとつずつ風呂敷包みを提げて渡り、真中にひときわ大きな水溜りのできた表の砂利道へと出て行った。

急な勾配。大人の足が縦にようやく収まるくらいの狭い踏み板。細く上へと連なっていく先を仰ぎ見れば、「きざはし」とでも呼びたくなるような階段の上がり口。猛子は、柵の手前に立って上を見上げていた。急な段々を上がりきった先を、丈高い影がふさいでいる。天井から落ちるまぶしい陽光に、全身を浸して立っている。そのうち、顔と前身頃を陰に入れたまま、ゆっくり一段ずつ光背を背負って下りて来た。一階に降り立ったオトは、律儀に柵を閉ざして猛子の前に立った。初めて松子のアトリエに招き入れられ、完成したばかりの絵を見せられたのに違いない。どこか上の空で繰り返し呟く。松子さんの絵は、凄い、本当に凄い。

いまさら何を。言うまでもないことじゃないか。と猛子は不機嫌な顔で見返したが、普段から目から鼻に抜けるというわけでもないオトはぼんやりと、睨まれているのにも気づかぬ体であった。アトリエに入れてもらえたオトに対してなのか、いつも賞賛を受けるのが当たり前の松子に対するものなのか、溢れ出ようとする思いの向かうべき先が分からない。分からないまま、羨ましさと妬ましさは渾然と混じり合ってその場に滞る。色濃い感情にどっぷりと浸された内臓を持て余し、猛子は階下に立ち尽くしていた。

オジは、猛子が物心付く前から既に通って来ていたが、オトが家に来るようになったのは、何年も後のことで、猛子は小学校の高学年か中学生になろうとしていた。父子が一緒に訪れることは滅多になかったが、二人が松子を交えこの洋間に揃ったところを、一度だけ見た覚えがあった。何かの祝い事で、酒を過ごしでもしたのだろう。ソファーの上に立った松子は頭二つ分高く、手に持った団扇を振りかざし、その音頭に合わせ、オジとオトが長い手足を動かしてくねくねと、絨毯の上を靴下裸足で踊り回っていた。

一体どのような心積もりで、オジはオトを連れて来たのだろうか。いかなる思惑に依って、松子と関わらせようとしたのだろう。ほかの様々な資産同様、松子もこの家ごとオジの財産目録に記載され、それを長男のオトに贈与ないし相続させようと考えていたのか。それとも己が亡き後、松子と猛子母子が後ろ盾を失わず、経済的にも家庭的にも不自由しないようにという配慮をしたものか。若い頃、猛子はオジの動機について、そんなふうにしきりと考えを巡らせたが、この頃では、その二つに大した違いはなく、オジにとっては同じひとつのことであったような気も盛んにする。

たまたま資産家の長男に生まれてしまったオトは、お膳立てされたままを受け入れるのが習いで、予め定められたことに否も応もなかったはず。絵を描くことしか眼中になかった松子にいたっては、自分の我儘《わがまま》を通せる相手が一人から二人に増えた、という程度の認識でしかなかったろうから、三者の間には波風も立たず、共犯関係の巴形が仲良くできあがったものと思われる。

三人は、いつか猛子が目にした通りほろ酔い機嫌で踊り続け、そのまま自然に流れていけば、いずれはオトが猛子の養父になっていたに違いなかった。そうならなかったのは、まだ四十代だったオトが、オジより先に亡くなってしまったからである。実父聡一郎の時に似て、突然の流行病いがたちまち悪化してという最期で、周りの者にとっては思いもかけない大番狂わせ。その衝撃からは誰も無傷で出ては来られなかった。オトは生前は影が薄く、いなくなって初めてその存在意義が明らかになる、といった類の人物だったのかもしれない。

洋間から台所兼茶の間を通って廊下へと。板敷きの床を踏んで、敷居の手前にスリッパを揃えた。片足を踏み入れると、綿埃が僅かに浮き上がり、畳のへりを軽やかに転がっていく。六畳間に吊り下がった電灯の笠の下に立って、猛子は室内を見回した。正面上方に、曇り硝子の嵌まった明り取りの窓がふたつ。左手隅に、背の高い姿見が市松模様の覆いを被って立っている。右側の壁面に押入れの襖。対面するように桐の和簞笥が向かいの壁際に置かれ、脇に階段状になったかまち作りの小簞笥。その飴色の段の一番上に載っているのは、円屋根のような形をした外国製の白粉《おしろい》容れで、中には今も、松子の手がすっぽり収まってしまうくらいに大きなパフが仕舞われているはずだった。

オジはオトを亡くして気落ちしたのだろう、七十代で一挙に老け込んだ。本人の気分や体調が優れなかったのか、それを理由に娘や娘婿など家族が囲い込みを強めたものか、この家を訪れる回数もめっきりと減った。後ろ盾となる人物の来訪は、松子にも一種の気の張りを与えていたのに違いない。観劇や会食に誘い出されるたび、六畳間では幾種類もの和服とそれに合わせた帯や小物などが姿見の前の畳に広げられ、外に出かけない時でも、きりっと鮮やかに帯を結んだ着物姿で来訪者を出迎えたものだった。

松子が連日化粧もせず、箪笥の着物には手も触れないといった具合に身なりに構わなくなったのは、オトが亡くなってオジの訪れが次第に間遠になり、やがては殆どなくなってしまった後のことである。

猛子は箪笥の前に立ち、中央の金具に手をかけ一挙に両側に引き開けた。生々しいまでに鮮やかな色と柄がこぼれ出るかと思いきや、身構えた全身に肩透かしを食らわせるようにして、何の変哲もない薄茶の紙の連なりが目に入ってくる。高価な友禅も小粋な小紋も紋付の色留袖も、全てたとう紙に包まれ、整然と棚板に折り重なっていた。

アンタハ背ガ高イカラ、アタシノ着物ハ、仕立テ直シテモ着ラレナイダロウネエ。松子がそう口に出したのは三年ほど前、この同じ六畳間で簞笥のほうへと顎をしゃくってのことだった。ホームドラマの老いた母親めいたやけにしみじみとした口調に、どう反応したものか判じかねて猛子が黙っていると、松子は天井を仰いでアーッ、モッタイナーと声を吐き、コレゾたんすノ肥ヤシと結んだ。続いて「肥やし」から連想したのか、くさやの干物についてひとくさり語り出すのを聞いて、拍子抜けし呆れつつ猛子は、ああいつもどおり、これなら、このまましばらくは息災だろうと安堵した。

高校卒業当時の猛子の記憶の中で、松子はいつも絵の具のこびりついた作業着を着ている。ごわごわとした厚手の帆布。黄土色のキャンバス地でできた作業用の上っ張り。それを長年、まるで絵を描くことそのものの象徴のごとく纏い続けていた。前身ごろは元の色が分からなくなるほどに絵の具が層を成し、袖口は擦り切れ、脇にできたかぎ裂きがやがて大きく広がり、裏を見せてめくれ垂れ下がるまで。

五、六年前、久しぶりに家に帰ると、松子の作業着は新しいものに変わっていた。なにそれ。帰宅の挨拶もそこそこに、猛子は声を上げた。米軍払い下げの戦闘服そっくりの迷彩模様。それまでどおり袖口にゴムの入った割烹着型なのに、柄だけがやたらと不穏な上っ張りを、年とともに益々小柄になったおかっぱ頭の松子が着ると、幼稚園児が演じるテロリストのように見えた。

　便利ダヨ、コレ。汚レガ目立タナイカラ。

　松子は布を張り終えたばかりの木枠を片耳の脇に立て、これまでは台所だの庭仕事などの家事用に別のエプロンを使っていたけれど、これからは一枚で用が足りて、とても合理的なのだと、分かったような分からないような理屈をこねた。

　デキタ、デキタ。イイ張リ具合ダ。満足げに画布の表面に指を当て、タンバリンか何かの楽器のように幾度も弾いていた。

　既に正装する習慣を失くした松子が一度、珍しくよそ行きの着物を着付け、錦の帯を胸高に締めて出かけて行ったことがある。玄関でハンドバッグと揃いの草履を履き、ハイヤーでも呼んだものだろうか、顔が映りそうなほどぴかぴかに磨き上げられた黒い車に乗り込んで、後ろの座席から身を乗り出し運転手に行き先を告げているらしいのが、窓硝子越しに見て取れた。

　当時猛子は、二浪しても受からなかった藝大の入学試験の直後。自室にしていた四畳半で為すすべもなく、ここはかつて鹹になったおミヨさんが住んでいた部屋だから、何かとゲンが悪いのかもしれないなどと、ぼんやり独りごちていた。数時間後に戻って来た松子は外出着のまま、猛子を茶の間に呼び寄せ、向かい合った食卓の中央に四角い紙包みを置いた。

トニカク、コレダケモラッテキタカラネ。両手で着物の襟をくつろげ、ピースの缶に手を伸ばして蓋を開けた。中から取り出した一本をいつもの動作で逆さにしようとし、思いついたように、中指に嵌まっていた縞瑪瑙《しまめのう》の指輪を引き抜いた。ごろんと重たげに転がった宝石の横で、トントンと紙巻の端が卓上に鳴る。紙包みは有名デパートの包装紙をかけられ、豆腐二丁分ほどの嵩があった。

アケテゴラン。

言われるままに猛子が包みをほどくと、中には薄紙の帯を巻いた紙幣の束が幾つか重ねられていた。

ソレダケアレバ、向コウニ行ッテ、マア、二年グライハ暮ラセルンジャナイダロウカ。松子は言って横向きに煙を吐き出し、「向こう」というのは一体どこなのだろうと、その青ざめた霞の流れていく先を、猛子は目で追っていた。

それ以降留学に至るまでの慌ただしい日々のあれこれについては、殆ど覚えていない。突然長い麻酔から目覚めたみたいにして出発の日の朝となり、家の前に格子模様の入った車体が停まった。

ソンジャ、マア、ヨロシク。松子は、短く中途半端に片手を挙げた。

タクシーの運転手に向かって言ったのではなさそうだったし、言葉をかける相手といったら自分しかいないのだけれど、それにしても、何がどうしてヨロシクなのだろう。漠然と自問しながら、猛子は車の後部のトランクの方へと重たいスーツケースを転がして行った。乗り込んで後ろを振り返れば、小柄な作業着姿がちんまりと路上にあり、予想よりも数秒長くその場に留まっていた。やがて門の中に引っ込んだのか、忽然と見えなくなった。

後にして考えれば、あれはいわゆる「手切れ金」と呼ばれる類のものだったのかもしれない、と猛子は思う。オジは、それから約三年後に亡くなった。留学先に届いた松子の手紙には短い文章が数行、インクのにじんだ拙い字で並び、先方の家族の意向で自分は葬儀には出ない、だからあんたもわざわざ帰ってくるには及ばない、納骨が済んだら、一度墓参りには行こうと思う。そんな意味のことが、極めて簡潔に書かれているだけだった。いずれにせよ、その頃の猛子には、葬儀のために一時帰国できるような経済的余裕はどこを探してもまるでなかったのだけれども。

離れて住んでみると松子は意外に筆まめで、猛子が他の芸術家の卵仲間と共同でアパートを借りたり、又貸しの部屋を転々としたりなどして頻繁に住居を移っても、必ずそれを追うように手紙は定期的に届いた。決まって赤と青の縁取りのある航空便用の封筒に、淡い水色をした薄紙の便箋が数枚。癖の強さが稚拙とも映る文字が一字一字、万年筆で縦に書き連ねられていた。

今年は前庭のチューリップが五株揃って花をつけたとか、恰幅の良い虎縞の野良猫が忍んで来るのを手なずけようとして焼き魚の残りの尻尾をやったが逃げられたとか、隣の家の栗が豊作で、塀際に落ちていたのをイガごと拾ってゆでたのに食べてみたらひどくまずかった、などなど。べらんめえ調や男言葉は完璧に鳴りを潜め、通信講座『女性の手紙文』のお手本のように丁寧な文体が、首を傾げたくなる他愛なさで紙面を上滑りしていた。

和箪笥の上の引き出しを、端からひとつずつ開けてみる。一番左の引き出しには、ハンカチと懐紙と中味のない宝石箱が幾つか、真中には数珠や扇子、右には縮緬の風呂敷が数枚、古くなったがま口を半ば覆うように中途半端に畳まれていた。引き出しの中からは、昔信玄袋に焚き染《し》められたのと同じ香の匂いが立ち上ったような気がしたが、実際に今ここで嗅いだものなのか、それとも記憶の底に残存した残り香なのか俄かには見極めがつかない。香りはその程度に曖昧で密やかだった。

ニシキオリさんは、たいへんしっかりとした方でした。と、カシワバラさんは言った。

猛子は空港に着くと宅配便で荷物を送り、その足でカシワバラさんに会いに行った。事務所の衝立の陰から出てきた男性はひどく若く、髪型も服装も、遥か昔巷に溢れていた音楽家志望の学生たちによく似ていた。ボランティアかアルバイトの人だろうと思っていると、差し出された名刺には介護福祉士とあり、松子のケア・マネージャーをしていたカシワバラさんその人なのだった。

衝立の脇の小さな空間に向かい合って座り、猛子は礼を述べた。母はああいった性格で人付き合いも悪く、いろいろと我儘を言って迷惑をかけたのではないか。社交辞令もさることながら、本心からのねぎらいも籠めてそう言うと、カシワバラさんは、折りたたみ式のパイプ椅子の上で僅かに身動きした。

いいえ……ワガママというのとは、ちょっと違いました。確かにいろいろなグループ活動や催しにお誘いしても、お出になることはありませんでした。心配してくれるのはありがたいけれど、自分は寂しくないしボケてもいない。アトリエの上がり下りだけで運動は足りているし、他の人たちとあんな幼稚園児みたいなお遊戯をしたくはない、とおっしゃって。

「幼稚園児みたいなお遊戯」というところで噴出しそうになり、猛子は頰の内側をきゅっと引き締めた。

もうずっと、あちらで絵を描いておられるのですね。

カシワバラさんの文には主語がなかった。同意を求める助詞で終わったその意味を測りかね、猛子はただ曖昧に頷いてみた。あちらというのは、どこを指しているのだろう。賽の河原を渡った向こう側のことならば、そこでも生前と同じく、大人は何か生業を営むのだとしたら、松子には絵を描く以外に他の選択肢なぞあるまい。オジはそこでもまた富豪の実業家で、オトはおっとりとした御曹司《おんぞうし》のままなのだろうか。そんな取り留めのない思いを破って、少し甲高い声が再び耳に届く。

すごいですね。ニシキオリさんもいつもおっしゃっていました。娘は自分にできなかったことをしている、ちゃんと芸術の本場で絵を描いて、認められている。だから、絶対に無理を言って呼び寄せてはいけない。アタシが死んだあとは何も急ぐ必要はないから、娘が展示会をしていたりで忙しかったら、決して邪魔をせず、それを済ませてからゆっくり来るように、ちゃんと伝えてほしいって、いつもそう言っておられました。

猛子は何とも応えず、事務机の上に置かれたカシワバラさんの片手を見た。指は細長く色白く、マテ貝の先端のような縦長の爪が付いている。薬指の第二関節の下にオーソドックスなカマボコ型の指輪が嵌まっていて、時差ボケの薄膜がかかった視界の中、その金の艶のある表面だけが鮮やかかに焦点を結んでいた。

「ものも言いよう」とは、このことなのかもしれない。猛子が絵を描いているのも、外国で暮らしているのも、そこが芸術の本場と呼ばれる場所であることも、確かに嘘ではない。それでも、猛子の収入の大半は、日本から来る旅行者の案内や通訳や、日本人家庭の子供の家庭教師などをして得られたものだった。その内情を、松子が知らなかったはずはない。

　私はお母さんとは違って、画廊が個展を開いてくれるわけではないし、顧客がついているわけでもなし、絵が売れることは滅多にない。そう猛子がこぼすのを松子はフウンと黙って聞いてから、コノ頃ハ画廊ガ画家ヲ育テルナンテコトモナクナッテ、せちがらい世ノ中ニナッタモンダ、アタシダッテ今ノ世ニ生マレテイタラ、喰イッパグレテイタカモシレナイなどと、常に似合わずやけに謙虚なことを言った。

　そもそも全てにおいてすこぶる辛口の松子の口から、猛子の作品についてはいささかも否定的な評価が出てきたことがない。批評家トカ絵学校ノ教師トカイウモンハ、アリャけちヲツケルノガ仕事ダカラ、何ヲ言ワレテモ気ニスルコトハナイヨと言うのが松子の口癖で、ダイタイアタシラガ絵ヲ描カナケリャ、アノやから八商売アガッタリジャナイカ、ダカラコッチノ方ガ上、存在論的ニズット偉イノサ。そう悠然かつ嫣《えん》然《ぜん》と微笑むのである。

　かように慰められても猛子は、世の母親なるものの普通の情愛から出た言葉とは受け取らなかった。画風も異なれば技術的な水準にも大きな隔たりがあり、どう転んでも競争相手にはなり得ない。そう踏んだ先達の余裕がどこかに感じられないでもなかったが、曲がりなりにも同業者とは認められていたようである。こと絵に関しては何かと僻みがちの猛子の目にも、松子が差し出していたものは見誤りようもなく、それは同士の共感に彩られた連帯の身振りなのだった。

アンタ、ウマイジャナイカ。まだ高校生の頃、描きかけの頁を覗き込んだ松子に言われ、猛子はとっさに画帳を閉じそうになった。

見セテゴラン。ウン、ソウソウ、コノ線ガイイ。

いわゆるプロからそんなことを言われたって。と猛子が不審げな顔で見返していると、松子は、アタシニャ、コウイウモンハ描ケンとやけにあっさり口に出した。

そんなことはないでしょう。言い返した猛子に、松子は心底びっくりした顔を向けた。

絵ダッテ、ソレゾレ向キ不向キッテモンガアルダロ。アンタハ、線画ニ向イテルンダヨ。アタシャ、コウイウちまちまシタモンガ苦手ダネ。

苦手だって描けるじゃないの。猛子は尚も食い下がった。

描ケルト、描キタイハ違ウノサ。松子は呆れたようにひとつ溜息を吐き、くるりと背を向けて階段の上がり口へと引き返して行く。

それを追うように、猛子は滑りの悪い引き出しを押し込み、六畳間を出て洋間へと戻った。

横木に片手をかけて手前に引くと、ぎいいと鈍い音が上がる。開け閉《た》ての折に、こんなふうに繋ぎ目が鳴るのは初めてのこと。蝶番も、人の体の関節同様に年老いて軋《きし》むものらしい。猛子は身体をねじって後ろ手に柵を閉めた。

階段の一段目に片足をかける。とんとんと身軽に上がり下りしていた松子の足つきを真似、二、三段を駆け上がってみたが、軽快な足音が響くでもなく、足の下に踏み板がたわんだ。右手の壁が、ちょうど手をつきたくなる高さで色が変わり、黒ずんだ帯が斜め上に向かって伸びている。所々にコテの跡があり、付着した絵の具を後から削り落とそうとしたのか、取り残された塗料が、細かな破片となって壁紙の目地に埋め込まれていた。

まず右足をそろそろと下ろし、続いて左足。狭い踏み板の上で斜めになった体を、右手は手すりの上、左手は壁に這わせて支える。一旦両足を揃え、それからまた次の段へと、まず右足を。そんなふうにいかにも年取った松子の足取りを、実際この目で見たものか、それともただ頭の中に描いただけなのか、今の猛子には定かでない。もしかしたら、明け方の夢にこの家の階段が出てきて、そこを松子がゆっくりと下って行ったのかもしれなかった。

ニシキオリさんは、実にはっきりご自身の意思をお持ちの方だったので、自分たちはいつも、できる限りそれを尊重するように努めていた。カシワバラさんはそう語って両手の指を組み替えた。だから葬儀会社に付き添って行ったときも、証人のように傍らでやりとりを聞き、何も口を挟まずただじっと見守っていたのだ、と。

葬儀はごく簡単に密葬にするとしても、娘は遠い外国にいてすぐには帰ってこられないから、茶毘《だび》に付すまでの間、遺体をしばらく保存のできる冷蔵庫かどこかに預かってもらいたい。葬儀社の応接室で、松子はそう切り出したのだそうだ。

やけに淡々としながらてきぱきした話し振りに頷いていた応接係は、遺体になるのがよもや本人とは思わなかったらしい。目の前の老婦人の連れ合いならさぞかし高齢に違いない、家で寝たきりか、病院に入っているのか、いずれにせよ余命いくばくもないのだろう、などと考えたものか、数分のちぐはぐなやり取りの間に、部厚いカタログと大振りの写真を幾枚もテーブルの上に広げて見せた。

高齢者と接することの多い仕事柄、遺体の冷蔵保存については随分と聞かされていたものの、昔の肉屋の大型冷蔵庫にでも付いていそうな扉が何枚も並んだ保管室の映像を目の前にして、カシワバラさんが隣の松子を盗み見ると、本人は大口を開けて呵々大笑い。手に取った写真を指で突ついて言った。

ホラ、コレ。アノかぷせるほてるミタイダネエ。イイナ、一度入ッテミタカッタンダ。

そのようにして松子は、遺体安置から葬儀そして火葬にいたる全て、棺と祭壇と骨壺と位牌のランクまでその場で一切を取り決め、安置保管費用込みの全額を前払いし、領収書を含めた書類一式を銀行の貸金庫に納めたのだと言う。

階段を上がり切りアトリエに入れば、ちょうど天窓の真下に出る。右手は全面が硝子窓で、今日のような曇り日でも、外と同じくらいに明るい。もっと日差しの強いときには、梁の影が木組みの床を横切って落ち、線路に横たわる枕木のようにも見える。格子の中に並ぶ窓硝子は、ミルク色に曇った四隅を残し、どれも艶々と楕円形に磨き上げられていた。

アトリエの中は、呆れるばかりに何もない。絵の具のチューブの群れも、一本一本太さと長さの違う絵筆の束も、乾いた絵の具が幾層も等高線を描いて固まったパレットも見当たらない。棚の中、前に垂らしたインド更紗の布の裏側に、仕舞い込まれているのだろうか。かつては様々な形状の絵が無数、モザイク状に折り重なっていた壁面が、今はまっさらに茫と広く、一番端に脚を折りたたんだ画架が一脚。その足元に一枚のカンバスが、こちらに背を向けて立て掛けてある。角を持って裏返してみたが、表側は生成り色の布目のまま、何も描かれていなかった。

ニシキオリさんの絵は、全て画廊にあるそうです。カシワバラさんが言うのを聞いて、猛子は初め、個展でも最後に開いたのだろうかと疑った。そんな話は聞いていなかったが、松子のことだから何を思いついてもおかしくはなく、どれだけ唐突に実行に移しても驚くには当たらない。大々的な回顧展でも催したのなら、絵は何点ぐらい出品したのだろう。画廊が預かっているのだったら、自分が引き取りに行かなければならないのだが、どこにどのように手配をすればいいのだろう。そう思案するうち、一言「せいさん」という言葉が耳に入り、途端にどんな漢字を充てたものか、『生産』か『青酸』か『凄惨』か、聴覚が視覚に切り替わると同時に、脈絡が失なわれた。

猛子が陥った混乱を察したらしく、カシワバラさんは平易な言葉で説明を続けた。晩年の松子は経済的に貧窮し、定期的に個展を開いていた画廊と交渉の末、返せない借金の代わりに、亡くなった後の絵の所有権を全て画廊に譲る契約をしたのだった。絵が運び出されたのは松子がまだ生きている間で、亡くなる二週間ばかり前、自分で運送業者を呼び、一日がかりの搬出に立ち会ったのだそうだ。

それは、その……。聞かされた一連のことばが意味を持って定着するのを待ってから、猛子は口を開いた。つまり一言で言えば、絵は借金のカタに取られたということなんでしょうか。

『借金のカタ』。ひどく直截で画一的な語彙が他人事めいて響き、話している自分とそれを聞いている自分との間に、しなやかで透明の膜が張り巡らされた心地になる。カシワバラさんが無言で頷くのを見ると、誰に向けたものでもない問いが口からこぼれた。

借金というのは、どのくらいの額だったのでしょうか。

さあ……。

画廊との間に合意が成立し、問題が既に解決済みなのであれば、松子がわざわざ記録を残しておいたとは思えない。困窮していることさえ、知らせてこなかったくらいなのだから。まあ、額を知ったところで、どうなるものでもないのだけれど、と、覚《おぼ》束《つか》ない思いで蚊帳の外を経巡っている猛子に向かって、ともかく、もし契約書か何かの書類が残っているとすれば、それは必ず銀行の貸金庫の中にあるはずだ、とカシワバラさんは請け合い、別れ際に念を押した。

確か、貸金庫の鍵はお持ちでしたね。

その励ますようでいて厳かな口調を耳にして、猛子の首が縦に振れた。

ガランとしたアトリエの中央に、一脚の円椅子が残されていた。高さを調整できる作業用の椅子で、松子はいつも座席を一番高い位置に固定し、毎回よじ登るようにして腰かけたものである。相方の画架が隅に片寄せられ、上に座る人もなくなってみると背丈は二回りも縮んで、何と言うこともない古びた椅子と見える。円板の縁に、トルコ石色の絵の具が一滴固まっている。盛り上がったその勾玉型を、猛子は指先でなぞってみた。

完成度の高いのも低いのも、より好みせずまとめて絵を引き取って、それで借金をチャラにしてくれたのなら、画廊の経営者はずいぶんと寛大だとも思う。一方で、世事に疎いどころか、世事の存在など眼中にない人の足元を見すかして、お話にならない値段で全てを買い叩いた可能性も大いにあると思う。画廊にどのくらいの借金があったのか、松子の絵の市場価値は現在どの程度のものなのか。それらが分からない以上は、どちらとも判断のしようがなく、分からないものは仕方がないと思えば、結局全ては同じことなのかもしれなかった。

大量にあった松子の絵をどうしたらいいのか。もはやその処遇に思い悩む必要もない。帰国前に漠然と背負い込んでいた重石のひとつが外れ、こうして空っぽに片付いたアトリエの只中に立ってみると、思いはそのままひろびろとした解放感につながっていくような気もする。

別にいつでもよろしいですよ、ご都合のつくときで。まあ友引さえ外していただければ。

葬儀社の人の返答は、気が抜けるほど悠長な調子のものだった。それに密葬でというのがご本人のご希望でしたので、ご出席なさるのはお嬢様だけと伺っておりますし。

はあ。猛子は電話口でいささか間の抜けた合いの手を入れた。でも別に都合といってもそのために帰ってきたので、特に急ぐほどのことではないのかもしれないけれど、ことさらに遅らせる理由も見つからないし……。ずるずると、歯切れの悪さに自分でも呆れつつそう口にすると、そうですか、それでは明後日の二時ということで、と話は突然具体的になってまとまった。

何かしておかなければならないこととか、持っていくものは。慌てて尋ねると、全て準備は整っているが、どうしてもお棺に入れて持たせたいものがあればご持参くださいと言う。猛子はとっさに絵筆を思いついたが、それは既に松子が、これという一本を生前に選んで葬儀社に送って寄こしたという完璧な用意の良さだった。

それは、アトリエの隅に据えられた作業台の上にあった。

黄色っぽい包装紙に包まれた長方形の平たい包みで、表面に満遍なく皺が寄っているところを見ると、紙は何度も使い回されたものらしい。かけられた麻紐の十字が、左右大きさの違う歪《いびつ》な蝶結びで終わっていた。

裏を返せば、左下に大きく『たけこのぞう』。下絵用の太い木炭を使い、たどたどしいひらがなで書いてある。字は稚拙さを通り越し、恐怖映画の題字さながら不気味な乱れ方に見える。そのためだろう、意味を成さない六文字の音の羅列が、『猛子の像』に結晶するまでに、しばらくの時を要した。

松子の死因は脳溢血で、夜中に発作を起こしたらしく、翌朝カシワバラさんが訪ねたときには、既に冷たくなっていたとのことだったが、もしかしたらこれを包んだときには何らかの兆候か、あるいはもう障害が手に現れていたのかもしれない。そう猛子は思い、毛羽立った麻紐の結び目を解いて、包み紙をはがしにかかる。

カサカサカサ。絵が現れ出た瞬間、時の船は過去へと遡行《そこう》して、耳奥に残った紙のざわめきが、舳先《へさき》の切り進む波の音に聞こえた。

画面の中心にいるのは、二、三歳頃と思しき猛子自身。等身大よりやや小さめの全身像だった。温かい雪のような、さらさらの砂のような、水鳥の脇腹に生えたての和毛《にこげ》のような柔らかな白い布地でできた膝丈のワンピース。それに赤いエナメルの靴というよそ行きの服装で、前を向いておとなしく座っている。おかっぱに切り揃えられた前髪の下に、一重の目を大きく見開いて、ひどく生真面目な眼差しでこちらを見つめている。

その幼い手足が、ふっくらと皮膚に包まれて前面に浮き上がってくるのだけれど、よく見れば背景には、それを抱きかかえる人の半身が膝から胸元まで。着ている着物の柄に見覚えがあった。幼児の胴のところを支えている手は、間違いなく松子のもので、中指に大きな縞瑪瑙の指輪が嵌まっている。少し骨ばった指の関節と、その元の方を辿れば手の甲に、青みがかった静脈がうっすらと透けて見える。

松子の手と言えば、猛子が思い浮かべるのは、筆洗いの洗剤にささくれた指先や煙草を挟む仕草、それに人差し指と中指の間がヤニで黄ばんでいるところばかりだったが、本来はこのように、白くたおやかな姿をしていたのかもしれない。

絵は、どこかとても静謐な感じがした。後年の松子の特徴だった、べったりと絵の具を盛り上げ、その質感と大胆な色彩で見る目を圧倒する画法とは対照的に、絵の具は薄く均等に延ばされ、細部まで極めて写実的に、この上なく丁寧に描かれていた。

子供を膝の上に抱いているのだから、松子はこの場面を写真に撮らせ、後からそれを見て描いたのに違いない。あまりに幼すぎたからなのか、絵の中で着ているワンピースには覚えがなかったが、背景の着物は、柄も色合いも記憶の中の模様と鮮明に一致している。当時はまだ、カラー写真はなかったはず。服は実物を目の前に置いて描いたものなのだろうか。画布の隅々までなめるように目を走らせ、色の混ぜ具合と筆遣いを追って、ひたすら絵の成り立ちを想う。

作業台の上に立て、上端の角を左右、両手にひとつずつ包んでみる。絵は、両腕の囲いの中にちょうど良く収まる大きさだった。画架を中央に出してきてその脚を広げ、椅子の前に据える。その上に絵を載せ、数歩床を下がってみる。幼児の目は相変わらず真剣に正面を見つめ、主の顔の見えない白い手はその体をいつまでも支え続けている。長いこと眺めた後、再び包装紙に包み直した。麻紐をかけ蝶結びにした包みを前に抱えて、猛子はアトリエを出た。

急な階段の真下に、髪が見えた。おかっぱ頭の頂が、天窓からの明かりを受けて一瞬白っぽく暈《かさ》を被《かぶ》り、それから黒味を増して段上にせり上がってきた。すぐ下に、若いときの松子の顔が現れる。小さい顎を少し上向きに、らんらんと声に出して讃えたくなるような光度で、両目を輝かして。

いつも階段下の柵の前に立って、二階へと遠ざかる後姿だけを見送ったものだけれど、アトリエに向かう松子の顔を正面から見れば、こんなにも嬉々とした表情をしていたのだった。薄い狂喜の層のすぐ下に、狂気に近い何かが迫っているようにも見受けられる。そんなものを宿してしまって、けれど、こんなにも喜んでいる本人は何と幸せな人だったのだろう。半ば呆れ感嘆しつつ納得し、猛子は階段の下り口で足を止める。

半透明の松子の像が登って来る。軽々と音もなく駆け上がって来る。猛子は紙に包まれた肖像画を抱え、その姿の中を通り抜けるようにすれ違って、階下に下りて行った。

文庫版あとがき

この度、小説集『たけこのぞう』（二〇一三年、国書刊行会）が、装い新たに『猫の木のある庭』として文庫本になりました。『たけこのぞう』という題は、小説集の末尾に収められた同名の小説から取られたものです。最初から順に頁を捲って読めば、最後の作品の、そのまた終わりのところにきて、表題の意味がはっきりするような按配になっていて、私はその仕組みがかなり気に入っていたのですが、のっぺらぼうの平仮名書きからは、どんな内容の話なのか見当がつかず、ひょっとしたらまるでそぐわないイメージを与えてしまうかもしれない（実際、出版直後に『たけこのぞう』をキーワードにしてネットで検索したら、「もしかして――タケノコの直通販売」と見出しが出てきたことがあります）、というわけで、改題することになりました。一方

「猫の木のある庭」のほうは、小説集の巻頭に置かれた小説の題名です。収録作品は発表された順に並んでいるので、「猫の木のある庭」が最も古く、私にとっては初めて活字になって発表された小説として、ことさらに思い入れの深い作品です。

「猫の木のある庭」は初出が「三田文學」で、二〇〇九年でした。私は書くのがとても遅く、一年に一、二篇中短編を仕上げそれらをまとめて一冊の本にするのに五年ぐらいかかります。三冊目の本が刊行されるまでに十五年の月日が経ち、海外に暮らし始めてからは、既に三十年近くが経過しました。それだけの年月が過ぎる間には、自然と世界が変わります。社会の仕組み、風俗習慣や風物だけでなくことばさえもが変化して、母語であるはずの日本語の新語が意味不明であったり、ことばの使い方が馴染みのないものになったりなどして、戸惑いを覚える事態にも立ち至ります。ときたま日本でかつて住んでいた界隈に足を向けると、古い家々は取り壊されてなくなり、あるいは住む人のないまま傾いて朽ちてしまっていたりします。

日本に暮らしていない私が、それでも日本を舞台にした話を作ろうとすれば、やはり書割のような舞台背景が必要で、その素材として使われるのは、以前に目や耳にした物事、または何かで読んで思い浮かべた事柄などです。板敷きの床の上に射している西陽、それが翳って薄暗くなったときに聞こえてくるヒグラシの声、裏庭に面した曇り硝子の薄蒼い表面と、そこから屋内に滲み入ってくる冬の冷気、見詰めれば呆れるほど細かく編まれた畳の目地、指先に感じる乾いた手触りと藺草《いぐさ》の匂いなど。古い家屋を大まかに解体したような部分部分が、視覚以外の感覚で捉えられた感触を伴って蘇ってきます。そうした記憶の断片が繋ぎ合わされ、舞台装置が創作あるいは捏造されていくのです。ただし、記憶は変容するもの。思い出したことは思い出すたびに塗り替えられ書き換えられ移ろっていくので、そこには実体がありません。一見ひと昔前の日本のようでいて実はどこでもない、頭の中に構築された架空の場、つまりこの世の「どこにもない場所」です。

人の記憶は当然のごとく、一人一人違うので、それらを素材にして作られた舞台のありようも、また人ごとに異なるはずです。ならばあるひとつの文は、読んだ人各々の頭の中に異なる像を結んでいるのでしょう。小説やお話などの物語は、読み手や聞き手の脳裡に作用し記憶を揺さぶり、それぞれ独自の物語を立ち上がらせる、そうした個別の共振を発動させる装置としてあるものなのかもしれません。

書き手の頭の中の「どこにもない場所」に呼応して、読んだ人の数だけ「どこにもない場所」が作られ、読み手は束の間であれその遠い場所に旅立って行く。その数知れぬ行方を想うと、目眩《めくるめ》く思いに囚われます。それは書き手にとっては途方もない成り行きであり、また至上の幸福であるとも言えます。

二〇二三年四月末日

大濱普美子

解説　本との出あい

金井美恵子

大濱普美子の小説世界については、今のところ三冊の少しづつ厚味が違う、短篇小説を集めた単行本を読むことで知ることが出来るのだし、単行本の巻末に記されたごく簡略な略歴によれば一九五八年生れの作者には、まだまだ新しく書かれ、同時に完成度のより高い作品を期待することが出来るという楽しみまでが保障されている。

現在までに上梓された三冊の小説集には、小説好きな読者の読むことの快楽を揺ぶるいくつもの空間が重りあっていて、そうした穴状や箱状や家屋の形や都市の空間が、まだ書かれてはおらず、読者のページをめくる手指にゆだねられていない、箱にも見まがいそうな紙の束としての本の空間につながっていることが確かに見えるのである。

私はその三冊の小説集を、単行本として上梓された順序とは逆に、最新作品集『陽だまりの果て』（二〇二二年）、『十四番線上のハレルヤ』（二〇一八年）、この文庫本では収録作品『猫の木のある庭』がタイトルに選ばれている『たけこのぞう』（二〇一三年）の順に読むことになったのだが、収録作品の初出一覧が巻末の奥付けの対向ページに載っているのはこの短篇集のみで、奥付けの上には三行にわけて「著者紹介大濱普美子　おおはま　ふみこ　一九五八年、東京生まれ。」と素っ気なく記されているだけで、次の作品集とその次の三冊目の作品集にも、初出誌の情報はなく、ごく手短かな学歴だけの経歴と一九九五年からドイツ在住、著書に、第一と第二作のタイトルと出版社名が記され、それらが「ある。」と書かれ、もう一冊の作品集には経歴の後に「二〇〇九年、「猫の木のある庭」を発表（三田文學）。二〇一三年、初の単行本『たけこのぞう』を国書刊行会より刊行。」と印刷されているだけだ。

三冊の小説集は、最初の本が二五六、次が三二八、三七六ページとページ数を増やしているのだが、著者についての情報は、フランス文学を慶応大学で学び、パリ第七大学で修士課程を修了したこと、ドイツ在住以外には刊行された本の作者としての名が、この、今、手にとっている本と結びつけられているだけである。

むろん、小説を読むにあたって、作者についての様々な情報（現在はその存在など無にひとしいようなものだが、文壇的な噂ばなしも含めて）など必要はないのだが、一作目と二作目の本の帯に付された国書刊行会的とでも言うべき著者たちの「推薦のことば」を読んでも、はっきり言って、それが、いわゆる異色な、幻想やSF的世界に関係のありそうな小説であるらしいことは、想像がつくものの、実は本の内容のことなど想像も出来ない。スイセン者の文章のない最初の本、二〇〇九年から二〇一二年の四年間に季刊の文芸雑誌「三田文學」に発表された作品を集めた『たけこのぞう』——すなわち、今、私がその本のために文章を書いている『猫の木のある庭』の親本——には、収められている六つの作品のタイトルと、おそらく編集者によって書かれた、いかにも淡々と内容を暗示した「日常のなかに仄めく幽かな異界との交感」というコピーが横書きで書かれていて、その上に、明朝体とは異なる細い線の教科書体に似た書体で「絵が現れ出た瞬間、時の船は過去へと遡行して、耳奥に残った紙のざわめきが、舳先の切り進む波の音に聞こえた。」という、いかにも大濱的な文章が印刷されている。この引用された、心をざわめかすような文章が、作者の小説中の文章の引用であることが、書かれていないので、私たち読者はこの本の最後に収められた「たけこのぞう」を読むまで、この文章の意味を知らずにいることになるわけだが、この「ぞう」と言う言葉が、どうやら、「象」ではなく、「たけこの」という一つづきを「たけのこ」と読みちがえることからは、まぬがれるかもしれない。それを読むと、大濱普美子の最初の小説集を三冊目に読む私としては、本のタイトルでもある「たけこのぞう」という、一種、目と耳にざわつきを引きおこす「ことば」の意味が、すんなりと、それが「絵」であることがわかったのだったが、これは、文庫本に対して親本と言いならわされている単行本の読者の特権とでも言うべきだろうか。いずれにせよ、私たち読者は、作者について、今読みつつあるこの一冊の本だけが、知りうることのすべて、というまっさらな状態で出あうことは稀である。

現在、いやかなり以前から、大してというか、ほとんどあてにすることは出来ないが、かつて私たちは文芸批評家による新聞や文芸誌の時評や書評を、読む本を選ぶ際の目やすにしていたものだし、それと重なりつつ、読書好きの親族や知人や友人との会話の中から、読むべき本を見つけたものだったが――。

その本を愛着を持って作った編集者から送られて来る本があり、『陽だまりの果て』はまさしくそういう本であり、何の予備知識も持たないままページをパラパラめくり、思わずひきこまれて読みはじめ、当時、私は泉鏡花文学賞の選考委員をしていたので、迷わずこの作品を推すことに決めたのだったが、これは著者にとってというより、授賞作を選ぶ立場の私にとっての滅多にない幸運の体験だった。

大濱普美子の三冊の小説集を、発表順を逆にして読むことになった経験と作品の持つ魅力について、私がSFや幻想小説好きの読者でもあって物を書く者（むろん、凡庸な）であれば、大濱作品の持つ時空間の構造や性格と結びつけて、メビウスの環といったような決り文句を引きあいに出すところかもしれない、という偏見的な感想を持ってしまうところだが、大濱普美子の小説世界は、もっと単純（ということは、かぎりなく複雑な言語的空間の持つ逆説的性格の一つであろう）に、小説というものが言葉で出来ていることの喜びに直接触れる体験を、読者と共有する空間なのだ。

　小説を読むということは——書くということも——あるいは既視感を作者と読者とで共有することかもしれない。小説や映画やテレビや新聞や噂ばなしや実体験や夢（自分で見たものだけではなく、文章として読んだ、あるいは、夢からさめた人が、いぶかし気に語るのを聞いた）が、何度でも語り直される、一種の無時間的な空間。

　そのように大濱普美子の小説は出来ている。三冊の作品集を通して、読者を魅了するのは望遠鏡を逆にのぞいているように遠ざかり極小化されながらもくっきりと鮮明な箱づめされたかのような家屋とその中に並び、重なる複数の部屋が、規模の小さなカラクリ屋敷のようにあちこちで上下に結ばれ折り畳まれて広がり、姿を変える。とは言え、そこに描かれた極めて普通のよくある木造住宅（大濱普美子の小説に登場するそれは、かならず、増築と改造がおこなわれている）やアパート、旅館、銭湯といった高齢者にはいかにもなじみ深い、しかし、今は存在していないかもしれないものの、視覚と触覚（もっぱら足のうらの）が覚えている空間の細部の描写は、読者（と言っても、年齢制限があるかもしれない、と、精巧な描写を読んでいるとふと思ってしまう）の、それを知っているという記憶をゆさぶりつつ、リアルなのに微かに尋常ではない世界に読者を、独特なユーモアのセンスを閃めかせながら誘い込む。

ところで、もうかなり以前から、「どてら」という呼び方に駆逐されて死語になったのではないかと思っていた「丹前」という和服がある。「どてら」という響きもがさつなら、見た目も部厚いワタ入れでいかにも野暮ったいかい巻き様の物とは違って、普通「丹前」と呼ばれていた戦後しばらくの頃まで、男の着た絹地で縫われて黒い襟のかけてある家庭着（欧風に言うならば、スモーキング・ジャケットのような）として定着していたし、旅館などでも浴衣と一緒に出されることがあったものだが、大濱普美子の短篇にはそれが、浴衣の上に羽織るものとして登場するのが嬉しかったのだが、私の感覚としては、それは「はんてん」ではないかと思うのだ。「丹前」という、なんとなく男前という言葉に結びつくなつかしい言葉を新しい小説の中で読むことの出来た喜びは別として、そう思ったのだった。

＊本書は二〇一三年六月、株式会社国書刊行会から刊行された単行本『たけこのぞう』を改題・加筆修正の上、文庫化したものです。文庫化に際し、「文庫版あとがき」と「解説」を収録しております。

初出一覧
「猫の木のある庭」『三田文學』二〇〇九年　冬季号
「フラオ・ローゼンバウムの靴」『三田文學』二〇一〇年　冬季号
「盂蘭盆会」『三田文學』二〇一〇年　秋季号
「浴室稀譚」『三田文學』二〇一一年　春季号
「水面」『三田文學』二〇一二年　冬季号
「たけこのぞう」『三田文學』二〇一二年　秋季号

猫《ねこ》の木《き》のある庭《にわ》

二〇二三年 七 月一〇日　初版印刷
二〇二三年 七 月二〇日　初版発行

著　者　大濱《おおはま》普《ふ》美《み》子《こ》
発行者　小野寺優
発行所　株式会社河出書房新社
〒一五一－〇〇五一
東京都渋谷区千駄ヶ谷二－三二－二
電話〇三－三四〇四－八六一一（編集）
〇三－三四〇四－一二〇一（営業）
https://www.kawade.co.jp/

ロゴ・表紙デザイン　粟津潔
本文フォーマット　佐々木暁
本文組版　株式会社キャップス
印刷・製本　凸版印刷株式会社

Printed in Japan　ISBN978-4-309-41975-6

完本 酔郷譚

倉橋由美子　41148-4

孤高の文学者・倉橋由美子が遺した最後の連作短編集『よもつひらさか往還』と『酔郷譚』が完本になって初登場。主人公の慧君があの世とこの世を往還し、夢幻の世界で歓を尽くす。

第七官界彷徨

尾崎翠　40971-9

「人間の第七官にひびくような詩」を書きたいと願う少女・町子。分裂心理や蘚の恋愛を研究する一風変わった兄弟と従兄、そして町子が陥る恋の行方は？　忘れられた作家・尾崎翠再発見の契機となった傑作。

琉璃玉の耳輪

津原泰水　尾崎翠〔原案〕　41229-0

３人の娘を探して下さい。手掛かりは、琉璃玉の耳輪を嵌めています——女探偵・岡田明子のもとへ迷い込んだ、奇妙な依頼。原案・尾崎翠、小説・津原泰水。幻の探偵小説がついに刊行！

十二神将変

塚本邦雄　41867-4

ホテルの一室で一人の若い男が死んでいた。所持していた旅行鞄の中には十二神将像の一体が……。秘かに罌粟を栽培する秘密結社が織りなすこの世ならぬ秩序と悦楽の世界とは？　名作ミステリ待望の復刊！

紺青のわかれ

塚本邦雄　41893-3

失踪した父を追う青年、冥府に彷徨いこんだ男と禁忌を破った男、青に溺れる師弟、蠢く与那国蚕——愛と狂気の世界へといざなう十の物語。現代短歌の巨星による傑作短篇集、ついに文庫化。

中国怪談集

中野美代子／武田雅哉〔編〕　46492-3

人肉食、ゾンビ、神童が書いた宇宙図鑑、中華マジックリアリズムの代表作、中国共産党の機関誌記事、そして『阿Ｑ正伝』。怪談の概念を超越した、他に類を見ない圧倒的な奇書が遂に復刊！

契丹伝奇集

中野美代子　41839-1

変幻自在な暗殺者、宋と現代日本とを流転する耀変天目、滅びゆく王国の姿を見せぬ王と大伽藍、砂漠を彷徨う二人の男……中国・中央アジアを舞台に、当代きっての中国文化史家が織りなす傑作幻想小説集。

妖櫻記 上

皆川博子　41554-3

時は室町。嘉吉の乱を発端に、南朝皇統の少年、赤松家の姫、活傀儡に異形ら、死者生者が入り乱れ織り成す傑作長篇伝奇小説、復活！

妖櫻記 下

皆川博子　41555-0

阿麻丸と桜姫は京に近江に流転し、玉琴の遺児清玄は桜姫の髑髏を求める中、後南朝の二人の宮と玉璽をめぐって吉野に火の手が上がる……！　応仁の乱前夜を舞台に当代きっての語り手が紡ぐ一大伝奇、完結篇

オイディプスの刃

赤江瀑　41709-7

夏の陽ざかり、妖刀「青江次吉」により大迫家の当主と妻、若い研師が命を落とした。残された三人兄弟は「次吉」と母が愛したラベンダーの香りに運命を狂わされてゆく。幻影妖美の傑作刀剣ミステリ。

世界怪談名作集　信号手・貸家ほか五篇

岡本綺堂〔編訳〕　46769-6

綺堂の名訳で贈る、古今東西の名作怪談短篇集。ディッケンズ「信号手」、リットン「貸家」、ゴーチェ「クラリモンド」、ホーソーン「ラッパチーニの娘」他全七篇。『世界怪談名作集　上』の改題復刊。

世界怪談名作集　北極星号の船長ほか九篇

岡本綺堂〔編訳〕　46770-2

綺堂の名訳で贈る、古今東西の名作怪談短篇集。ホフマン「廃宅」、クラウフォード「上床」、モーパッサン「幽霊」、マクドナルド「鏡中の美女」他全十篇。『世界怪談名作集　下』の改題復刊。

エドワード・ゴーリーが愛する12の怪談　憑かれた鏡

ディケンズ／ストーカー他　E・ゴーリー〔編〕　柴田元幸他〔訳〕　46374-2

典型的な幽霊屋敷ものから、悪趣味ギリギリの犯罪もの、秘術を上手く料理したミステリまで、奇才が選りすぐった怪奇小説アンソロジー。全収録作品に描き下ろし挿絵が付いた決定版！　解説＝濱中利信

東欧怪談集

沼野充義〔編〕　46724-5

西方的形式と東方的混沌の間に生まれた、未体験の怪奇幻想の世界へようこそ。チェコ、ハンガリー、マケドニア、ルーマニア……の各国の怪作を、原語から直訳。極上の文庫オリジナル・アンソロジー！

ロシア怪談集

沼野充義〔編〕　46701-6

急死した若い娘の祈禱を命じられた神学生。夜の教会に閉じ込められた彼の前で、死人が棺から立ち上がり……ゴーゴリ「ヴィイ」ほか、ドストエフスキー、チェーホフ、ナボコフら文豪たちが描く極限の恐怖。

アメリカ怪談集

荒俣宏〔編〕　46702-3

ホーソーン、ラヴクラフト、ルイス、ポオ、ブラッドベリ、など、開拓と都市の暗黒からうまれた妖しい魅力にあふれたアメリカ文学のエッセンスを荒俣宏がセレクトした究極の怪異譚集、待望の復刊。

ラテンアメリカ怪談集

ホルヘ・ルイス・ボルヘス他　鼓直〔編〕　46452-7

巨匠ボルヘスをはじめ、コルタサル、パスなど、錚々たる作家たちが贈る恐ろしい15の短篇小説集。ラテンアメリカ特有の「幻想小説」を底流に、怪奇、魔術、宗教など強烈な個性が色濃く滲む作品集。

ボルヘス怪奇譚集

ホルヘ・ルイス・ボルヘス　アドルフォ・ビオイ＝カサーレス　柳瀬尚紀〔訳〕　46469-5

「物語の精髄は本書の小品のうちにある」（ボルヘス）。古代ローマ、インド、中国の故事、千夜一夜物語、カフカ、ポオなど古今東西の書物から選びぬかれた九十二の短くて途方もない話。

夢の本

ホルヘ・ルイス・ボルヘス　堀内研二〔訳〕　46485-5

神の訪れ、王の夢、死の宣告……。『ギルガメシュ叙事詩』『聖書』『千夜一夜物語』『紅楼夢』から、ニーチェ、カフカなど。無限、鏡、虎、迷宮といったモチーフも楽しい百十三篇の夢のアンソロジー。

突囲表演

残雪　近藤直子〔訳〕　46721-4

若き絶世の美女であり皺だらけの老婆、煎り豆屋であり国家諜報員——X女史が五香街（ウーシャンチェ）をとりまく熱愛と殺意の包囲を突破する！世界文学の異端にして中国を代表する作家が紡ぐ想像力の極北。

歩道橋の魔術師

呉明益　天野健太郎〔訳〕　46742-9

1979年、台北。中華商場の魔術師に魅せられた子どもたち。現実と幻想、過去と未来が溶けあう、どこか懐かしい極上の物語。現代台湾を代表する作家の連作短篇。単行本未収録短篇を併録。

島とクジラと女をめぐる断片

アントニオ・タブッキ　須賀敦子〔訳〕　46467-1

居酒屋の歌い手がある美しい女性の記憶を語る「ピム港の女」のほか、クジラと捕鯨手の関係や歴史的考察、ユーモラスなスケッチなど、夢とうつつの間を漂う〈島々〉の物語。

大洪水

J・M・G・ル・クレジオ　望月芳郎〔訳〕　46315-5

生の中に遍在する死を逃れて錯乱と狂気のうちに太陽で眼を焼くに至る青年ベッソン（プロヴァンス語で双子の意）の十三日間の物語。二〇〇八年ノーベル文学賞を受賞した作家の長篇第一作、待望の文庫化。

チリの地震　クライスト短篇集

H・V・クライスト　種村季弘〔訳〕　46358-2

十七世紀、チリの大地震が引き裂かれたまま死にゆこうとしていた若い男女の運命を変えた。息をつかせぬ衝撃的な名作集。カフカが愛しドゥルーズが影響をうけた夭折の作家、復活。佐々木中氏、推薦。

見えない都市

イタロ・カルヴィーノ　米川良夫〔訳〕　46229-5

現代イタリア文学を代表し世界的に注目され続けている著者の名作。マルコ・ポーロがフビライ汗の寵臣となって、様々な空想都市（巨大都市、無形都市など）の奇妙で不思議な報告を描く幻想小説の極致。

類推の山

ルネ・ドーマル　巖谷國士〔訳〕　46156-4

これまで知られたどの山よりもはるかに高く、光の過剰ゆえに不可視のまま世界の中心にそびえている時空の原点——類推の山。真の精神の旅を、新しい希望とともに描き出したシュルレアリスム小説の傑作。

くるみ割り人形とねずみの王様

E・T・A・ホフマン　種村季弘〔訳〕　46145-8

チャイコフスキーのバレエで有名な「くるみ割り人形」の原作が、新しい訳でよみがえる。「見知らぬ子ども」「大晦日の冒険」をあわせて収録したホフマン幻想短篇集。冬の夜にメルヘンの贈り物を！

百頭女

マックス・エルンスト　巖谷國士〔訳〕　46147-2

ノスタルジアをかきたてる漆黒の幻想コラージュ——永遠の女・百頭女と怪鳥ロプロプが繰り広げる奇々怪々の物語。二十世紀最大の奇書。瀧口修造・澁澤龍彥・赤瀬川原平・窪田般彌・加藤郁乎・埴谷雄高によるテキスト付。

東西不思議物語

澁澤龍彥　40033-4

ポルターガイスト、ＵＦＯ、お化け……。世にも不思議な物語をこよなく愛する著者が、四十九のテーマをもとに、古今東西の書物のなかから、奇譚のかずかずを選びぬいた愉快なエッセイ集！

太陽王と月の王

澁澤龍彥　40794-4

夢の世界に生きた十九世紀バヴァリアの狂王の生涯を紹介する表題作から、人形、昆虫、古本、機関車など、著者のイマジネーションは古今東西縦横無尽に展開していく。思考の源泉が垣間見える傑作エッセイ！